KB251921

이무웅의 길
구진 50년과
인생 여정

이무웅의 길
구진 50년과 인생 여정

발행일 2026년 4월 2일
지은이 이무웅
펴낸이 모두출판협동조합(이사장 이재욱)
펴낸곳 모두북스
디자인 디자인플러스 김성환

ⓒ 이무웅, 2026

등록일 2017년 3월 28일
등록번호 제 2013-3호
주소 서울 도봉구 덕릉로 54가길 25 (창동 557-85, 우 01473)
전화 02)2237-3301, 02)2237-3316
팩스 02)2237-3389
이메일 seekook@naver.com

ISBN 979-11-89203-71-9(03810)

*책값은 뒤표지에 씌어 있습니다.

MODOOBOOKS

평범한 사람의 소박한 성공을 선보이며

'호랑이는 죽어서 가죽을 남기고 사람은 죽어서 이름을 남긴다.'라는 격언이 있다. 이 격언의 앞부분은 맞지만, 뒷부분의 말은 절반만 맞다. 이름을 남기는 사람이 있는가 하면, 이름을 남기지 못하는 사람도 있다. 아마도 전자보다는 후자가 더 많지 않을까 생각한다. 나 또한 스스로 후자에 속하는 사람이라 여긴다.

부모에 의해서 태어나 이런저런 어려움을 겪으면서 살아가다가 뚜렷한 족적(足跡)을 남기지 못하고 생을 마감하는 것이 일반적이지 않을까 한다. 청춘일 때는 늙음이라는 것이 아주 멀리 있어서 나하고는 관계가 없다고 생각했는데, '지금 내가 몇 살이지?'라고 더듬어보니 팔십을 넘고 이제는 구십으로 가는 길 위에 있으니 늙어도 한참 늙은 축에 속한다.

지금까지 걸어온 탄탄대로는 끝나고 앞에는 저승길이란 도로가 쫙 깔려있다. 그 도로의 남은 거리도 그리 길지 않다, 동문수학했던 고교, 대학 학우들이 꽤 오래전부터 하나둘 저세상으로 떠나기 시작했고, 지금은 사라지는 인원수가 늘어나고 속도도 빠르다. 그만큼 종착지가 멀지 않았다는 것을 말해 준다.

뚜렷한 족적(足跡)이 없어서 대외적으로 이름을 남기지는 못한다고 하더라도 나의 후손들에게나마 나의 이름을 기억하도록 하여야겠다고 생각한 것이 자서전을 쓰게 된 동기이다.

1976년 구진산업사를 창업한 이후 스스로 판단하기에도 대단한 인물도 아니니 자서전을 쓰겠다고 생각해 보지 않았고, 또 그런 사치스러운 일을 염두에 둘 처지도 아니었으며, 그럴 겨를도 없었다. 제대로 된 제품도 생산하지 못하는 주제에 그런 일을 꿈이나 꿀 수 있었겠는가?

좌고우면하지 않고 오직 먹고 살기 위해서, 직원들 봉급 주기 위해서, 은행 이자와 원금 상환하기 위해서, 공장 세(貰) 밀리지 않게 하려고 그저 일만 하였다. 그러는 과정에서 해결해야만 할 힘들고 어려운 일들을 해결하여야 했다.

기술적으로 부족한 문제는 '모르는 것이 창피한 것이 아니라 모르는 것을 아는 척하는 것이 바보'라는 생각으로, 나보다 학력이 낮아도 기능이 우수한 직원이나 다른 사람에게는 불치하문(不恥下問)의 자세로 배움에 주저함이 없었다. 수준이 높은 분들에게도 조언(助言)을 구하고, 영문 자료를 읽으며, 이것을 바탕으로 현장에서 시험 제작을 해야 했다.

때로는 남들과의 법적 다툼에서 이겨야 하고, 가족도 돌봐야 하고, 자신의 건강도 챙겨야 하고, 몸과 마음에 여유가 있는 세월이 있었나 싶을 정도였다.

최근에 어느 미국 가수가 얘기한 내용이 마음에 와닿는다.

'인생은 쉬워질 때까지 기다릴 수 없다.'라는 말이다. 나는 열심히 일하면 내일은 좀 쉬워지지 않을까 하는 막연한 희망을 품고 지금까지 세월을 보냈던 셈이다.

마라톤에서 달린 거리는 천천히 갔든 빨리 갔든 관계없이 흔적이 지워지지 않고 기록으로 남아 있는데, 글쓰기에서는 잘 썼다고 생각되었던 부분을 다시 읽어 보면 표현에 미진한 부분이 있어 수정하는 경우가 적지 않게 나왔다. 글쓰기가 어렵다는 건 진즉 알고 있었지만, 마라톤보다 더 어렵다는 것을 이번에 실감했다.

마라톤에서도 처음부터 빨리, 멀리 간 것이 아니고 꾸준히 달리다 보니 속도도 향상되고 거리가 늘어난 것처럼 글쓰기에 소질이 없지만 나의 이름을 후손에게 남기겠다는 일념으로 부족하나마 정성 들여 쓰고, 고치고 또 쓰고 했다.

현업을 이끌어 가던 시절, 아침에 일어났을 때, 오늘 해결하여야 할 업무를 떠올리고 그 처리 과정을 꼼꼼하게 머릿속에서 정리하면서 하루를 시작했지만, 지금은 그런 복잡하고 잡다한 업무를 떠올리지 않으면서 편안하고 안락한 마음으로 하루를 시작한다.

이처럼 어지럽지 않고 산뜻한 루틴은 그냥 얻어진 것, 또는 누가 나에게 제공한 것도 아니며, 오로지 근 반세기(半世紀) 동안 사업하면서 쌓아 올린 결과에서 나오는 행복의 산물이라고 나는 자부하고 또 자랑스럽게 여긴다.

부동산 또는 주식 투자를 통한 재산 증식은 머리에 들어 있지 않았다. 오직 좋은 물건을 적정한 가격으로 거래 업체에 제공하는 것만이 유일한 목표였다. 그런 세월을 보내다 보니 없던 재산이 조금씩 조금씩 모여서 이제는 후손에게 재산을 물려줄 때가 되었다.

그렇다고 해서 재산이라고 해 봐야 나보다 재산이 적은 사람에 비해서는 많고, 많은 사람에 비해서는 적은 재산. 한 점 부끄럽지 않은 깨끗한 재산을 후손에게 물려주게 되어서, 나는 참으로 열심히, 착하게 지금까지 인생을 살았구나 하고 자부심을 가진다.

이제 온 힘과 정성을 다해서 운영하던 회사를 자녀에게 승계한 후 여유로운 시간을 갖게 되어 남은 인생, 건강하게 즐기면서 살아가려고 한다. 지금까지의 인생이 부끄럽지 않다고 여겨지지만, 늙어서 지나온 인생을 되돌아보면서 후회할 때 뱉는 말, '그때 그렇게 했으면 좋았을 걸!'이라는 표현에 맞는 행동이 있을까 돌아보게 된다.

부모님에게는 부끄럽지 않은 아들로, 평범한 생활 끝에 자그마한 성공을 알려 드리게 되어 자랑스럽게 생각한다.
낳아주시고, 키워 주시고, 재능을 물려주시고, 인도하여 주신 부모님의 영전에 이 책을 바친다.

차례

제4장 군 복무 30개월

제5장 제대, 복학, 졸업, 취업

제6장 기업, 새 길을 찾아 나서다

제7장 가치를 창출하는 기업을 지향하여

[에필로그] 못다 한 이야기들

비즈 피플

28년 흑자… 부채 0… 임금체불 全無 비결은?

"무리않고 분수에 맞게 사업한 덕"

구진산업 이무용사장

테프론 제조 30년 외길
사채는 거들떠도 안봐
동남아 근로자 3명
집세·병원비까지 대줘

28년 연속 흑자, 부채 사실상 '0원', 한 번도 안 밀린 봉급…. 서울 문래동 영세 공단에 자리한 제조업체 '구진산업'의 성적표다. 비록 연매출 12억원의 작은 회사지만 하루에도 수많은 기업들이 쓰러지는 전장(戰場)에서 '성공'이라는 말을 갖다 붙이기에 손색이 없다.

이 회사 이무용 사장(62)은 1976년 창업 후 30년 동안 테프론(가스관이 새지 않도록 막아주는 이음새) 외길을 걸어왔다. 그의 창업정신은 '절대로 무리하지 않고 분수에 맞게 사업하자'는 것이었다. 그래서 이자가 높아도 은행 빚은 제때 갚았고, 투자욕심이 나도 과하다 싶으면 나서지 않았다. 사채는 거들떠도 보지 않았다. IMF 한파 속에서도 자금난 한 번 겪지 않았다. 20여년 거래은행인 제일은행 신길동 지점이 이 사장의 신용을 높게 평가, 명예지점장에 위촉할 정도다.

이 사장의 인력 운용 스타일도 업계에서 알아준다. 그는 회사에서 실력을 쌓은 기술인력들을 붙잡지 않는 것으로 유명하다.

"아무 것도 모르던 직원들이 하나 둘 기술 인재(人材)로 크면 미

내년이면 창업 30주년을 맞는 문래동 공단 내 '구진산업' 이무용 사장(가운데)은 "욕심 부리지 않으면서 정직하려고 노력한 게 오늘을 있게 만든 것 같다"고 말했다. 이진한기자 (블로그)magnum91.chosun.com

런 없이 내보냅니다. 나처럼 사장님 소리 들어야죠."

이 사장은 "저와 경쟁할 호랑이 새끼를 키운 꼴이지만, 기술을 널리 보급해 나라경제에 작게나마 도움이 됐다 싶어 뿌듯하다"고 말했다.

현재 구진의 식구는 11명, 이 중 동남아 노동자가 셋이다. 이 사장은 이들의 집세와 병원비 등을 직접 대주고 있다. "70년대 동생이 중동에서 고생하던 모습이 눈에 선합니다. 외국인 근로자들이 힌두교도나 무슬림이라 회식은 오리고기집에서 하죠."

구진은 내년이면 창업 30년을 맞는다. 이 사장은 첫 해를 빼고 28년 연속 순익을 낸 재무제표를 '보물 1호'로 소중하게 여긴다. "기업 하는 보람이 무엇이겠습니까. 기술을 개발해 경제에 도움이 되고 이익을 남겨서 종업원들과 함께 나누는 것 아닙니까."

정지섭기자 (블로그)xanadu.chosun.com

조선일보 〈비즈 피플〉 기사(2005년 3월 25일)

제1장

언론의 조명과
기적의 순간들

조선일보 경제면에서 회사를 소개하다

나는 스스로 생각해 봐도 나서기를 좋아하는 사람은 아니다.

물론 사리를 따지는 일에서 경우가 어긋날 때는 양보하지 않는 편이지만, 이런저런 일을 만들어서 남들에게 펼쳐 보이는 호사가(好事家)는 아니라는 말이다. 그런 점에서 조선일보 경제면에 나와 우리 회사가 소개된 일은 전혀 나의 의사와는 무관하게 이루어진 결과였던 셈이다.

조선일보와 인연을 맺게 된 발단은 우리 회사를 소개하려는 의도와는 전혀 무관하게 이루어졌다. 내가 어음 할인과 이자율에 대해 의구심을 표하면서, 조선일보 기자에게 취재를 요청했더니, 어음 건은 내규에 명시되어 있어서 기삿거리가 아니라는 대답과 함께, 구진산업사에 관해 소개하겠다고 해서 '엉겁결(?)'에 기사가 나갔던 것이다.

당시의 관행은, 제품을 납품한 다음 거래처로부터 대금을 어음으로 수취하는 경우가 많았고, 그 어음을 거래 은행에서 할인하여 자금을 조성하고 인건비, 재료비 등 회사의 각종 자금과 경비로 사용했다. 거래 은행에서는 할인할 어음의 만기일이 3개월 미만일 때만 할인해 주고, 그 이상 기간이 긴 경우는 할인해 주지 않았다.

그래서 어음으로 자금을 마련하는 제2의 창구로 중소기업협동조합을 택했다.

조합에서는 기간이 3개월 이상인 어음도 할인할 수 있었는데, 다만 할인 조건으로 1년간 일정 금액을 불입(拂入)해야 하는 조건이었다.

나는 1년 만기로 월 30만 원씩 불입(拂入)하는 중소기업협동조합의

적금에 가입하였다. 1년 동안 연체 없이 불입했고, 불입 기간에 어음을 할인하지 않아서 만기가 되었을 때 해약하기 위해 만기금액의 명세를 살펴보았다. 그런데 이게 웬일인가? 공익을 표방하는 조합의 이자율이 은행의 이자율보다 낮지 않은가?

그래서 조합의 창구 직원에게 은행 이자보다 낮은 이유에 대한 설명을 요구하였으나 신통한 답변을 듣지 못했다.

더욱이 어음의 할인율은 은행보다 높았는데, 저축(정기 적금) 이자율이 낮다는 사실을 이해하기 어려웠다. 중소기업협동조합이라면 중소기업을 돕는 공익성 단체일 텐데, 이자율은 은행보다 높고 어음 할인율은 은행보다 낮아야 옳다는 생각이 들어서 조선일보 경제부 기자에게 제보(提報)했다.

중소기업협동조합이 자금 여력이 부족한 회사에 도움을 주는 기관이라면, 1년간 불입한 적금의 이자율이 은행 이자율보다 높아야 정상인데, 더 낮아서 이해할 수 없다는 내용의 이메일을 보낸 다음 취재를 부탁하였다.

며칠인가 시일이 지난 후, 그 기자가 취재 결과를 설명하기 위해 회사로 찾아왔다.

"보내주신 내용에 대해 취재해 봤는데, 조합의 적금 이자율이 은행 이자율보다 낮은 것은 사실이지만, 조합의 내부 규정이 그러하고, 가입자가 그런 사실을 인지한 다음 가입하였기 때문에 특별히 잘못된 점이 없다고 합니다."

조선일보 경제부 기자가 취재해 봤는데도, 조합의 내부 규정이 그렇고, 내가 적금에 가입하면서 그런 사실을 알고 가입했다고 하니 더는 할 말이 없었다. 기자와 이런저런 얘기를 하다가 조합의 이자율 문제는 기사화하기 어렵지만, 구진산업사를 취재하여 중소기업의 사정을 기사화하면 좋겠다고 하였다.

"우리 회사를 중소기업의 대표나 되는 듯이 소개하기는 어렵지요."

나는 회사가 '조선일보'라는 막강한 신문에 소개되는 것이 부담스러워서 애써 거절하였지만, 기자는 관점이 다른 모양이었다.

"충분히 기사화할 만하지요."

그렇게 하여 조선일보 경제부 기자는 구진산업사의 사업 내용을 기사로 게재했다.

나의 인생에서 기적의 순간들

사전에서 기적은 '상식으로는 생각할 수 없는 기이한 일'이라고 설명한다. 내가 여기서 얘기하려는 기적은 상식적인 사고방식으로는 이해가 되지 않지만, 사뭇 기이(奇異)한 일만은 아니다. 지금도 똑같은 생각이지만, 기적(奇蹟)은 하늘에서 뚝 떨어지는 것이 아니라, 끊임없이 노력하는 사람에게 주어지는 결과물 또는 선물이라는 생각이 든다.

사업한답시고 나선 지 몇 개월 동안 제품을 생산하지 못했다. 팔월 염천 삼복더위에 판잣집 같은 조그만 공장에 설치한 기계 앞에서 '어떻게 하면 원하는 제품을 생산할 수 있을까?' 하며 그야말로 밤낮을 가리지 않고 몽매간에 방법을 골똘히 생각하였다.

그리고 어제와 다른 방법으로 압출을 시도하였으나 정확한 결과물이 나오지 않을 때는 '내가 왜 이런 짓을 하고 있나?' 하며 회의하게 되고, 이런 일이 날마다 반복되었다. '잘 되지도 않는 일을 사업이랍시고 계속 붙잡고 있지 말고 법인체의 경리직으로 일하면 편하게 생활할 수 있는데…' 하는 생각도 수없이 했다.

지금 생각하면 이때 사업을 때려치우지 않은 것이 기적이다.

사업을 시작하면서 압출기(Paste Extruder)와 캘린더(Calender)를 제작한 삼영화학기계공업사 대표 되시는 분이 이런 말씀을 했다.

"나는 공대 기계과를 졸업해서 기계 제작업을 하고 있는데, 기계에 대해 생판 모르는 전직(前職) 세무 공무원인 당신이 테프론 테이프를 생산하다니, 무모한 도전이고 성공 가능성은 거의 없 다고 생각했다. 그런데 몇 개월 지나서 양질의 제품을 생산한 것을 보고 나로서는 이해가 되지 않는다. 이것이야말로 기적이다."

나는 사업하면서 이 이야기를 직원들에게도 자주 했다.

"능력이 되면 자립해서 사장 소리 들으라."라는 뜻이다.

세월이 흐르면서 서너 명의 근로자가 자립해 나갔고, 이 근로자들도 취급하는 제품이 우리 회사와 똑같으니 동종 업자를 키워 준 폭이 된다. 이 근로자가 퇴직할 때는 몸만 빠져나가는 것이 아니라 재직 기간에 습득한 제조 방법과 거래선 정보를 갖고 나간다.

그렇다고 해서 퇴직하는 직원에게 그런 행위를 해서는 안 된다고 말할 수도 없다. 나의 거래처 찾아가서 꼬드기는 바람에 거래처를 그 신생 대표에게 빼앗기게 되는 일도 있었다. 이런 내용을 잘 알고 있는 인근 공장 대표들은 "거래처를 그렇게 뺏기면서도 구진산업사를 운영해 나가는 걸 보면 이것이 기적입니다."라고 한 적이 있었다.

조선일보 기자가 언급한 대로 '호랑이를 키워서 자립시킨 꼴'이 되었다. 말하자면 '호랑이 새끼를 키워 내보내는 셈'이라는 뜻이다.

부도 일보 직전에 회사를 소생시키려고 생각했던 방안들이 IMF 사태 이후 회사의 구조조정을 순조롭게 할 수 있는 바탕이 되었고, 생산 시스템을 저비용 고효율의 방향으로 전환했다는 사실을 알게 되었다.

그것은 사전에 알고 진행했던 일이 아니었다. 오직 '회사의 정상화(正常化)'라는 일념으로 시도했던 방안이었다. 회사가 그런 시도도 하지 않으면서 어려운 와중에 IMF 사태가 있었다면 회사는 망했을 터이다. 사태가 오기 전에 소생 방안을 찾아낸 것이 기적(奇蹟)이라고 할 수 있다.

2023년 '용달사모(용산고 달리기 사랑 모임)' 회원들과의 '신년 맞이' 모임에서 약주를 곁들여 저녁을 먹은 후 숙소로 가려고 지하철 계단을 내려오다가 착지를 잘못하여 엉덩방아를 찧었다. 엉덩방아를 찧는 순간, 왼팔로 계단을 짚으면서 왼팔의 손목과 팔꿈치 사이의 중간 부분에 골절상을 입었다.

이때의 골절 부위가 허리가 아니고, 다리가 아니고, 오른팔이 아니고, 관절이 아니어서 얼마나 다행인가? 사고가 나지 않거나, 다치지 않은 것만은 못하지만, 골절 이후 운동과 생활에 약간의 불편함은 있더라도 심각한 상태는 아니었다. 이것도 기적(奇蹟)이라고 생각한다.

골프에 입문하여 스윙 연습에 열중하던 시절, 예기치 않은 손가락 부상으로 골프채를 잡지 못하여 무슨 운동이 좋을까 생각하다가 고(故) 김영삼 전 대통령께서 새벽에 조깅을 하신다는 기사를 읽고는, 조깅을 어떻게 하는 줄도 모르고 운동화나 복장을 갖추지 않은 상태에서 초등학교 운동장을 냅다 뛰었다.

그렇게 시작한 달리기가 시간과 거리가 늘어나면서 자연적으로 무릎이 아프고 허리도 아프고 숨도 찼다. 그래도 나는 중단하지 않고 계속 뛰었다. 이런 불편함 때문에 달리기를 접었다면 오늘의 기록을 없을 것이다. 이런 불편함에 개의치 않고 오늘날까지 꾸준히 뛰고 있다는 것도 하나의 기적(奇蹟)이라면 기적이다.

생산과 영업 부문에 전산화를 정착시킨 것은, 타인의 권유를 받고 했던 일이 아니다. 신문에 게재된, "계속적이고 반복적인 업무는 전산화하는 것이 좋다."라는 단 한 줄의 기사를 읽고 시작했다. 당시의 시대 풍조로 보아서 전산이라는 용어가 생소하고 나도 몰랐으니까, 그냥 한 줄의 기사려니 하고 지나쳤을 수도 있었다. 그럼에도 다른 회사보다 먼저 회사 업무의 전산화를 시작하여 성공하였다. 이공계가 아닌 인문계 출신으로, 신문 기사 한 줄에 힌트를 얻어서 전산화(電算化)를 시작했다는 것은 기적(奇蹟)이라고 생각한다.

집에서 어머니를 임종하다

1996년 3월 어느 날 밤, 취침 중에 오류동 사는 조카로부터 전화를 받았다. 이상한 느낌이 들었는데, 조카가 하는 말이 불길했다.
"할머니가 머리가 아프시데요."

생전의 어머니

불길한 예감과 함께 몸에 소름이 돋는다. 가슴도 방망이질한다.

"알았다. 곧 가마."

옷을 주섬주섬 입고 아내와 함께 오류동으로 운전해 가는데, 마음이 진정되지 않고 조바심이 나서 과속을 하니 아내가 천천히 가라고 거듭 주의를 준다.

"119 불러서 고대 구로병원으로 가니 그곳으로 오세요."

오류동으로 가는 도중에 걸려 온, 어머니와 함께 사는 동생의 전화였다.

"어머님을 소생시키기 위해 심폐소생술과 AED(자동심장충격기)를 이용하여 소생 치료를 하였으나, 회복은 불가능하니 마지막을 준비하는 것이 좋겠습니다. 병원 장례식장으로 모실 건지, 아니면 댁으로 모실 건지도 결정해 주십시오."

당직 의사의 말이었다.

쉽게 결정하기가 어려웠다. 이럴 때 형님이 계셨다면 내가 이런 어려운 결정을 떠맡지 않고, 지켜보기만 해도 됐을 텐데, 형님이 안 계신 것이 안타까웠다.

병원 장례식장에 모시면 조문객들에게는 빈소를 찾는 교통편이 편리하고 이들을 대접할 준비를 상주 측에서 하지 않아도 되니까 편하다. 그렇게 하려면 어머니를 응급실 철제 침대에서 운명하시도록 해야 한다.

그런데 이것은 어머니의 마지막 가시는 순간을 안락하고 평안하게 해 드리는 일이 아니라는 생각이 들고, 어머니께는 불효라는 느낌을 지울 수 없었다. 이렇게 하면 살아가면서 두고두고 후회할 것만 같았다.

대신 오류동 자택으로 모시면 조문객이 상가에 오는 교통편이 불편하고 비좁은 집에서 모든 음식을 번거롭게 준비하여야 하니 아내를 비롯하여 음식 장만하시는 분들이 수고하셔야 한다. 그렇더라도 조문객들에게 불편을 끼치는 것은 일시적이고, 또 음식 준비도 이틀 정도 수고하면 되는 일이거니 하여 나는 평생 후회하지 않는 쪽으로 결정했다.

"어머니는 집으로 모시겠습니다. 대신 집에서 운명하실 때까지 인공호흡기로라도 연명하실 수 있도록 조치하면 좋겠습니다."

집에 도착하여 평소 주무시던 이부자리에 눕혀 드리고, 깨끗한 옷으로 바꿔 입혀드린 다음, 함께 온 의사에게 '이제 준비가 끝났으니, 인공호흡기는 제거해도 됩니다.'라고 했다. 그런 다음 어머니는 바로 운명하셨다. 우연이지만 아버지의 운명 시간과 거의 비슷한 새벽이었다.

장지(葬地)는 합장 운이 나오지 않아서 아버지 묘소 옆으로 정했다. 그곳까지 버스가 들어가지 못해서 큰길에 주차한 다음 꽃상여에 모시고 묘소까지 운구했다.

마을 분들과 마을 발전 기금의 액수를 결정하고, 상주들 모두에게 금일봉이 들어 있는 봉투를 나누어 주면서 상여를 운구할 때 상여꾼들이 '힘들어서 더는 못 가겠다.'라고 하면 간단한 술과 음료수를 드시고 가시라는 말과 함께 봉투를 건네주었다. 이렇게 몇 차례 실랑이가 벌어지기도 하면서, 어떻게 보면 슬픈 것보다는 즐기면서 묘소까지 갔다.

완벽하지는 않지만, 전통 장례 방식대로 어머니를 모셨다.

외국인 근로자와의 인연

현재 우리 회사 구진피티에프이(주)에는 고용허가제에 따라 네팔 국적의 외국인 근로자 4명이 근무하고 있다.

이 제도는 처음에 산업 연수생 제도로 출발했다. 중소기업의 인력난을 완화하고 연수생에게는 기술 기회를 습득하여 국가 간의 상호 협력을 증진하기 위해 마련된 제도였다.

해외 현지 법인이 있는 사업체가 현지 근로자를 국내 사업체로 보내 기술을 습득하게 한 후, 현지 법인에서 근로하게 하는 제도였다. 애당초 이 제도의 혜택은 해외의 법인에 국한하였으나, 1990년대 초 국내 생산직 구인난으로 인하여 어려움을 겪고 있는 중소기업의 인력난을 해소하기 위하여 중소기업중앙회가 국내 연수 대상 업체의 범위를 확대해 달라고 요구하여 1992년 하반기부터 국내 근로자들이 기피(忌避)하는 소위 3D 업종에도 연수생을 도입하기 시작했다.

이 시점부터 한국은 과거 노동력 수출국에서 노동력 수입국으로 전환하게 되었다. 우리 회사도 중소기업중앙회에 신청하여 인도네시아 국적의 근로자 2명을 할당받아 근무하게 하였다.

내국 근로자들이 보기에 이들은 우리보다 못 살고, 피부 색깔도 다른데다 한국말도 할 줄 모르고 해서 일을 시킬 때 답답함이 있어서 어려움을 겪었다. 하루는 외국인 근로자가 달려와서 직원이 때리려고 한다고 하면서 나에게 피신했다. 즉시 직원들을 집합시킨 후 주의를 주었다.

"외국인 근로자를 채용하게 된 근본 이유가 뭔가? 여러분이 하기 싫어하는 일을, 여러분 대신 하게 하려고 채용하였는데, 이 근로자가 여러분의 등쌀에 견디지 못하고 도망이라도 가면 그 일을 누가 하겠나? 내가 그 일을 할 것도 아니고, 결국은 여러분이 해야 한다. 외국인 근로자에 대한 인격 무시는 절대로 있어서는 안 된다. 그러니 답답하더라도 달래서 일을 시키도록 해라."

그러면서 지침을 내려 주었다.

첫째, 근로자를 부를 때 "야!"라고 큰 소리로 부르지 말고, 이름을 부르도록 한다.

둘째, 우리가 인도네시아 말을 모르듯이 외국인 근로자들도 한국말을 모른다. 잘못 알아들으면 반복해서 얘기하고 그것도 안 되면 바디 랭귀지를 이용해서 알아듣도록 하라.

내국인 직원들에게 이렇게 이르면서 한마디 보탰다.

"우리나라도 옛날에 광부와 간호사가 서독에 가서 일한 아픈 과거가 있고, 중동 지방에서는 사막의 건설 현장에서 일했던 어려움도 있었다. 우리도 그런 시절이 있었는데, 이번에는 우리가 외국인을 고용하게 되었는데, 벌써 옛날 일을 잊어 버리고 텃세를 부려서야 되겠나?"

이후 외국인 근로자를 대하는 태도가 달라졌다.

당시에는 3년 근무하면 본국으로 돌아가야 했다. 이후 또 인도네시아 근로자 2명을 할당받아 근무케 하였는데 한 달 만에 도주해 버렸다.

인력이 부족해서 불법 체류자를 채용했는데, 이 근로자가 적발되어 벌금 백만 원을 낸 적도 있다. 이런 경우에는 해당 회사가 향후 3년간 외국인 근로자를 할당받을 수 없는 불이익을 당했다.

이런 기간이 지난 다음, 인도네시아 근로자 1명을 채용하여 일하게 하였는데, 매월 받은 봉급을 본국의 아내에게 꼬박꼬박 송금하였다. 그러던 중 이느 날, 표정이 침울히면서 일도 제대로 하지 않기에 무슨 일이 있느냐고 물었더니 본국의 아내가 송금한 돈을 몽땅 챙겨서 사귀던 남자와 도주하였다고 한다.

얼핏 중동 지역으로 파견된 우리나라 근로자가 본국의 아내에게 송금한 돈을 그 아내가 살림에 보태 쓰지 않고 흥청망청 유흥비로 쓰면서 바람이 나서 가정이 풍비박산이 나던 경우가 떠올랐다. 어떻게 했으면 좋겠느냐고 물었더니 자신이 본국에 가서 해결하고 오겠다고 하면서 3개월 비자에 3백만 원 가불(假拂)까지 해 달단다.

출입국관리소에 가서 비자 받아 주고, 원하는 돈도 빌려주었다. 3개월

후에 입국해서는 아내와는 이혼하고 이후 받은 월급은 본국의 누구에게
도 송금하지 않고 자신이 관리하겠다고 한다.

국내에서 근무하는 같은 국적의 여성 근로자와 결혼하고 착실히 돈을
모아서 정상적인 절차로 출국한 다음, 지금은 본국에서 사업체를 갖고
사장직에 있다는 소식을 들었다.

현재 우리 회사에 근무하는 외국인 근로자들은 위의 내용과 같은 불
미스러운 경우를 이미 알고 본국에 자신만이 인출(引出)할 수 있는 은행
계좌를 개설하여 송금한다고 한다.

어느 땐가 천만 원을 가불(假拂)해 달라고 해서 이유를 물어보았더니,
그곳도 인플레가 심해서 현금을 갖고 있으면 돈 가치가 떨어져서 토지
를 사려고 한다고 해서 빌려준 적도 있었다.

그만큼 지금 우리 회사에서 일하는 근로자는 착실히 돈을 모으고 계약
이 완료된 후에 본국에 가서 다른 일을 하려고 한단다.

현재 회사에 근무하는 근로자는 냉(冷)·난방(暖房) 시설이 완벽한 일
인 일실의 기숙사에서 생활하고 있다.

주방이 갖춰져 있고 자신들의 식사는 자체 해결하고 있으며, 여기서
쓰는 전기료와 수도료는 회사 부담이다.

파이프 높이 300mm 국내 최초로 생산

1980년 중반, P.T.F.E. 생산 회사와, 이를 사용하여 제품을 제조하는
회사(Processor)가 모이는 세미나 형식의 친목 모임이 미국 마이애미에
서 열린다고 해서 참가하게 되었다.

이 모임에서의 언어 소통은 전부 영어라서 나는 제대로 알아듣기 어려웠지만, 모임 기간에 참가 회사가 판매 목적이 아닌 자사 생산 제품을 소개하는 'Table Top Show'가 있어서 어떤 제품을 소개하는지 확인하려는 의도를 가지고 참가하였다.

P.T.F.E.로 제품을 생산하는 초기 단계에 있는 나로서는 외국 회사가 생산한 제품을 보고는 저런 제품을 어떻게 생산하나 그 방법을 상상할 수 없었고, 주눅이 들 수밖에 없었다. 어느 회사의 제품 중에 파이프의 높이가 300mm나 되는 제품이 있어서 확인하니 'Compression Moulding' 방법으로 생산한다고 한다.

지금까지 나는 높이가 300mm인 봉은 생산할 수 있어도 파이프의 경우 최대 높이가 150mm라고 알고 있던 참에, 그 높이의 파이프를 보고는 파이프도 높이 300mm를 생산할 수 있다는 확신을 갖게 되었다.

내가 읽은 자료에는 그런 제품의 생산 방법에 대하여 언급한 내용이 없다. 현장의 작업 과정을 토대로 해서 그 생산 방법을 찾아야만 했다. 귀국 후 어떤 한 규격을 선정해서 높이 300mm를 생산할 수 있는 금형을 제작하고 성형 후 열처리하였더니, 양 끝과 중앙의 직경 차이가 많이 생겨서 제품으로서의 가치가 없었다.

그러다가 직경 편차를 줄이는 여러 번의 시도 끝에 마침내 높이 300mm 파이프 제품을 국내 최초로 생산하게 되었다. 이제는 파이프도 높이를 300mm로 생산할 수 있다는 확신을 가졌을 즈음, 오랜 거래처인 싱가포르의 Shenton Co.에서 파이프 높이 300mm의 여러 가지 규격에 대한 Inquiry가 들어왔다.

가격을 제시하였더니 주문이 이루어져서, 그 회사에 금형을 신규로 제작하여야 하니 이를 감안한 납기를 제시하여 이것도 confirm을 받았다. 금형 제작, 성형품 생산, 열처리, 제품의 직선화, 편심의 진원화⋯등

이런 일련의 작업으로 분주하였다.

주문 물품이 상대 회사에 도착한 후 제품에 하자가 없는 것을 확인하였는지, 다른 규격의 제품에 관해서 문의하여 동일한 생산 공정을 거쳐서 제품을 수출할 수 있었다.

"이 제품 납품해서 이윤이 남습니까?"

3~4차례 주문이 들어오니 생산 책임자가 물었다.

"주문이 없어도 이런 제품을 생산하려면 금형을 제작해야 하는데, 주문 있는 상태에서는 이윤을 고려할 필요 없이 금형을 제작하고 차후의 주문에 대비하여야지. 그래야 거래처의 문의가 있을 때 서슴없이 제작할 수 있으니, 그것으로 우리는 만족하여야 한다."

그 당시 제작한 금형이 이후 다양한 규격의 성형품 제작에 크게 도움이 되었고 동종 업계에서 가장 많은 금형을 보유한 회사로 알려졌다.

타자 기능과 업무의 전산화

나는 지원 입대하기 위해서 타자(영타, 한타)를 읽혔다. 독수리 타법이 아니고 열 손가락을 전부 사용해서 타자를 한다. 이 기능이 직장 생활하면서 도움이 되어 평점이 좋았다.

어느 날 '계속적·반복적 업무는 전산화가 업무의 효율성과 신속성, 정확성을 확보할 수 있다.'라는 신문 기사를 읽었다. 그렇다면 우리는? 회사의 업무 역시 수치만 다를 뿐이지 계속적·반복적으로 진행되는 일이어서 신문 기사대로라면 전산화가 가능하겠다는 생각이 들었다.

구체적으로 전산화가 어떤 것이며, 어떻게 하는 것인지는 몰라도, 막연하게나마 전산화가 회사 업무에 도움이 되겠다고 생각했다.

나의 계획을 들은 지인이 군대 입대를 앞두고 잠시 쉬고 있는 인하대학교 전산과 학생을 소개해 주었다. 전산화에 관한 대체적인 설명을 듣고, 그 학생과 만나 업무 전산화 작업을 시작했다. 당시에는 컴퓨터가 없어서 TV 모니터, 키보드, 그리고 프로그램을 입력할 수 있는 카세트 레코더로 시작하였다. 또 컴퓨터 언어로는 코볼, 베이직을 사용하였다.

"생산 업무 중에서 이러저러한 작업의 결과를 알고 싶은데, 어떻게 하면 되겠어요?"

시험적으로 학생에게 물었더니, 이런저런 데이터가 필요하다고 해서 제공한 후 프로그램을 작성하도록 하여 답을 구했다.

학생이 프로그램을 작성하여 구한 답과 종래처럼 수기로 하는 답이 똑같아서 업무 전산화가 필요할 뿐만 아니라, 가능하다는 사실도 확인했다. 전산화를 위해 자료의 코드화가 선행되어야 한다고 해서 거래 업체별, 제품 종목과 규격별, 원료별, 코드화를 완성하였다.

전산화에 필요한 기초 작업이 완성된 후, 나는 국내 조립 컴퓨터(8Bits)와 도트 방식의 프린터(80Columns), 각종 데이터를 입력 저장하는 플로피 디스크(Floppy Disk), 키보드(Key Board)를 구매하여 생산 부문보다 덜 복잡한 영업 부문부터 프로그램을 완성하였다.

전산화 전까지는 영업 업무에서 월별 통계를 수기로 작성하려면 일주일이 소요되었다.

그런데 프로그램이 완성된 후에는 말일에 거래처별 전월 미수금, 당월 판매액, 수금액, 미수금을 즉시 확인할 수 있었다. 이렇게 하여 업무의 신속성과 정확성은 물론 통계의 신빙성도 확보할 수 있었다.

첫걸음이 어렵지, 전산화가 좋은 줄 알게 되자 이후로는 전산 언어의 개발에 맞추어서 프로그램을 개량하며 현재에 이르고 있다.

영업 부문에 이어 생산 부문의 전산화에도 착수했다.

생산 부문의 전산화를 시작할 즈음, 그 학생이 입대하는 바람에 전산화 전문 회사에 의뢰하여 프로그램을 작성했다.

기본 데이터로는 영업 부문의 각종 코드 외에 원료별 비중, 수축률, 각 유압프레스의 제원 등이 필요했다.

테프론 사업에 종사하면서 늘 궁금했고, 원료 생산 회사의 담당자에게 문의해도 시원한 답을 얻지 못한 부분이 있었는데 그것은 제품의 신장률이다.

P.T.F.E. 원료는 압축했을 때의 규격과 열처리한 후의 규격의 차이, 즉 수축률이 원료별로 다르다. 횡(橫) 방향으로 수축하면 종(縱) 방향으로 신장하는데, 여러 나라의 자료를 검토해 보아도 수축률은 있어도 신장(伸張)에 관한 데이터는 없었다.

정확한 신장 수치를 산출하는 방법을 모르는 채, 작성자의 경험과 편의에 따라 신장을 결정하는 것은 기준이 없고 일관성이 없는 생산 방법이고, 이렇게 생산된 제품을 정확하다고 할 수 없다. 이 문제를 해결하기 위해서 나는 질량 불변의 법칙을 활용했다.

다시 말해 열처리 전 예비성형물의 중량과 열처리 후 성형물의 중량에는 변함이 없다는 점에 착안하여 수학의 일차방정식을 프로그램에 도입하였다. 각종 성형물을 생산하면서도 신장에 대한 정확한 답을 구할 수 없었던 그동안의 문제가 프로그램을 작성하면서 일차방정식을 도입하여 오랜 기간의 의문 사항을 해소했다. 머리가 맑아지는 느낌이고 가슴이 뻥 뚫리는 기분이었다.

제2장

유년 시절, 그리고 부모님

4형제 집안의 둘째로 태어나다

나는 1943년 5월 28일(음력 4월 25일) 태어났다.

아버지 이영준 님과 어머니 박봉서 님 슬하의 둘째 아들이었다. 위로는 형이 있고, 아래로 남동생이 둘인 4형제 집안에서 자랐다.

"너를 잉태했을 때, 아버지가 반지를 선물하셨는데, 내 손가락에 꼭 맞더라."

어머니는 가끔 이렇게 태몽(胎夢) 이야기를 해주셨다. '그래서 그런지 아들 넷 중에서 네가 제일 맘에 맞는다.'라고 말씀하신 적이 있었는데, 항상 그 기대에 걸맞게 살지는 못했을지라도 큰 실망을 안겨 드리지는 않았던 것 같다.

어릴 때의 일로 지금도 생생하게 떠오르는 기억이 있다. 꼭 2번 어머니의 기대를 크게 벗어나 어머니께서 깜짝 놀라시도록 말하고 행동했던 기억이다.

골목에서 동생들과 함께

요즘은 자주 볼 수 없는 일이지만, 내가 어렸을 때만 해도 어른들이 어린이들에게 "너는 커서 뭐가 되고 싶어?"라는 질문을 하곤 했다. 어린이들이 내놓는 대답도 모범답안 비슷했다.

"대통령이요."

"선생님이요."

꼭 그렇게 되어야겠다는 의욕보다는 어른이 물어보니 그냥 그렇게 대답하는 식이었다. 나에게도 어떤 어른이 그런 질문을 했던 모양이다.

"빙빙 돌아가는 의자에 앉는 사람이요."

빙빙 돌아가는 의자가 뭔지도 몰랐을 내가 그렇게 대답하였다는 사실이 믿어지지는 않는다. 아마도 어머니께서는 내가 성장해서 그런 의자에 앉는 사람이 되기를 희망하시는 뜻에서 그렇게 말씀하시지 않았을까 생각된다. 그 말대로 이루어졌다고 해야 할지, 지금 나는 빙빙 돌아가는 회전의자에 앉아 있다.

두 번째 일화도 맹랑하긴 마찬가지다.

내가 어렸을 때는 군것질거리가 흔하지 않았다. 어른이 사탕을 보여주면서 "고추 보여주면 이 사탕을 줄게." 하면 사탕을 받겠다는 욕심에 나는 얼른 바지를 내리고 고추를 보여주었다고 한다.

어렸을 때부터 뭔가 얻어내기 위해서는 무슨 일이든 했던가 보다. 용기라고 할까, 과단성이랄까.

감나무 동산의 기와집

태어나서 살던 집은 일자집이었던 것 같다. 지금의 주택 사정과 비교하면 달동네나 쪽방촌보다는 조금 나은 단독 주택들이 다닥다닥 붙어 있어서 햇빛도 잘 들어오지 않는 그런 집이었다. 이 집에서 몇 살까지 살

마루에서 동생과 함께

았는지는 기억에 없다.

이후 언제인지는 몰라도 '서대문구 만리동 2가 251-46'으로 이사를 했다. 이 집에서 중·고등학교와 대학교의 학창 시절을 보냈고, 제대 이후 직장 생활을 하는 동안에도 계속 살았다.

이 집은 감나무 동산의 꼭대기에 축대를 쌓은 집터에 지은 기와집이었다. 왜 '감나무 동산'이라고 불렀는지는 몰라도 만리동 고개를 '감나무 동산'이라고 했는데, 집은 바로 청파동 고개와 만리동 고개의 경계에 있었다.

먼저의 일자집보다는 크고(약 30평 정도) 기역(ㄱ)자 형태였다. 방이 2개, 마루와 부엌으로 구성되어 있었고, 언덕 위에 지은 집이라 웃풍이 심한 데다 겨울에는 자리끼가 얼어붙을 정도로 몹시 추워서, 뜨거운 물을 작은 물통에 담아 이불 밑에 넣어둔 채 잠자리에 들곤 했다.

우리 집은 사람이 자주 다니는 길에서 꺾여 들어온 막다른 골목이었고, 그 골목에는 우리 말고 다른 두 집이 더 있었는데, 그 두 집의 식구들과도 매일 보고 지내는 사이라 친척 이상으로 가깝게 지냈다.

감나무 동산의 기와집인 우리 집은 만리동과 청파동의 경계에 있다고 했는데, 이 두 동네를 비교하면 비슷한 느낌으로 떠오르는 지역이 있다. 미국과 멕시코의 국경에 걸쳐 있는 '노갈레스'라는 도시이다.

담장 하나 사이로 두 지역의 가옥 형태는 극명하게 갈린다고 한다. 멕시코 쪽 '노갈레스'는 판잣집 형태가 전부이고, 다른 한쪽인 미국 쪽 '노갈레스'는 빌딩이 즐비하다는 것. 『국가는 왜 실패하는가?』라는 책에 나오는 이야기이다. 이 책은 2024년 노벨경제학상을 수상한 대런 애쓰모글루와 제임스 A. 로빈슨의 저서로 2012년에 시공사에서 번역 출간되었다.

청파동과 만리동의 가옥 형태가 꼭 이렇게 차이가 난다고 할 수는 없지만, 청파동 고갯길을 올라오다 보면 전부가 이층 양옥집으로 집안에 정원수가 있고 뛰어노는 아이들이 없는 조용한 주택가인 데 비해 만리동 고개 올라오는 길에는 단층집들이 다닥다닥 붙어 있고 정원수 같은 건 찾아볼 수 없다.

청파동 쪽은 일제 시절 지은 적산가옥으로 해방 후에 정부로부터 불하받은 집으로 알고 있다. 반면에 서민들이 사는 동네였던 만리동 고개의 길에는 어김없이 아이들이 모여서 딱지치기, 구슬치기, 고무줄놀이 하느라고 복작거렸다.

아버지와 어머니

아버지 이영준 님은 1906년 2월 18일(음력 1월 25일) 안성군 원곡면 죽백리 내촌(당시 주소)에서 태어나셨고, 1960년 6월 5일(음력 5월 12일) 만리동 자택에서 돌아가셨다. 양성이 본관(本貫)인데, 지금은 안성시와 평택시에 통합된 옛 경기도 양성군을 일컫는다.

어디서 배우셨는지는 확실하지 않지만, 한문(漢文)에 관한 지식은

집에서 아버지와 함께. 서 있는 아이가 필자.

처녀 시절 어머니(앞)

조금 가지고 계셨다. 체격은 보통이었는데, 특이한 점이라면 머리카락
이 뻣뻣해서 항상 짧은 상고머리 형태를 유지하셨다.

사람은 죽을 때까지 배워야 한다고 틈틈이 말씀하셨는데 당시 나는
학교에서 공부하는 것도 지겨운데 학업 마치고 난 후에도 또 배워야 한
다니 받아들이기 어려운 가르침이었다. 그러나 성인이 된 후 아버지의
이 말씀은 진리라는 걸 알게 되었다. 지금도 나는 충분하지는 않지만 배
우려고 노력하고 있다.

어머니 박봉서 님은 본관이 월성으로, 1917년 8월 18일(음력 7월 1
일) 안동군 안동읍 동부동(당시 주소)에서 태어나셨고, 1996년 3월 10
일(음력 1월 21일) 오류동 자택에서 돌아가셨다.

학력은 무학(無學)이며, 이에 대한 콤플렉스 때문인지 자식들의 교육
에는 열성을 다하셨다. 체격은 보통이고, 항상 머리는 쪽을 짓고 계셨다.

기모노 입은 어머니와 한복 차림 어머니(오른쪽)

　내가 둘째라서 만만해서 그러셨는지 집안일을 자주 시키셨다. 특히 두꺼운 옷을 짤 때는 어머님께서 "다께야!(집에서는 나를 이렇게 부르셨다.)"라고 부르시고는 둘이 서로 반대편을 잡고는 반대 방향으로 돌려서 힘껏 짰다.

　당시에는 세탁된 옷의 주름을 펴고 옷감을 부드럽게 하려고 세탁물을 다듬잇돌 위에 올려놓고 방망이로 두들겼는데, 이 일을 할 때는 어머니와 함께 장단 맞추어서 두들겼던 기억이 있다.

　두 분 모두 살찐 체격이 아니신데, 특히 어머니는 좀 마른 편이고, 강단이 있어 보이셨다. 그런 DNA 덕분으로 4형제 모두 뚱뚱하지 않다.

　아버지와 어머니는 1940년에 중매로 결혼하셨다.

　아버지께서는 두 번 결혼하셨는데, 첫 부인과의 사이에 딸이 있었다는 얘기만 들었다. 성함은 모르고 '달성서씨'라고만 알고 있는 첫 부인이 어떻게 돌아가셨는지는 들은 바가 없지만, 아버지께서 돌아가신 후에 어머니의 권유로 아버지와 달성서씨 두 분의 지방(紙榜)을 써서 함께 제사를 지냈다. 지금은 용화선원에 아버지, 어머니, 달성서씨 세 분의 신위를 모시고 있다.

전쟁과 피난

국민학교 2학년 때 6.25 전쟁이 일어났다.

전쟁 발발 직후에는 피난 갈 여유가 없었던지, 그냥 서울에서 생활했다. 대신 장년이셨던 아버지는 보국대에 징집되어 가셨고, 아버지가 안 계시던 집에서 어떻게 생활했는지에 대한 기억은 없다. 다만 날마다 비행기 소리와 폭탄 터지는 소리에 잔뜩 겁을 먹은 채 하루하루를 보냈다.

다행인 것은 우리 집의 마루 밑에 작은 지하실이 있어서 비행기 소리만 들리면 이곳으로 들어가서 이불을 뒤집어쓰고 있었다. 비행기 폭격

부모님은 앞집 아주머니와 함께 창경원 벚꽃놀이를 가시기도(연도미상).

36

을 맞지 않았던 것은 천행이었는데, 아마도 민간 주택 지역이라서 폭격에서 제외되었던 것으로 추측된다.

전쟁은 우리에게 사뭇 불리하게 전개되다가 유엔군의 참전과 인천 상륙작전의 성공으로 양상이 역전되었으나 중국의 인해전술로 다시 후퇴하게 되었고(1.4 후퇴), 이때는 우리 식구도 피난을 갈 수밖에 없었다.

피난 장소는 아버지의 고향이면서 백부님과 숙부님이 생활하시던 내촌으로, 당시에는 몹시 벽촌이었다. 엄동설한에 얼어붙은 한강을 자전거로 도강하던 일이 떠오른다.

아버지께서 먼저 자전거에 형을 태우고 1~2Km쯤 데려가서 내려놓은 다음 되돌아오셨다. 1~2킬로미터쯤이라는 거리는 순전히 지금 추측이다. 이번에는 나를 자전거에 태워 형이 기다리는 곳을 지나 다른 민가에 나를 데려다 놓고는 다시 형을 태우러 가셨다. 아들 둘을 자전거에 태워 번갈아 옮겨주신 셈이다.

아버지께서는 셋째인 동생을 자전거 의자와 핸들 사이의 가로 철봉 구조물 위에 방석을 놓고 태운 상태에서 형과 나를 실어 나르셨고, 1950년 10월에 태어난 막내는 어머니가 포대에 싸서 등에 업고 피난길을 내내 걸어가셨다. 추운 겨울철에 200여 리를 이런 식으로 피난을 갔으니 얼마나 힘드셨을까?

우리 식구는 내촌에서 피난 생활을 하다가 중공군이 계속 밀고 내려오는 바람에 좀 더 벽촌인 목촌(현재 독립기념관이 있는 천안시 목천읍으로 추정되는 곳)으로 백부님·숙부님 식구들과 함께 다시 피난을 갔다. 목촌은 연고라곤 없는 곳임에도 무작정 피난을 가야만 했다.

당시에는 피난민에 대해 현지인들이 여러 가지 도움을 주었다고 하더라도 어른들은 몹시 힘드셨겠지만, 나이가 어렸던 나로서는 큰 어려움이 없었던 것으로 기억한다.

피난길과 관련하여 안타까운 후일담도 있다.

마라톤에 입문한 이후 42.195km의 풀코스도 여러 차례 어렵지 않게 주파하고, 울트라 마라톤에 어느 정도 자신감이 생겼을 때였다. 너무 어린 나이에 아버지 자전거를 타고 갔던 길이지만, 부모님께서 겪으셨을 피난의 어려움을 간접 체험하기 위해 '피난길 울트라 마라톤'을 계획하여 실행에 나섰다. 2003년 환갑 때였다.

예전에 살던 만리동 집에서 출발하여 삼각지, 한강 인도교, 시흥, 수원, 오산을 거쳐 종착지인 내촌까지 가는 코스였다.

그런데 장경인대 증후군이 재발하여 평택시청 앞에서 중단하는 바람에 계획은 물거품이 되고 말았다.

나로서는 '인생의 버킷리스트'라고 할 만한 일인데, 성공을 거두지 못한 안타까움은 두고두고 아쉬움으로 다가온다. 풀코스 마라톤을 100회 이상, 그리고 국내와 해외의 울트라 마라톤 코스를 80여 차례 완주했음에도 '피난길 울트라 마라톤'을 마무리하지 못한 일은 내내 아픈 손가락처럼 기억에 남아있다.

공부와 일, 그리고 아버지의 임종

아버지의 생업은 자유시장의 노점 판매대에서 의복을 파는 일이었다. 의복은 주로 군복 계통이었고, 판매대는 정상적인 점포가 아니라 점포와 점포 사이의 통로에 설치한 노점이었다. 당시에는 단속 없이 장사할 수 있는 시대였다.

폐점할 때는 팔던 물품을 모두 대바구니에 넣어 포장한 다음 인근 창고에 보관하였는데, 나는 저녁때쯤 시장에 가서 가끔 아버지의 포장 일을 도와드리곤 했다. 공부보다는 일을 더 좋아했던 셈이다. 그렇게 하면

도봉산 야유회(?)에서의 아버지와 자유시장 노점상 앞에서의 아버지

뭔가 반대급부가 있었음직한데, 이런 부분에 대한 기억은 없다.

아버지는 군복뿐만 아니라 지퍼(Zipper, 일명 작크) 밑 부분에 부착하는 부품도 직접 개발하셔서 판매하셨다. 이 부품은 포탄 외피를 금형에 올려놓고 소형 프레스로 모형을 따낸 후 다른 금형에서 마무리 작업을 하여 완성하는 제품이었다. 재료인 포탄 외피는 6.25 전쟁 때 사용했던 것인데 재질이 신주였다.

아버지께서 아침에 시장으로 나가시기 전에 "오늘은 이것을 몇 개 만들어야 한다."라고 작업량을 주시면 나는 공부보다 이것을 만드는 일이 더 재미있었다. 공부하는 데는 꾀를 부렸지만, 이 제품을 만드는 작업은 싫증을 내지 않고 꾸준히 했다.

제품 개발, 금형 설계, 그리고 일련의 생산 과정을 누구의 도움도 받지 않고 스스로 해결하셨던 아버지의 능력을 내가 이어받아서 그런지, 나도 기계 설계는 물론 생산성을 높이는 금형 개발(Multi Cavity Mold),

신제품 개발까지 독자적으로 해결했다.

이런 모든 과정에서 드러났던 생산 활동은 미뤄보건대 내가 갖고 있는 능력이 아니라 아버지의 DNA를 물려받은 것이 아닌가 생각된다.

1960년 6월, 아버지의 임종은 너무 갑작스러웠다.

들은 바에 의하면, 장사하시는 자유시장에서 오후의 한가한 시간에 인근 친지분과 장기를 두시다가 '장군 받아라!' 하시고는 쓰러지셨단다. 당시 아버지는 고혈압과 치질을 지병으로 갖고 계셨다고 한다.

급히 서울역 건너편 세브란스 병원에 입원하셨으나 입원한 지 2일 만에 가망 없다는 담당 의사의 판단에 따라 집으로 모셨는데, 다음 날 새벽에 운명하셨다.

가르랑~ 가르랑 가래 끓는 소리가 계속 들리다가 어느 순간, 그 소리가 툭 멈추기에 아버지 얼굴을 봤더니 눈에서 눈물이 조금 흘러내렸다.

숨넘어가는 순간에 마지막 정신 줄을 잡고 무슨 생각을 하셨기에 눈물을 조금 흘리셨을까? 남은 식구들이 헤쳐 나갈 세파를 걱정하셔서 그랬을까? 당신이 식구들을 보살피지 못하고 일찍 세상을 떠나시는 것이 미안해서 그런 생각을 하셨을까?

아버지의 눈물 한 방울을 보고는 짧게나마 그런 상상을 해 보기도 했다. 그렇게 아버지는 우리 곁을 영원히 떠나셨다. 순간 나는 어두컴컴한 한밤중의 망망대해에 달랑 하나 떠 있는 돛단배에 홀로 남겨진 외롭고, 처량하고, 겁나고, 막막하다는 느낌이 온몸을 휩싸는 느낌이 들었다.

가장이 돌아가셨지만, 울고 있을 수만도 없었다.

장례 준비를 서둘러야 했다. 지금이야 장례식장에서 모든 준비가 해결되지만, 당시에는 전통 방식의 장례 절차를 따라야 했다.

먼저 부고(訃告)를 친지와 친척들에게 전해야 하고, 특히 전화시설이 부족한 시대라서 지방에 계신 친척분들에게는 인편으로 전해야 했다. 상주들이 입을 굴건제복(屈巾祭服: 바지, 저고리, 두루마기, 두건, 상장 막대)을 만들어야 하고, 조문객들에게 대접할 음식을 준비해야 했다. 집 입구 골목에 가마니로 조문객들이 앉을 자리를 마련했는데, 이런 모든 일들은 인근 주민들이 제 일처럼 팔을 걷고 나서서 도와주었다.

마루에 조문할 수 있는 궤연(几筵, 속칭 상청)을 설치해서 고인의 위패를 비치해 놓아야 하고, 궤연에는 향과 촛불이 항상 켜져 있어야 했다.

상주들은 고인을 지켜드리지 못하고 세상을 떠나시게 한 죄인이라며 문밖출입도 하지 못하게 해서 관이 영구차에 실려 나가기 전까지 집안에만 있었다. 또 상주가 상청(喪廳)을 떠나서는 안 된다고 해서 우리 4형제는 조문객이 없는 야밤에도 불침번을 서듯이 윤번제로 빈소를 지켰고, 그사이에 잠깐씩 쪽잠으로 피로를 해결하면서 이틀을 보냈다. 조문객이 오시면 상주인 우리 4형제는 일어나 그분들이 향 피우고 잔 올리고 절하는 동안 '아이고~ 아이고' 곡(哭)하고 있다가, 끝나면 맞절로 인사했다. 처음에는 슬퍼서 곡이 절로 나왔지만, 시간이 흐르면서 억지로 곡하고 여러 번 절하다 보니 무릎과 다리가 아파 조문객이 오시 않았으면 좋겠다는 생각까지 했다.

장지는 아버지 고향인 원곡면 내촌 근처 용이리의 선산(先山)으로 정했다. 당시만 해도 교통수단이 부족할 때라 성능이 좋은 차를 구할 수는 없었지만, 그래도 지방으로 가기 때문에 좀 나은 영구(靈柩) 운반 차량을 구했다. 어머니께서는 조문객을 받으면서 어수선했던 집을 정리하시겠다고 하시면서 장지에 가시지 않았는데, 실은 남편이 땅속에 묻히는 장면을 차마 보실 수 없어서 그렇게 하시지 않으셨을까 싶다.

장지로 가는 도중 수원 못미처 지지대고개를 오를 때 영구차가 힘에

겨운 듯 잠시 쉬었고 냇가에서 물을 받아다가 라지에터에 보충한 다음 다시 출발했다. 장지까지 바로 영구차가 들어갈 수도 없어 평택에서 안성 가는 도로에 정차한 후 약 1km 이상의 거리를 상여로 이동했다. 이때 상여를 멘 상두꾼은 고향마을 분들이 맡으셨고, 앞소리꾼의 구슬픈 가락에 맞추어서 상두꾼들은 선소리를 합창했다. 그때는 이 만가(挽歌)의 한 마디 한 마디가 얼마나 슬프던지 내내 울음을 삼키며 흐느꼈다.

장지에 도착해서는 상여의 관을 임시로 차린 현장의 상청에 모셔놓고, 상주인 우리 4형제는 나란히 서서 '아이고~ 아이고' 곡하며 마을 분들의 조문을 받았다. 막내는 너무 어려서 당장의 장례에는 관심이 없고, 상장 지팡이로 인근 개울에서 개구리를 잡고 놀았다.

이 광경을 본 주위 분들은 저렇게 어린 녀석을 두고 고인이 눈을 제대로 감았겠느냐고 슬퍼하셨다.

묘지를 정리한 다음 매장할 준비가 되어 하관(下棺)할 때는 관을 깨뜨려 시신만 광(壙)에 안치하고 그 위에 직사각형의 판자를 덮고, 형제들이 차례로 흙을 삽으로 떠서 뿌리는데 '이제 아버지와는 영원히 이별이구나.' 하는 생각에 '아이고~ 아이고' 하는 의례적인 곡(哭)이 아니라 절로 뱃속에서 서글픈 통곡이 터져 나왔다.

봉분의 흙을 다 덮고 달구질하며 읊어대는 구슬픈 가락에 또 울음이 터져 나왔다. 이렇게 경황이 없는 가운데 아버지를 차가운 땅속 어두운 곳에 묻은 채 우리는 아버지께서 살아생전에 사시던 만리동 집으로 돌아왔다. 그리고 한동안 아침저녁으로 궤연(几筵)에 상식(上食)을 드리며 슬픔을 가누지 못하고 울었다.

어머니의 순애보와 생계 수단

평소에 아버지와 어머니 두 분께서 어떻게 사랑하며 사셨는지는 알수가 없다. 나는 나이도 어렸고, 학교 다니며 공부하는 일에만 매달리면 되었으니 두 분 사이가 어떤지는 관심을 기울일 계제도 아니었다. 그만큼 평범했다고 할 수도 있겠으나 두 분이 크게 다투시는 걸 본 적이 없었으니 적어도 원만하게 지내셨거나 사이가 좋으셨던 것으로 짐작된다.

아버지께서 갑자기 돌아가신 후 장례를 치른 다음에야 어머니께서 하시는 언행을 보고 평소 생활에서 남편을 어떻게 사랑하셨는가를 단편적인 모습으로 엿볼 수 있었다. 당시에는 당연히 3년 상이 관례였고, 어머니는 이런 절차를 빈틈없이 지키셨다.

만리동 집의 마루에 궤연(几筵)을 차려 혼백과 신주를 모셔 두고, 조석(朝夕)으로 상식을 올렸다.

초하루와 보름에는 제대로 격식을 차려 제수(祭需)를 마련하신 다음,

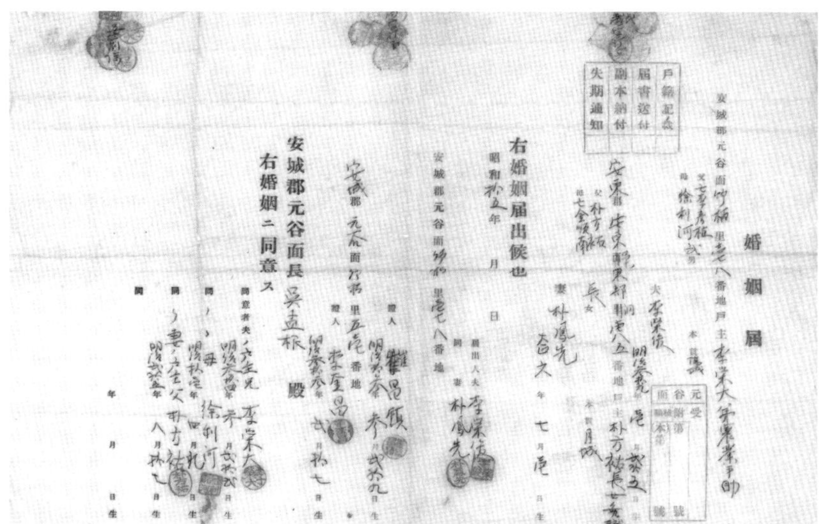

아버지와 어머니의 혼인계(혼인신고, 1940년)

우리 4형제가 상복을 갖춰 입고 상장(喪杖)을 짚은 채 곡까지 하며 삭망제(朔望祭)를 지내도록 이르셔서 말씀하신 대로 따랐다.

남편이 그립고 살림이 어려워서 그러셨을까? 3년 상을 치르는 동안 4형제의 막내만 데리고 묘소에 가셔서 한참을 울다가 오셨다고 말씀하신 적도 있었다. 교통수단이 열악했던 당시에는 기차와 버스를 이용하셨을 테고, 안성 가는 길 도중에 내리셔서 묘지까지 걸어가셨을 것이다. 교통이 발달한 지금이라도 나에게 그렇게 하라고 하면 선뜻 내키지 않는 일이 아니었을까 싶다.

아버지께서 생전에 하시던 군복 장사를 여인이 운영하기에는 적당한 종목이 아닌 데다 나이 어린 아들 넷을 키우면서 그 장사를 하시는 건 무리였다고 생각한다. 그렇다고 해서 우리 4형제가 어머니를 도와서 뭔가를 하기에는 나이가 너무 어렸다.

얼마 후 어머니는 아버지의 군복 장사를 접으셨고, 특별히 하시는 일이 없다가 주위의 지인이 건설 현장의 벽돌공과 미장공분들을 대상으로 하숙을 치시면 어떠냐고 해서 그 일을 시작하셨다. 어린 자식들과 함께 굶지 않기 위해 어머니께서는 이 일을 하셨으리라. 열 명 안팎의 작업자들에게 잠자리와 함께 아침저녁 식사와 점심 도시락까지 하루 세 끼 제공하고, 한 달씩 하숙비를 받으셨는데 얼마였는지는 기억에 없다.

어머니는 이 일을 혼자서 다 하셨다. 형은 졸업 후 바로 취업하지 못하고 친구들과 사업 목적으로 지방에 내려갔고, 나는 군 복무 중이었으며, 동생들은 중·고등학교 학생들이었다. 당시에는 가스를 사용하기 전이라 어머니는 가마솥에 장작불로 아침저녁의 식사와 점심 도시락을 위한 밥을 지으셨다. 하루 세 끼 열 명도 넘는 장정들의 끼니를 준비하는 일이니 종일 바쁘셨을 것은 불 보듯 뻔한 일이다.

군에서 제대한 후 나는 어머니를 도왔다. 아침에 하숙하는 이들의 상을 차려서 식사하게 하고, 도시락을 챙겨 일터로 나가는 분들에게 전달했다. 아침 식사가 끝난 상의 식기들을 모아 설거지통에 담아 놓으면 어머니는 설거지부터 하신 다음 곧바로 저녁 식사 준비를 시작하셨다. 어머니는 이 일을 참으로 억척스럽게 하셨다.

내가 대학을 졸업하기 직전까지 하셨으니 몇 년 동안이나 이 일을 하셨는지 기억하기도 어렵다. 정확하게 알 수는 없었지만, 이 일에서 얻어지는 수입으로 아들 넷을 키우면서 져야 했던 빚의 이자와 원금을 일부 갚지 않았을까 생각한다.

어느 날 어머니께서 폐기(廢棄)된 잡목을 머리에 이고 오시는 것을 보고, 이후에는 장작으로 쓰일 수 있는 폐목은 보이는 대로 집으로 가지고 왔다. 나는 당시에 집에서는 공부할 공간이 없어서 청파동에 있는 독서실에서 공부하다가 의자를 여러 개 이어 붙여놓고 그 위에서 잠까지 자고 지낼 때였다.

어느 날 새벽에 일어나서 집으로 올라오는데, 신축하려고 헐어놓은 집터에 서까래 등의 목재들이 내버려져 있어서 이것을 어깨에 메고 와서 톱으로 썰고 도끼로 잘라서 쓰시기 좋게 만들어 드린 적도 있었나.

졸병으로 군대 생활하던 시절에 휴가 비용으로 어머니를 가슴 아프게 한 적이 있어서 휴가를 받게 되면 작업반장에게 부탁하여 뒷일꾼(잡역부, 일본말로 데모도)으로 휴가 출발하는 날과 귀대하는 날 빼고는 현장에서 일을 하고 귀대하기 전에 작업반장에게 부탁하여 일당을 미리 받아 이 돈을 휴가 귀대 비용으로 사용했는데, 이분들 덕분에 용돈을 벌 수 있어서 고맙게 생각했다.

정기 휴가를 25일 받았을 때는 20일 정도 일을 해서 사고 싶은 것들도 사곤 했다.

대학교 4학년 재학 중에도 용돈이 없을 때는 틈틈이 이런 일을 했다.

나의 진로에 대한 어머니와의 갈등

어머니께서 아버지의 유업(遺業)을 이어받아 시장의 점포에서 장사하셨는데, 판매하는 품목이 군복이라 여성에게 적합한 업종은 아니라고 생각하셨다. 나는 공부보다는 장사하는 일이 적성에 맞는 것 같아 자주 시장에 가서 어머니를 도와드렸다.

당시 고등학생이었던 나는 고등학교 졸업 후 아버지의 유업을 이어받아 장사할 생각이었다. 그러면 어머니께서 큰 어려움을 겪지 않으셔도 되고 경제적으로도 좀 더 윤택해지지 않을까 싶었고, 공부의 굴레에서도 벗어날 수 있겠다는 생각에 나는 학업에 열중하지 않았다.

어영부영 1학년을 마치고 2학년 2학기 무렵에 어머님에게 나의 의중을 말씀드렸더니 대뜸 호통을 치셨다.

"말도 안 되는 소리하지 말고 대학에 들어가서 공부해."

이미 형이 대학에 다니고 있는데 나까지 대학에 다니면 어머니 혼자서 학비를 어떻게 감당하실 수 있느냐고 말씀드렸지만, 막무가내로 반대하셨다.

"그건 네가 걱정할 일 아니다. 아버지 생존해 계실 때는 이런저런 질환으로 병원비가 나갔지만, 이제는 그럴 필요 없으니 그 비용으로 네 대학 학비 충분히 감당할 수 있다. 그런 걱정하지 말고 네가 할 일인 공부나 열심히 해라."

이후에도 몇 번 이 문제로 말다툼이 있었지만, 어머니의 강한 집념을 꺾을 수는 없었다. 당신이 못 배운 한을 자식들에게는 물려주지 않겠다는 어머니의 의지 앞에 내 의견은 공부하기 싫어하는 철부지의 넋두리에 지나지 않았다. 결국 어머니의 뜻을 받아들여 대학에 진학해야 했다.

돌이켜보면 어머니의 백번 현명한 판단 덕분에 내가 지금 이런 위치에서 이런 글을 쓰고 있다고 생각하니 어머니께 깊은 감사를 드리는 마음이 한결 새로워진다.

제1620호

졸업증서

본적 서울특별시

李武雄

1943년 5월 28일생

이 이는 본대학 경제학과 4년간
소정의 전과정을 이수하고 경제학사의
자격을 얻었으므로 이를 증명함

1969년 2월 25일

고려대학교 정경대학장 김 영 두

위의 증명에 의하여 본증서를 수여함

1969년 2월 25일

고려대학교 총 장 문학박사 법학박사 이 종 우

학위등록증

학위명 경제 학사

등록번호 68 1891

본 적 서울특별시

성명 李武雄

1943년 5월 28일생

위 사람은 고려 대학(교)에서
경제 학사의 학위를 받고 교육
법시행령제130조의 규정에 의
하여 등록하였음을 증함

1969년 2월 25일

문교부 장 관

제3장

학창 시절을 돌아보며

봉래국민학교

내가 봉래국민학교에 입학한 해는 1949년이었다.

6.25가 일어나기 한 해 전이었다. 당시에는 당연히 국민학교라고 했다. 입학식에 부모님이 참석하셨는지, 또 입학식이 어떻게 진행되었는지는 전혀 기억나지 않는다. 이듬해인 1950년에 전쟁이 일어나 피난을 가기 전까지 어떻게 학교를 다녔는지도 가물가물하다. 그만큼 평범하게 하루하루를 보냈다는 뜻이다.

다만 6.25 전쟁 직후에도 수업은 계속되었던 기억이 떠오른다. 운동장에서 체육수업을 받고 있을 때, 피아(彼我)를 구분할 처지는 아니더라도 비행기의 기총소사에 혼비백산하여 어디론가로 도망갔던 기억이 희미하게 남아있다. 그런 일이 있고 나서도 계속 학교에 갔는지는 잘 생각나지 않는다.

전쟁 중이라 선생님들도 모두 피난 갔을 터이고, 전쟁이 난 지 3개월

국민학교(초등학교) 4학년 수료 기념사진(앞줄 왼쪽에서 6번째가 필자)

국민(초등)학교 4~6학년 때의 개근상장

이나 지난 9월 28일에 서울이 수복되었으니 전쟁 중에는 며칠만 빼고 학교가 거의 문을 닫았을 것이다.

다음 해에 중공군의 전쟁 참가로 압록강까지 진격했던 유엔군과 국군이 퇴각하면서 일어난 '1.4후퇴'의 과정에서도 나는 가족과 함께 피난을 갔으니 그 기간 역시 학교 수업을 받지 못했던 것은 당연하다.

학교에 입학은 하였으나 전쟁 통에 수업다운 수업은 이루어지지 않았던 셈이다. 수복 후 2년 후에나 수업이 이루어졌을 것으로 짐작해 보면, 나의 국민학교 시절은 그나마 4학년 때부터라고 봐야겠다.

4학년 종례 시간에 담임선생님이 "2분의 1의 2분의 1은 전체의 몇 분의 몇이냐?"라고 물으시기에 무심코 "4분의 1이요." 하고 대답했더니 옳게 대답했다며 칭찬해 주셨는데, 이때부터 나는 수학에 관심을 가졌다. 그것이 수학에 흥미를 느끼는 계기가 되었고, 다른 과목보다는 성적이 좋기도 했다.

6.25 전쟁 통의 어수선한 사회 분위기에서 국민학교를 입학한 지 7년 만인 1956년 3월에 졸업하였다. 재학 중에 공부를 잘하지 못해서 우등상은 못 받았지만, 그 대신 4, 5, 6학년 3년 동안은 개근상을 받았다.

봉래국민학교 동기생 중에서 용산중학교와 용산고등학교로 진학하여 동문수학한 서너 명은 지금도 서로 알고 지내지만, 나머지는 도통 기억에 없다.

당시에는 모두가 다 어려워서 복장도 깨끗하지 않고 지저분했지만, 서로가 다 그러려니 해서 차림새나 겉모양의 행색 때문에 창피하다는 생각은 가지지 않았다. 지금 초등학교 어린이들은 다 예쁘고 잘 생겼는데, 당시의 모습들을 떠올려 보면 격세지감을 느끼지 않을 수 없다.

영양 상태가 부실한 탓인지 키는 작고 배는 불룩 튀어나온 데다 칠칠치 못한 아이들은 누런 코가 콧구멍을 들락날락해서 겉보기에도 여간 지저분하지 않았다. 나라고 별반 다를 바가 없었을 테니, 요즘 해외토픽 뉴스에서 흔하게 볼 수 있는 난민촌 어린이들 모습과 비슷하지 않았을까 싶다.

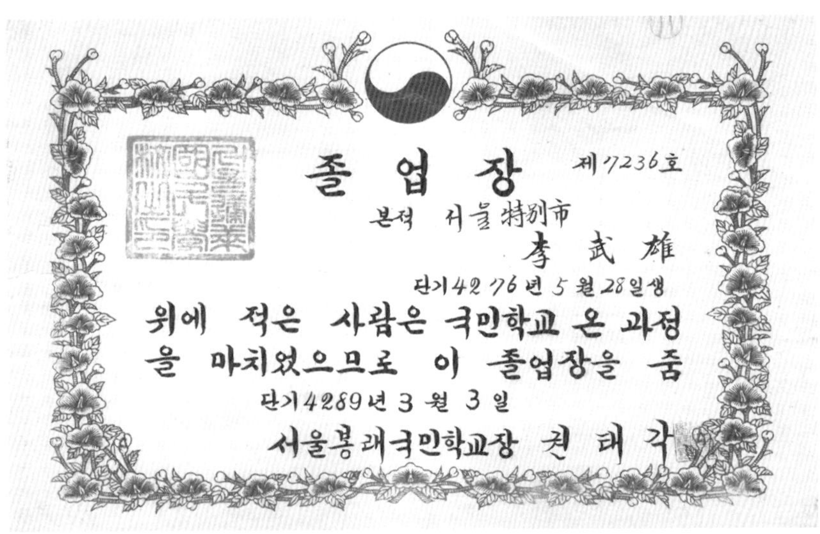

서울봉래국민학교 졸업장

초등학교 몇 학년 때였는지는 분명하지 않은데, '자전거 사건'은 지금도 생생하게 떠올릴 수 있다. 집에는 어른들이 타는 자전거가 있었는데, 키가 작은 나는 안장에 엉덩이를 걸치고 타지 못해서 프레임 사이에 다리를 넣어서 타곤 했다.

어느 여름날이었는데, 자전거 타이어에 펑크가 났다. 나는 윗도리도 입지 않은 채 만리동 집에서 출발하여 아버지께서 장사하시는 자유시장까지 펑크 난 자전거를 끌고 갔다. 자유시장의 위치는 지금의 남대문 시장과 신세계백화점 사이쯤이었다. 그러니 만리동에서 자유시장까지 펑크가 나서 타지도 못하는 자전거를 국민학생이 끌고 가기엔 호락호락한 거리가 아니었다.

상의도 입지 않은 채 잔뜩 더위 먹은 모습으로 땀을 뻘뻘 흘리며 자기 체격으로 감당하기도 어려울 만큼 큰 자전거를 끌고 와서 고쳐 달라고 하는 국민학생 아들을 보고 아버지는 어떤 생각을 하셨을까?

아버지께서는 어이없어하시면서도 나를 수돗가에 데려가서 말끔히 씻기시고는 자전거를 수리하여 건네주셨고, 나는 그 자전거를 타고 만리동 집으로 돌아왔다.

무슨 '깡다구(?)'라고 해야 할까? 지금 내가 생각해 봐도 그 나이에 어떻게 그린 짓을 했는지 이해하기 어렵다. 그러니 당시 아버지의 심정은 어떠하셨을지 그야말로 오리무중이다.

어린 녀석이 겁도 없이 펑크 난 자전거를 끌고 이렇게 멀리까지 오다니, 얼마나 무모한 짓이냐고 야단을 치고 싶으셨을까? 아니면 갈월동에서 남대문까지 고장 난 자전거로 대로를 활보한 대범함이 기특하다고 칭찬이라도 하고 싶으셨을까?

어쨌든 펑크 난 자전거를 고쳐서 무사히 귀가했고, 아버지의 소감은 여쭤본 적도 없었지만, 이제야 새삼스럽게 아버지의 마음이 궁금해지는 까닭은 나도 나이를 먹을 만큼 먹었기 때문인가?

용산중학교

당시의 중학교 입학시험은 완전 자유경쟁 체제였다. 중학교마다 입학시험 문제가 달랐고, '커트라인'이란 게 있어서 합격과 불합격이 분명하고 간단명료했다.

나는 용산중학교에 응시했다. 아버지께서 담임 선생님과 상의하여 결정하신 일이었다. 초등(국민)학교를 졸업하는 학생이 스스로 자신이 원하는 중학교를 선택하기에는 나이가 너무 어렸고, 합격과 불합격이 너무나 분명한 완전 자유경쟁 입시제도라서 실력도 따져봐야 했다. 대부분의 중학교 수험생이 마찬가지였을 것이다.

아버지 말씀으로는 내 실력이 용산중학교보다 한 단계 위로 치는 경복중학교에 응시할 수 있다고 하셨다. 그러면서도 군이 용산중학교에 응시하도록 하신 까닭이 있었다. 실력 여부를 떠나 만일 경복중학교에 합격한다면 학교 위치가 효자동이라서 전차를 타고 가야 하는데, 통학이 마땅치 않다는 이유였다.

학군 때문에 이사를 마다하지 않는 요즈음의 세태로는 도무지 이해하기 어려운 일일지 몰라도 당시 아버지께서는 멀리 있는 경복중학교까지 전철을 타고 통학하

용산중학교 입학 후 집에서

기보다는 가까운 후암동의 용산중학교로 걸어서 통학하면 어린 나이에 훨씬 덜 위험하다고 생각하셨던 모양이다. 더구나 걸어 다니니까 교통 비도 필요 없었다.

합격한 이후 중·고등학교 6년 동안 등교할 때 걸어서 다녔고, 등교할 때나 평소에 청파동 고갯길을 걸어 다닌 결과 나의 다리 근력 강화에 기초가 되지 않았나 생각된다. 거창하게 운명까지 들먹일 일은 아니겠지만, 아버지께서 그렇게 선택하시고 결정하시는 바람에 용산중학교 입학 시험을 치르게 되었다.

어느 날 아버지께서 중학교 시험 치러 가자고 하셨다. 정작 당사자인 나는 그날이 입시 당일인 줄도 모르고 있었다. 전차 다니는 큰길을 건너 후암동의 용산중학교로 갔다. 사람들이 많이 몰려 있어서 호기심에 비집고 들어가니 주위에 있던 분들이 어서 들어가라고 하여 교정으로 들어갔더니 바로 시험장이었다. 아버지께는 "시험 잘 치르겠습니다." 하는

용산중학교 3학년 때 급우들과 함께

말씀도 못 드렸는데, 엉겁결에 입학시험을 치렀던 셈이다.

바로 그날, 아버지께서 안경을 맞춰주신 일도 기억에 새롭다.

시험이 끝나고 밖으로 나오니 아버지께서 그때까지 기다리고 계셨다. "시험은 잘 봤냐?"라고 다정하게 물으시지도 않으셨고, 나도 곱상스럽게 시험이 이러니저러니 종알거리는 아이는 아니었다. 지금 돌이켜보면 인생 대사를 치른 다음의 부자(父子)간이 그토록 덤덤했을까 싶어 실소(失笑)를 머금게 된다.

아버지는 나를 데리고 남영동으로 내려오시더니 "너 저 간판 글씨 보이냐?"고 물으시기에 "안 보이는데요." 하고 대답했더니 바로 종로에 있는 천보당 안경점으로 가서 안경을 맞추어 주셨다. 안경점 갈 때 난생처음 전차를 타 보았다.

다음날이 신체검사 받는 날인데 시력이 좋지 않은 것이 시험의 합격에 영향을 미치지 않을까 하는 우려 때문에 안경을 맞춰주신 것으로 생

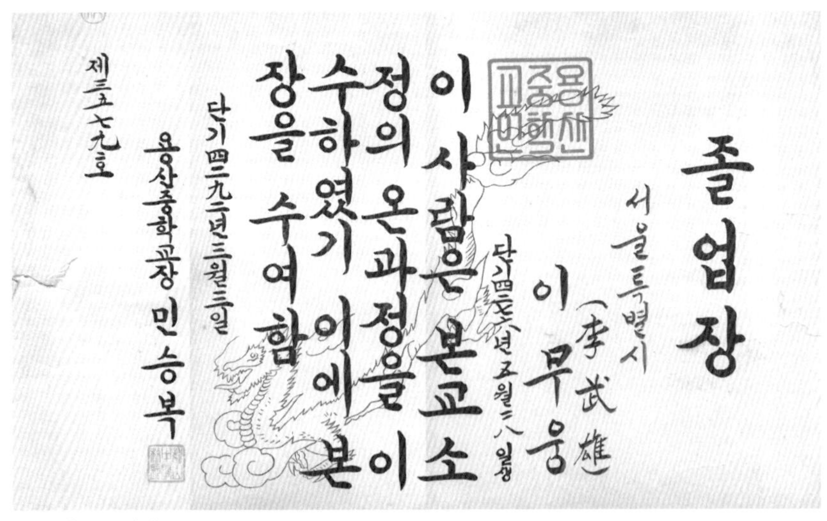

용산중학교 졸업장

각된다. 그날 이후 나는 지금까지 안경을 쓰고 다닌다.

나는 어렸을 때부터 눈병을 자주 앓았고 어느 아침에는 눈곱이 잔뜩 끼어서 눈이 떠지지 않을 때도 있었지만 당시에는 효과 있는 안약도 없었고 안과 병원도 적어서 치료받기가 쉽지 않은 시절이라 그냥 참고 지내다 보니 시력이 나빠졌다고 생각된다.

입학시험은 필기시험, 신체검사. 면접시험이 있었다.

미약했던 시력을 보완해 줄 안경을 맞추었으니, 신체검사는 문제가 될 게 없다는 생각이 들었다. 면접시험은 수험생 5명이 1개 조로 면접관 앞에 서서 질문에 답했는데, 나는 5번째였다. 앞의 네 명에게 물어보는 질문이 똑같아서 나는 내 차례가 오자 면접관이 묻지도 않았는데 질문 내용에 대해 서둘러 대답을 다 해버렸다.

이 섣부른 행동이 어린 마음에도 부적절하다고 생각했던지 집에 와서는 그 바람에 불합격되었다고 울었던 기억이 난다. 그래서 발표 당일에 나는 불합격이라 지레짐작하고는 아예 발표장에는 가지도 않았다.

당시 서울중학교에 다니던 형이 대신 발표장에 갔다 와서는 "너 붙었다."라고 말하는데, "거짓말하지 마."라고 대들었더니 "너! 정말로 붙었어."라고 정색하며 하는 말에 그제야 발표장으로 달려갔다. 합격(合格) 소식에 신바람이 나서 내딛는 발걸음이 공중에 붕 뜨는 느낌이 들 만큼 그야말로 가벼웠다.

용산중학교 교사(校舍) 벽에다 길게 종이에 적어 붙여놓은 합격자 명단에서 마침내 내 이름을 확인하고는 신이 나서 가족이 기다리는 만리동 집으로 날 듯이 돌아왔다.

그때가 1956년이었다.

평범한 집안에서 경기, 서울, 경복, 용산 등 당시 일류로 꼽던 4대 명문 중학교에 아들이 두 명씩이나 다니게 되었으니, 부모님은 자부심으로 어깨에 힘이 잔뜩 들어갔을 것이고 아마 주위 분들에게 한 턱 쏘시지 않았을까 싶다.

특히 무학(無學)이셨던 안동 시골 출신의 어머니께서는 그 기쁨이 엄청 컸을 것이다. 모든 부모는 자식이 공부 잘하는 것을 기쁨으로 여기고 자랑이라 생각하는 측면에서 형과 나는 효도를 하지 않았나 싶다.

내가 자식을 키우고 보니 새삼 그런 생각이 든다.

기계체조를 시작하다

1학년 때의 어느 날, 수업이 끝난 후였다.

운동장 한 귀퉁이에서 누군가가 매트를 깔고 뜀틀의 1단을 놓은 다음 그 위에 머리를 숙인 채 다리를 앞으로 치는 탄력으로 반 바퀴 도는 동작을 하고 있었다.

그 동작을 보면서, 저건 나도 할 수 있겠다 싶어 교복을 벗고 흉내를 냈더니 앞의 학생들이 하는 동작과 비슷하게는 할 수 있었다.

"너, 몇 학년이냐?"

대뜸 선배가 물었다.

"1학년입니다."

"그러면 너 내일부터 나와서 운동해."

이것이 기계체조를 시작하게 된 계기였고, 3년 내내 이 운동을 계속하였다. 기계체조는 학교에서 중점 육성하는 종목이 아니라서 관심과 지원은 없었고, 다만 당시 경희대학교 체조선수 한 명을 코치로 영입하여 지도하는 것이 전부였다.

매일 지도하는 것도 아니고, 학교의 관심 밖이라 대회에 출전하지도

교사 앞에서 기계 체조 평균 자세를 연습하는 모습

않았던, 오직 특별활동의 운동이었다. 그런데 나에게는 이 운동이 평생 몸의 유연성을 유지하고, 나이 먹어가면서도 남들보다 몸을 부드럽게 움직일 수 있게 하는 데 큰 도움이 되었다.

기계체조 바람에 매를 벌었던 적도 있다.

중학교 2학년 때의 겨울이라고 기억하는데, 쉬는 시간에 교실 밖에서 눈을 뭉쳐 들어와 교실 내에서 다른 학생 2명과 눈싸움을 했다. 선생님 이 이를 보고는 세 명을 교탁 앞에 나란히 세워 놓고 교실에서 눈싸움했 다는 이유로 왼쪽 오른쪽 뺨에 따귀를 한 대씩 때리는데, 내 차례에 와서 나는 선생님의 손을 살짝 피해 두 번씩이나 헛손질하게 하였다.

"어, 이놈 봐라. 너희 둘은 들어가고 넌 남아."

그러고는 다시 따귀를 때리는데, 그때는 피할 수 없어서 더 세게, 더 많이 맞았던 기억이 난다.

당시 기계체조 운동 덕분인지 순간적으로 피하는 동작이 빨라 선생님이 헛손질하게 하였고, 이 바람에 공연한 매를 벌었던 셈이다.

공부보다는 운동을 더 열심히 했다.

성적은 중간보다 조금 윗선이었는데, 성적 나쁘다고 부모님이 학교에 오시도록 하지는 않았다. 그러는 사이 3년이 지나서 1959년에는 중학교를 졸업하게 되었다.

용산고등학교로 진학하기로 하여 입학시험을 치르게 되었고, 솔직히 시험 준비를 하지 않아서 걱정을 많이 했는데, 다행히 합격하였다.

당시에는 동계 진학이라고 해서 용산중 졸업생에게는 좀 이점(利點)을 주지 않았나 싶다.

용산고등학교

고등학교 입학시험에 대해 특별히 기억나는 내용은 없다. 그냥 그렇게 해서 시험에 합격한 듯하다.

그러나 다른 중학교 출신 수험생에게는 용산중 졸업생과 난이도가 동등한 수준의 시험인지는 모르겠지만, 합격자 수가 적었던 점으로 보아 어렵게 여겨지지 않았나 싶었고, 재학시절에 보니 다른 중학교 출신 동기생들이 공부를 잘했다.

고1 때 보이스카우트 복장 차림의 필자. 보이스카우트 대원은 아니었다.

60

제5288호 졸 업 장

본 적 서울특별시

이 름 李武雄

1943 , 5, 28, 생

이 사람은 본교 3개년의 온 과정을
이수하였으므로 이를 수여함

1962, 2, 2,

용산고등학교

고등학교장 김 명 엽

용산고등학교 졸업장

당시 용산고에도 기계체조부가 있었는데, 나는 체력적인 부담으로 기계체조 운동은 계속하지 않고, 그 대신 원예반(園藝班)에 가입하여 온실에서 화초 키우는 특별활동을 하였다.

수업이 끝나면 온실에 가서 화초에 물 주고, 화분 갈이를 하는 등등의 일을 하였는데 특별한 지식은 없었다.

3년 동안 온실에서 선후배가 함께 화초에 물 주고, 분갈이하고 겨울에는 온실에서 화초가 성장하도록 난로를 피워 상온으로 꽃을 키웠던 인연으로 졸업한 다음에는 '용원회(龍園會)'라는 모임을 만들어 지금까지 선·후배 간의 정을 나누고 있다.

경제적인 어려움으로 학비나 육성회비 등을 납부하지 못할 형편은 아니었지만, 나는 신문 배달을 시작하였다.

당시는 신문이 조(朝)·석간(夕刊)으로 발행될 때였다. 조간신문을 배달하려면 새벽에 일어나서 배달을 마친 후 등교하고, 석간신문을 배달하려면 학교 수업이 끝나자마자 부리나케 보급소로 가서 석간신문을 배달한 후 귀가하였다. 얼마 동안 신문 배달을 했는지는 기억에 없다. 어쨌든 공부는 뒷전이었다.

그럭저럭 특이한 사항 없이 1학년을 거의 끝마칠 때쯤 해서 인생에 큰 전환점을 맞게 되었다.

집안의 기둥인 아버지께서 돌아가셨기 때문이다.

5.16과 입시제도 변혁, 그리고 대학 입학

아버지께서 돌아가신 후 어머니 말씀대로 대학에 진학하기로 진로를 정하고 입시 준비를 시작했다. 나름대로 열심히 입시를 준비하던 중 5.16이라는 큰 변혁이 생겼다. 5.16은 교육제도, 특히 대학 입학시험 제도를 근본부터 뒤흔들었다.

국가가 직접 관리하여 각 대학의 정원을 정하고, 시험문제를 출제하여, 채점한 결과를 공표한 다음 수험생의 점수에 맞는 학교에 지원하도록 하는, 이전과는 완전히 판이한 제도였다. 대학(大學)과 학과(學科)를 먼저 선택한 후 시험을 보는 방식이 아니라, 국가고시 결과를 확인한 다음 자신의 점수에 걸맞은 대학에 강제 배정하는 식의, 요즘 관점으로는 도저히 이해하기 어려운 제도였다.

입시제도가 어떻게 변경되었건 실력이 있으면 원하는 대학에 갈 수 있다는 생각으로 평소와 같이 공부했다. 그렇다고 상위권에 속할 정도로 우수한 편은 아니었다.

이런 일도 있었다.

어려운 시절이라 방의 벽에 벽지를 사서 바른 것이 아니고, 신문지로 발라 땜질했는데, 그 신문에 내년도 예산 금액이 기사로 적혀있어서 나는 매일 그 숫자를 무심코 보게 되었고, 공교롭게도 사회시험에 그 문제가 나와서 어렵지 않게 답을 맞힐 수 있었다.

공짜로 점수를 벌었던 셈이다.

지금과는 사뭇 달랐던 당시의 대학 입학시험 제도에 대해 번거롭지만, 한 번 더 설명하는 게 좋을 듯하다.

예를 들어 내가 지원한 경제학과의 경우, 전국 대학의 정원만큼 수험생을 합격시키고 자신의 점수에 맞게 대학교를 지원하면 대학 입시 불합격이라는 현상은 일어나지 않는다는 단순한 사고가 5.16 입시제도의 핵심이라고 할까? 그야말로 세상 물정 모르는 군인들다운 정책이었다.

그런데 당시의 군사정부에서 미처 헤아리지 못하고 간과했던 점은 수험생들이 자기가 원하는 대학에 합격하지 않으면 재수(再修)도 불사한다는 사실이었다. 재수도 불사하는 수험생들의 마음을 헤아리지 못했던 군사정부의 정책으로 당시 전국 대학에서 미달 현상이 많이 발생했던 것으로 안다.

입시제도의 변화로 대학 진로를 조언해 주시는 고3 담임선생님들의 고민이 많았으리라고 생각된다.

나의 경우는 경제학과(經濟學科)에 합격한 후 점수를 받아 보고는 선생님께서 서울대학교는 어렵고, 연세대나 고려대 중에서 선택하라고 하시기에 고려대를 지원해서 합격했다.

당시 대학 입시의 또 다른 특징은 체력장이었다.

시험에는 필기시험만 보는 것이 아니고 체력이 국력이라는 군인다운 정신으로 발상한 체력장 시험은 이전의 대입 시험에서는 없었던 과목으로 다섯 종목에서 실시되었다.

턱걸이, 제자리에서 넓이뛰기, 좌·우 손으로 공 던지기, 100미터 달리기로 각 종목이 10점 만점이고 총 50점이었다. 이 점수를 학과 점수에 합산해서 대학의 입학 '커트라인'에 적용하였다.

운동에 별로 취미가 없는 수험생들은 이 점수 때문에 불이익을 당했고, 이 제도가 군사정부에 불만을 가지게 된 계기로 작용했을 수도 있지 않았을까 싶다.

실제로 동기생 중에 이 점수 때문에 원하는 대학에 합격하지 못했다고 군사정부를 좋지 않게 이야기하는 걸 직접 듣기도 했다.

나는 100미터 달리기에서만 8점을 받았고, 나머지 종목에서는 만점으로 40점, 총 48점을 받아서 무난히 고려대 경제학과에 입학할 수 있었다. 체력장 시험 5종목 중에서 달리기를 가장 못 해서 8점을 받았는데, 지금은 내가 제일 좋아하는 취미가 달리기다.

이런 경우도 '새옹지마(塞翁之馬)'라고 해야 할까.

홀로 된 어머니께서는 아들이 일류대학에 합격하여 기뻐하셨겠지만, 다른 한 편으로는 입학금과 등록금 때문에 걱정을 많이 하셨을 것이다. 어머니 홀로 적지 않은 사립대학의 학비를 장만하셔야 한다고 생각하니 대학생이 되었다는 기쁨조차 드러내놓고 느끼거나 표현하기가 어려웠던 것으로 기억한다.

대학 생활

대학생은 고등학생과 무슨 차이가 있을까?
우선 등교 시간이 일정하지 않고, 책가방을 들고 다니지 않아서 좋다.

고려대 경제과 입학 동기생들. 정작 필자는 빠져 있는 사진이다.

굳이 교복을 입지 않아도 되고, 아무 옷이나 걸쳐 입을 수 있어서 좋다. 담임선생이 없으니 일삼아 야단맞을 일도 없고, 강의가 없는 날은 학교에 가지 않아서 좋다.

일상생활이 자유분방하다 보니 내가 스스로 자신을 통제하지 않으면 생활이 뒤죽박죽될 것 같아서 나름으로 계획을 세워서 열심히 공부하겠다고 마음먹었지만, 그건 생각뿐이었지 실행은 영 딴판이었다.

대학에 입학하고 나서 신입생 시절을 어떻게 보냈는지 도무지 기억에 없다. 강의가 있으면 출석해서 듣는 일상이 반복되었을 뿐, 장래의 계획이나 전공의 학문에 대한 의지도 별로 없었다. 경제학이 전공이니 앞으로 어떤 공부를 어떻게 해서 어떤 진로를 선택한다거나, 강의에 더하여 어떤 활동을 하며 대학 생활을 보람차게 보내겠다는 계획이나 포부 같은 청사진은 아예 갖지 못한 상태로 그냥 그렇게 세월만 보냈다.

그러는 사이에 1학기가 끝나고 학기말 시험을 보았다.

고려대 경제과 입학 동기생들. 역시 필자는 빠져 있다.

다른 과목(경제학과 교양과목)은 B학점 정도 받지 않았던가 싶은데, 유독 영어 시험은 60점에도 못 미치는 과락(科落) 점수를 받아서 재시험을 봐야 했다.

나는 중·고등학교 시절에도 영어는 젬병이었다. 고3 시절에 대학 입시 준비한답시고 『삼위일체』라는 참고서로 영어 공부를 했는데, 나는 그 책을 읽다가는 덮고 읽다가는 덮으며 끝내 정복(征服)하지는 못했다.

그것으로 『삼위일체』와의 인연이 끝났다고 할 수는 없었다.

군에서 제대한 후 4학년으로 복학하기 전, 그해 가을에 치러야 하는 취직 시험에 대비해서 대입 준비 영어 참고서인 『삼위일체』를 마침내 완독했다. 물론 끝까지 훑어봤을 뿐, 내용을 이해하고 숙지한 정복(征服)은 어림도 없는 일이었다. 그만큼 나는 영어에 콤플렉스가 있었고, 그것은 지금도 마찬가지이다.

어영부영 2학년을 마치고 3학년이 되었을 때, 박정희 정부에 의해 '한일 국교 정상화 회담'이 시작되었다.

1964년 3월부터 한일 회담이 본격화되자, 대학생을 중심으로 한 반대 세력의 격렬한 저항이 일어났다. 이에 맞서 정부에서는 휴교령을 단행했고, 학교는 문을 닫았다. 세칭 '6.3사태'라 일컫는 시국 사건이다. 나 역시 다분히 군중심리에 따라 한일 회담 반대 시위에 동참하여 경찰서에 끌려갔지만, 주동자로 분류될 정도는 아니어서 경찰서 유치장 구경만 하고 그냥 훈방 조치로 처리되었다.

6.3사태 계기로 일용 노동에 뛰어들다

공부에 취미가 없던 터라 놀면서 시간을 보내니 좋기는 한데, 너무 심심해서 어머니께 일자리를 알아봐 달라고 말씀드렸다. 사지 멀쩡한 사내가 빈둥빈둥 놀면서 밥을 축내는 일이 좀 눈치가 보이기도 했다.

당시에는 요즘처럼 '알바'라는 돈벌이 수단조차 없어서 연줄이 있어야 허드렛일이라도 할 수 있었다.

체신부 공무원이 앞집에 세 들어 살고 있었는데, 일거리가 있다고 하더라며 어머니께서 소개해 주셨다. 일거리란 삼각지의 현재 국방부 건물에서 시작하여 이태원 언덕 위까지 전화선을 지중화하는 작업이었다. 허드렛일이 아니라 그야말로 '노가다' 현장에서 노동 잡부로 제대로 일하게 된 셈이었다.

옆집에 사는 친구와 함께 도시락을 싸 들고 현장으로 갔더니 현장감독이 인도에 선을 그어주면서 1미터 깊이로 파라고 지시하며 삽과 곡괭이를 던져주었다. 지금이야 굴삭기로 땅을 파고 흙을 퍼 날라 정리하면 쉽게 끝나는 작업이지만, 당시에는 이런 건설장비가 없어서 전부 인력으로 파고 날라야 했다.

옆집 친구나 나나 곡괭이로 땅을 파고 삽으로 흙을 퍼서 공터로 옮기는 일을 해봤을 리가 있었겠는가. 구덩이 깊이가 깊어질수록 어깨가 결리고 손바닥에 물집이 잡히며 땀은 비 오듯 흘렀다. 온몸이 주리를 틀 듯 비비 꼬였다.

일부러 그러는 게 아니더라도 현장감독이 근처에 있을 때는 부지런히 몸을 움직이고, 보이지 않을 때는 습관적으로 빈둥거리게 되었다. 작업을 농땡이 비슷하게 이런 식으로 해나가니 감독이 원하는 성과가 나타날 수가 없었다.

그러면서 생각해 보니, 이렇게 힘든 작업을 계속 이 현장에서 할 수 있을지도 걱정이었다. 힘들다고 중도에 포기하면 소개해 준 분에게 미안하고, 그렇다고 집에서 또 빈둥빈둥 놀기도 곤란하여 공연한 일을 저질렀다는 후회 비슷한 생각마저 들었다.

전화선 지중화 공사는 설명이 필요 없는 '노가다'였다.

현장감독이 정해 준 부분의 땅을 판 다음에는 그곳에 전화선이 통과하는 시멘트 구조물을 묻고, 그 위에 콘크리트 혼합물로 덮은 다음 흙을 메우면 그 부분은 작업이 끝난다. 이런 작업을 국방부 건물 앞에서 이태원 언덕 위까지 몸으로 때워 완성하는 것이다.

콘크리트 혼합물도 지금은 레미콘 트럭이 내용물을 필요한 부분에 쏟아 넣으면 되는데, 당시에는 철판 위에 모래를 붓고 시멘트로 혼합한 후 자갈을 넣을 수 있도록 가운데 부분에 공간을 만들어 이곳에 자갈을 넣고 물을 부어서 작업부 두 사람이 조그만 납작한 삽으로 혼합시켜 만든다. 이런 작업 역시 아무나 할 수 있는 일이 아니고, 숙련된 사람만이 할 수 있는 고난도의 작업이었다.

첫날 점심시간이 끝나고 난 후, 감독이 친구를 불러서 물었다.

"너희 둘은 일하는 모양새가 영 글렀다. 뭐 하다가 온 놈들이냐?"

"저는 집에서 놀고 있고, 저 친구는 대학교 3학년인데, 학교가 휴교라서요."

그랬더니 좀 쉬운 일을 시키겠다고 하면서 이태원 언덕에 보관하고 있는 시멘트 포대를 리어카에 싣고 내려오는 작업을 지시했다. 올라갈 때는 빈 리어카로 올라가고, 시멘트를 싣고는 내리막길로 힘 안 들이고 내려오는 일이라 전화선 지중화 작업 중에서는 가장 쉬운 일이었다.

그렇다고 해서 항상 이 일만 했던 것이 아니다.

작업자가 부족한 날은 시멘트 버무리는 작업에 동원되었다. 시멘트 혼합물에 필요한 자갈이나 모래를 질통에 짊어지고 버무리는 철판 위로 옮겨 놓아야 하는데, 이 재료들이 질통으로부터 일시에 쏟아질 때는 익숙하지 않은 사람은 뒤로 발랑 자빠지기도 했다.

이럴 때는 작업자 모두가 박장대소를 한다. 덥고 힘든 시간에 잠시나마 청량제처럼 웃음을 선물하는 셈이지만, 질통을 진 사람은 맥이 빠지게 마련이었다.

작업자들이 마시는 물은 인근 미8군 영내의 수돗가에서 받아와야 했다. 물을 받아올 때는 입구를 지키는 한국인 SP에게 부탁하고, 승낙을 받아야 하는 불편함이 있었다.

어느 날인가, 한국인 SP가 다른 사람과 이야기하고 있어서 미군 MP에게 서투른 영어로 '물 좀 떠가게 해달라.'라고 부탁했더니, 자초지종 물어보지도 않고 그냥 나가라고 떠밀 듯이 한다.

하지만 식수는 필요하고 어쩌겠는가? 마지못해 다시 들어가서 한국 SP에게 부탁했더니, 이번에는 "네가 한국인이면 나에게 부탁해야지 왜 미군 MP에게 얘기했냐?"라고 타박을 했다.

"선생님이 다른 분하고 말씀 중이셔서 그랬지요."

그때 옆에 서 있던 교통순경이 "뭐, 네가 영어를 다 해?"라고 하면서 "야! 너, 이곳에서 일하고 있으니 물 좀 떠가게 해 달라고 영어로 말해 봐!"라며 상대방을 무척 깔보는 투로 이죽거렸다.

순간, 들고 있었던 주전자로 면상을 갈기고 싶었다.

그런데 내 꼬락서니를 돌아보니 시멘트 가루와 흙이 잔뜩 묻은 지저분한 작업복 차림이라, 교통순경에게는 한참 깔봐도 되는 인간으로 보였겠다 싶어서 참았다. 당시만 해도 교통경찰은 선망의 대상이 되는 직종이고, 요즘 얘기로 '갑질'을 좀 했기로 누구에게도 하소연조차 못 하던 시절이었으니 그럴 만도 했다.

교통순경이 '물 좀 떠가겠다고 영어로 얘기해 보라.'로 놀리듯 하는 말에 핏대를 올리는 대신 나름으로 작심하는 바도 있었다.

나는 속으로 중얼거렸다.

'그래, 마음껏 입을 놀려봐라. 앞으로 노력해서 너만 한 나이 됐을 때는 너보다 나은 위치의 인간이 될 테니까 지금은 참는다.'

대학생이라는 알량한 자존심을 버리기로 하자, 마음이 훨씬 자유롭고 편했다. 아울러 사람들은 내가 누군지 알려고 하기보다 외견상으로 나타난 내 모습으로 나를 판단한다는 사실을 절실하게 체험한 셈이었다. 과연 옷이 날개로구나 하는 사회의 인식도 확인할 수 있었다.

그 일을 계기로 '속은 비어 있고 겉만 번지르르한 사람이 되어서는 안 되겠다.'라는 깨달음과 함께 다른 사람에게 겉모습으로도 흉잡히지 않도록 옷차림에 더욱 신경을 쓰게 되었다.

약 2개월 동안 날마다 도시락을 들고 출근했던 이 공사는 이태원 언덕 삼거리에서 마무리한 다음 끝이 났다. 그야말로 계급장을 떼고 막노동 현장의 인생을 맛보면서 평생 살아가는 데 큰 도움이 될 만한 참교육을 알차게 받았다면 엄살일까?

담배 살 돈이 없으면 서슴없이 꽁초를 주워서 피우는 작업 인부들과 점심을 함께 먹고, 현장에서 낮잠도 함께 자고, 그들과 한통속으로 생활했던 2개월이 짠하게 기억에 남았다. 직업에만 귀천이 없는 것이 아니라, 작업에도 귀천이 없었다.

막노동 현장이 아니면 해보지 못할 소중한 체험을 비교적 어린 나이에 겪었던 것이 평생을 두고 도움이 되었다고 할 수 있겠다. 군에 입대한 후에도 휴가를 나왔을 때, 다시 막노동 현장에서 일을 한 적이 있었는데, 첫 경험과는 또 다른 느낌으로 받아들여지기도 했다.

입주 가정교사

이태원의 전화선 지중화 공사 현장의 일이 끝난 후, 같은 과 동기생이 입주 형태의 가정교사 자리가 있는데 의향이 있느냐고 물었다.

나도 대학생이니 '노가다'보다는 '가정교사'가 당연했고, 취사선택의 여지 없이 받아들였다.

내가 가르칠 학생은 서울중학교 3학년, 성적은 중하(中下) 수준인데 내년도 서울고등학교 합격이 목표였다.

학생의 부친은 육군 중령이라고 했다. 군에 입대하기 전이라 중령이라는 계급이 얼마나 높은지 몰랐고, 가르치는 학생의 아버님이려니 하여 그냥 그렇게 대했던 것은 당연하다.

나중에 사병으로 군대에 가서야 중령이라는 계급이 얼마나 높은지 알고는 가슴이 서늘해지는 느낌을 받을 정도였다.

학생을 가르치기 시작한 시점은 여름 방학 중이었다.

서울고등학교 합격이 목표였기 때문에 나름대로 진도를 정해 놓고 열심히 공부를 시켰다. 가르치다가 모르는 내용이 있으면 나도 공부를 해 가면서 성심껏 가르쳤다.

늦은 저녁까지 공부했는데도 목표량을 끝내지 못하고 졸기라고 하면, 그 집에 있는 우물에 가서 두레박으로 물을 퍼 올려서 학생을 등목하게 하여 잠을 쫓고는 기어이 계획대로 목표를 달성하곤 했다.

한 번은 내가 졸려서 학생에게 물을 퍼서 등목해 달라고 했는데, 소름이 돋을 정도로 우물물이 차가웠다. 나에게 배웠던 학생도 어지간히 참으며 잘 따랐던 것 같다.

여름 방학 끝나고 시험을 보았는데 그런대로 결과가 좋았다.

중하(中下)에서 중상(中上)으로 약간이나마 성적이 올랐고, 가르치는 나나 배우는 학생이나 희망 섞인 가능성에 기대가 부풀어 이후 계속해서 입학시험 준비 체제로 박차를 가했다. 한 마디로 내 공부는 뒷전이고, 그 학생 지도에 '올인'을 했다.

몇 달 동안의 강행군을 거쳐 시험을 코앞에 두었을 때, 학생의 아버지인 중령께서 합격 여부에 대한 전망을 물었다.

좀 조심스럽기는 했지만, 학생이 실수만 하지 않는다면 합격할 수 있다고 했다. 나로서는 나름대로 자신감도 있었기 때문이다.

그런데 결과는 불합격이었다.

정답을 확인해 보니 학생의 실수가 분명한 부분이 드러났다. 학생 본인도 실수를 시인했다. 결과는 좋지 않았지만, 어쨌거나 나는 최선을 다해서 학생을 가르쳤기에 부모님에게 미안한 감정을 갖지 않고 입주 가정교사를 마무리했다.

집으로 돌아와서 나의 처지를 생각해 보니 다음 해 가을에 연례행사처럼 치러지는 취직 시험이 있었는데, 제대로 준비가 되어 있지 않았다. 입주 가정교사 노릇에 취직 시험공부는 뒷전이다 보니 도무지 자신이 없었다.

그래서 생각한 것이 입대(入隊)였다.

이무웅의 길
구진 59년과
인생 여정

제4장

군 복무 30개월

타자병으로 지원 입대

취직 시험에 자신이 없어서 피난처로 생각했던 입대였다.

당시에는 대학의 재학생에게는 입대 연기 제도가 있어서 나도 입대 연기를 신청했기에 당장 영장을 받아서 군대에 갈 수는 없었다. 취직 시험을 피해 입대하려면 어차피 지원해야 했다.

어느 날 신문에 게재된 육군 기술행정병(타자병) 모집 광고를 보고 응시하기로 했다. 급행으로 타자 기능을 배우기 위해 학원에 등록한 다음, 약 1개월간 영문 타자를 배워서 기술행정병 시험에 합격했다.

당시 타자학원의 수강생은 100% 여성이고, 남성은 나 한 명뿐이었다. 학원에 입실하여 끝날 때까지 너스레를 떠는 성격이 아니라서 여성 타자 실습생들에게 시선 한 번 주지 못하고, 타자기에만 시선을 못 박아둔 채 연습하다가 나오곤 했다. 지금은 없어진 직종이지만, 타자수라는 직업이 있던 시절이었다.

타자병으로 기술행정병 시험에 지원하여 합격한 다음, 용산역에서 기차를 타고 논산 훈련소로 갔다.

기차 칸에 탄 지원병들은 나와 같은 기술행정병 합격자들과 유도대학 재학 또는 졸업생 중 입대하는 장정들이었다.

유도하는 친구들은 '떡대'라고 할 만큼 덩치가 장난이 아니었고, 겉으로 보기에도 위압감을 느낄 정도였다.

논산 훈련소로 가는 기차 칸에 주먹깨나 쓰는 여러 명의 깡패 비슷한 친구들이 멋모르고 들어왔다가는 유도하는 '떡대'들을 보고 혼비백산하여 도망치듯 나가버리기도 했다.

그런 모습을 보고 기술행정병으로 지원한 나 같은 약골들은 크게 숨도 쉬지 못할 정도로 잔뜩 긴장하여 의자에 가만히 앉아 있어야 했다. 소변

보러 가기에도 신경이 쓰였다. 논산까지 가는 시간이 왜 그리 지루하게 여겨졌는지, 겁에 질려 있었던 입대 기차 여행이었다.

다음 날 수용연대에서 심사를 받았다.

"대한민국 육군에는 남성 사병으로 영문 타자병 직책은 없으니, 고향으로 돌아가라."

심사관의 청천벽력 같은 말씀에 망연자실했다. '그렇다면 왜 합격시켜서 여기까지 오게 했느냐?'라고 항의도 한 번 하지 못했다. 군대란 데가 그런가 보다 했을 뿐, 따지고 말고 할 만큼 아는 게 없었기 때문이다.

어머니께 "군대 다녀오겠습니다."라고 제법 씩씩하게 말씀드리고 집을 나온 지 사흘 만에 귀가하게 되었으니, 어머니께서 깜짝 놀라시는 것은 당연했다.

'영문 타자병'은 뽑지 않는다는 사정을 말씀드리고 다음 날부터 다시 학원에 나가서 이번에는 한글 타자를 배우기 시작했고, 한 번 더 기술행정병 시험에 응시하여 합격한 다음, 논산 훈련소로 다시 가게 되었다. 물론 이번에는 이상 없이 입대할 수 있었다.

1965년 5월이었다.

나는 독수리 타법이 아니라 타자(打字)를 열 손가락 전부 사용하면서 친다. 기술행정병인 타자병의 자격으로 입대하였으나 군대에서는 타자로 뭔가를 해본 적이 한 번도 없었다.

이때 배운 영타(英打), 한타(韓打) 기능을 나중에 사회생활에서 아주 요긴하게 사용될 줄 그때는 당연히 몰랐다.

첫 직장에서는 영문 타자 기능 덕분에 업무 처리가 빠르다며 인정을 받았고, 잠시이긴 해도 세무공무원 교육원에서는 한글 타자 교관으로 강사 수당까지 받은 적이 있었다. 그리고 일찍 컴퓨터에 입문하게 된 것도 한타와 영타를 비교적 자유롭게 칠 수 있었기 때문이다.

외톨이로 훈련소 생활

입대하기 전에 여러 가지 생각이 오락가락했다.

'어떤 마음 자세로 군대 생활을 할까?'

그냥 닥치는 대로 지내다가 제대할 수는 없겠다 싶었기 때문이다. 읽던 책에 '기소불욕(己所不欲)이면 물시어인(勿施於人)'이란 말이 있었다. '자기가 하고 싶지 않은 일은 남도 하기 싫어하니 시키지 말라.'는 말이다. 그러니 '내가 하자.' 그것도 '먼저 하자.'라는 뜻으로 받아들였다.

보통 군대는 같은 날짜에 입대하는 친구들이나 또래들끼리 동기라고 하여 어울리는 것이 보통인데, 나의 경우는 그냥 혼자서 시험 쳐서 들어갔기에 안면이 있는 사람이 아무도 없는 외톨이었다.

말 상대가 없는 것은 당연했고, 그렇다고 해서 누구와 잘 사귀는 그런 성격도 아니어서 언제나 혼자 지내곤 했다.

그래서 나에게는 생사고락(?)을 같이 나눈 전우가 없다.

그래도 '기소불욕(己所不欲)이면 물시어인(勿施於人)'이라는 좌우명은 마음에 새기고 지냈다.

훈련은 여름 초입인 5월에 진행되었는데, 논산의 벌판은 초여름의 날씨가 아니라 삼복더위만큼 더웠다. 제식 훈련에 이어 PRI 훈련, 총검술 훈련 등등 사회에서는 경험해 보지 못한 낯선 동작의 연속이었다.

PRI 훈련을 할 때, 방아쇠는 치약 짜듯이 당기라든가 여성의 젖가슴을 만지듯 부드럽게 하라든가 짓궂은 말로 요령을 가르쳐 주는데, 치약은 짜봤지만, 당시만 해도 젖가슴은 만져 본 경험이 없어서 전혀 응용

할 수가 없었다.

이런 일련의 훈련이 끝나면 실제로 사격 훈련을 하는데, 사격이 위험한 과정이라서 그날은 교관들이 초긴장 속에서 훈련생을 다그쳤다.

첫 실탄 사격 훈련 날이었다.

사격에 합격하지 못하면 부대로 돌아갈 때 넘어가는 언덕에서 기합을 무지하게 받는다고 고개 이름이 '아리랑 고개'라고 했다.

그날 나는 아침 먹은 것이 잘못되었는지 복통을 일으켜서 사격장 근처의 화장실로 갔으나 그 통증이 너무 심해서 화장실에서 나오자마자 제대로 걷지도 못하고 근처에서 쓰러져 버렸다.

배를 움켜쥐고 신음하고 있는데, 어떤 선임하사가 오더니 물었다.

"너 몇 중대야?"

"네, ** 중대입니다."

"이 새끼, 우리 중대 아니군."

그러면서 군홧발로 툭 치더니 그냥 가버리는 게 아닌가! 어찌나 서럽던지, '내가 왜 군대 왔나?' 하는 후회감마저 들었다.

'훈련병은 인간도 아닌가? 다른 중대든 우리 중대든 훈련병에 무슨 차이가 있단 말인가?'

똑같은 훈련병이고 집에서는 모두 우대받는 아들로서 국방의 의무를 다하기 위해 훈련을 받고 있다면 기간 사병으로서 당연히 훈련병을 보살펴야 할 책무가 있는 것 아닌가?

행군(行軍)하여 야외 교육장으로 갈 때, 어린아이가 있기에 조카 생각이 나서 불렀더니 대뜸 "훈병 새끼가?" 하며 눈을 부라렸다. 논산 바닥에서 훈련병은 인간이 아니고, 그야말로 훈병 새끼 취급을 받았다.

억지로 기어가서 사격장 근처에 있는 엠블란스를 타고는 위생병에게 사정 얘기를 하고 약을 타서 먹었지만, 복통은 금방 해소되지 않았다.

이런 몸 상태로 사격했으니 합격할 리가 있나?

당연히 불합격, 사격하기 위해 엠블란스에서 나올 때 위생병이 사격 후에도 배가 계속 아프면 다시 오라고 해서 갔더니 위생병이 배를 쓰다듬어 주면서 이런저런 얘기를 하는 사이에 잠이 들었다. 위생병 손이 약손이 된 셈이었다.

모든 사격이 끝나자 잠든 나를 태운 엠블란스는 특별한 일이 발생하지 않았는지 그대로 귀대했다.

나중에 소대원이 나에게 들려준 얘기로는 인원 점호를 하니 우리 소대에 한 명이 빠져, 확인한 결과 엠블란스 타고 갔다는 얘기에 선임하사만 중대장에게 야단을 맞았단다. 사격 불합격으로 인한 기합은 받지 않았지만, 신고하지 않고 무단 귀대한 벌로 그날 선임하사로부터 별도의 기합이 있었고 이것이 빌미가 되어 나는 찍힌 훈련병이 되었으며, 수료 전까지 요주의 훈련병 신세였다.

논산 훈련소에서 배운 진리가 있었다.

거꾸로 매달아도 국방부 시계는 간다는 진리. 그렇게 고문관 노릇을 하던 훈련병이었지만, 모든 과정을 마치고 마지막 숙달 시험만 남겨 놓게 되었다.

여기서 특별한 하자만 없으면 훈련병 생활을 마감하게 되었는데, 숙달 시험장에서 별일이 일어났다.

어느 시험장에 들어서니 조교가 말을 걸었다.

"야! 너, 무웅이 아니냐?"

쳐다보니 대학 입학 동기생이다. 그를 보자마자 속으로 '난 왜 이리도 운이 없을까?' 하는 생각부터 들었다. 이 친구를 진작 만났더라면 훈련소 생활이 그리 힘들지는 않았을 텐데, 너무 아쉬웠다. 그리고 억울한 생각마저 들었다.

"무웅이, 너 여기 앉아 있어."

친구는 그렇게 말하고는 내 시험지에 자신이 직접 대충 점수를 매겨 나갔다. 다른 훈련병들은 이 시험장, 저 시험장 끌려다니면서 그간 닦은 실력을 테스트받는 동안 나는 친구가 담당한 시험장 한 귀퉁이에서 졸 다 깨다 하였다.

마침내 훈련소 수료식 날이었다.

연병장에 장시간 차렷 자세로 도열(堵列)해 있는데, 연단에 올라온 군인의 계급장을 보니 대령이었다. 내가 입대하기 전에 입주 가정교사를 하던 집의 가장이자 학생의 아버지가 대령이었던 기억이 떠올랐다.

훈련소 수료식장에서 바라보는 대령의 위력을 보니, 입주 당시에는 대수롭지 않게 여겼던 대령 계급장이 너무나 위대하게 보였다. 나중에 일병 시절 휴가를 나가서 그분을 다시 만났을 때, 나는 완전 부동자세로 얼어붙게 되었다. 일병이 대령과 함께 술을 마셨는데, 정종 한 병을 다 비웠는데도 너무 긴장한 탓인지 술을 마신 것 같지도 않았다.

이등병 계급장 달고 보충대 거쳐 포병대대로

고문관 노릇하면서 고되고 힘들었던 4주간의 훈련을 끝냈다.

마침내 영광의 작대기 하나, 이등병 계급장을 달고 춘천에 있는 102 보충대로 가게 되었다. 야간열차를 타고 용산역을 거쳐 보충대에 도착 하였더니, 여름 폭우로 소양강이 범람하여 보충대의 모든 막사가 침수 되었고, 우리가 도착하였을 때는 복구 작업이 시작될 무렵이었다.

내무반 막사의 침상은 그야말로 엉망진창이었다. 매트리스는 물에 푹

젖어 무게가 엄청나고, 내무반은 거대한 쓰레기 집합장이었고, 이런 곳을 깨끗이 정리하기란 쉬운 일이 아니었다.

논산 훈련소에서 훈련을 마치자마자 새로 보충대에 도착한 우리는 바로 복구 작업에 동원되었다. 염천(炎天)의 날씨에 복구 작업을 하자니 너무 힘에 부쳐 요령을 피우기 일쑤였다.

어느 날인가, 한 이등병의 가족이 면회를 오는 바람에 열외가 되어 즐겁게 지내는 것을 보고는 도무지 일할 맛이 나지 않아서 그늘에 죽치고 앉아 노닥거리다가 기합도 받았다.

나는 늘 이렇게 고르고 골라서 고문관 짓을 하다가 몸으로 대가를 치르곤 하였다. 제 꾀에 제가 넘어가는 꼴이었다.

보충대의 힘든 복구 작업 중에 최종 발령이 났다.

둥지를 틀게 된 곳은 지원하여 입대했던 타자병 직무와 아무런 관련도 없는 양평의 28사단 268 포병대대 중대 본부 통신과였다. 이때부터 나의 고난에 찬 졸병 생활이 시작되었다.

빛나는 이등병이라고 하지만, 이마에 작대기 하나를 단 신병일 뿐이었다. 작업을 하면 내가 먼저 나서야 하고, 군대 생활이 익숙하지 않아 모든 일에 서투르다 보니 일을 해 놓고도 그것밖에 못 하느냐고 노상 잔소리를 들었다.

자유롭게 학교생활을 하다가 군대에 와 보니 모든 일이 사리에 맞지 않고 부조리한 느낌이 들었다. 고참 사병들의 행위가 부적절하고 언행 일치가 되지 않는 듯했지만, 눈앞에서 대들 수는 없어서 16절 갱지에다 일기 형식으로 꼬박꼬박 기록해 두었다.

당시 나는 통신과 기재계 조수여서 사수의 책상을 사용할 수 있었는데, 이렇게 고참을 비난하듯이 써놓은 글을 사수의 책상에 꽂아 놓았다가 선임하사에게 발각되고 말았다. 내 글을 읽은 선임하사는 즉시 통신과 병사들을 모두 소집했다. 병사들 앞에서 내 글을 읽어준 다음, 선임하사가 일갈했다.

"어떻게 졸병을 교육시켰기에 새까만 신병이 이렇게 고참을 씹어대는 글을 쓸 수 있단 말이야?"

그러면서 '줄 몽둥이찜질'이라는 무시무시한 매 잔치가 벌어졌다. 가장 쫄따구인 나는 완전 사색이 될 수밖에 없었다. 더욱이 내 글로 인해서 벌어진 일이니 두말하면 잔소리였다.

나는 그날 그야말로 뒤질 정도로 맞았다.

아닌 밤중에 홍두깨격으로 '줄 몽둥이'를 맞은 고참들이 나를 괴롭히기 시작한 것은 당연했다. 나는 또 훈련소에서처럼 고문관 낙인이 찍혔고, 하루하루가 고난의 연속이었다.

한 예로 취침 중에 엉뚱한 일이 벌어지기도 했다. 불침번을 서는 고참병이 간신히 잠든 나를 깨워서는 막사 밖으로 데리고 나가기 일쑤였다.

"네가 배웠으면 얼마나 배웠어, 새끼야?"

이죽거리면서 주먹으로 아구창을 돌리곤 했다. 그래도 아무런 항변도 하지 못하고 맞고만 있어야 했다. 나중에 알았지만, 대대의 장교와 사병을 모두 살펴봐도 내가 학벌이 가장 좋았다고 한다.

이런 일이 있었다고 해서 일기를 쓰거나 뭔가 기록하는 나의 습관이 중단된 것은 아니었다. 언제부터였는지 정확하지는 않지만, 일기를 쓰는 습관은 지금까지도 이어져 오는 셈이다.

내가 쓴 글로 곤욕을 치른 다음에는 쓴 글을 보관하는 대신, 바로 집으로 우송(郵送)했다. 아마도 지금 그때 보냈던 편지가 남아 있다면 좋은 기록이 되겠지만, 아쉽게도 남아 있지는 않다.

여기서 배운 군대의 진리가 있었다.

"군대는 이유가 없다. 까라면 까라."

너무 힘들어서 어머니께 편지를 보내 면회를 부탁드리기까지 했다. 내가 힘들다고 해서 나보다 더 힘들게 사시는 어머니께 그런 말씀을 드린 것을 나는 지금도 후회한다.

군대 간 아들의 부탁이니 안 들어주면 탈영이라도 할까 봐 걱정하시는 마음에 어머니께서 형과 함께 떡을 싸 들고 면회를 오셨다. 고참병들에게 떡이라도 조금 먹이면 좀 편해지려나 하는 마음도 있었다.

말짱 도루묵이었지만….

사단의 기동 훈련이 있을 때였다.

우리 포대는 어느 지역에 진지를 구축하고 포 사격 훈련을 하게 되어 있었다. 포대가 진지를 구축하면 통신병들이 가장 먼저 힘든 일을 시작한다. 진지와 CP 사이에 전화선(일명 삐삐선)을 깔아 놓는 일이다.

2개 조로 나뉘어서 1개 조는 CP에서 출발하고, 다른 1개 조는 진지에서 출발하여 중간 지점에서 만나 선을 연결하면 임무가 끝나는 것이다. CP로 가는 조는 고참병 몫이다. 내리막이니까 그만큼 힘이 덜 들기 때문이다.

졸병으로 구성된 조는 진지에서 출발하여 중간 지점으로 뛰어간다. 제일 졸병인 나는 삐삐선이 감겨 있는 방차통(와이어통)을 등에 짊어지고, 최단 거리의 직선으로 논밭 가리지 않고 뛰어야 했다. 등에 짊어진 방차통의 멜빵이 가느다란 삐삐선이라 어깨 살을 파고들어 칼로 베는 듯한 통증이 느껴진다.

내가 방차통을 짊어지고 뛸 때 뒤에서는 나보다 조금 고참병이 선을 풀어 주는데, 선이 제대로 풀리지 않으면 팽팽하게 당겨지면서 뒤로 발랑 넘어지기 일쑤였다.

그러기를 서너 차례 거듭하다 보면 2개 조가 중간에서 만난다.

이 와이어 방차통을 짊어져서인지 훈련 끝나고 난 다음 나는 등창을 몹시 앓게 되었고, 당시 위생과에 특별한 약도 없어서 곪지 않는 주사약을 개인 돈으로 사 와서 위생병에게 주사를 놔달라고 부탁하곤 했다.

어느 정도 곪았을 때는 위생병이 입으로 고름을 뽑아내고는 그 안에 곪지 말라고 심을 박아 넣은 다음 주사를 놓아준다. 마취도 하지 않은 상태에서 고름을 뽑을 때의 고통은 괴성을 지를 정도로 심했다.

아무리 위생병이라고는 하지만 고름을 손이나 기구로 짜지 않고 입으로 빤다는 것이 쉽지는 않았을 터이다. 그 위생병의 얼굴조차 기억나지 않지만, 지금도 느낌만으로도 고맙다는 생각이 든다.

소원 수리

등창을 앓기까지 하면서도 졸병 노릇은 계속 이어졌다.

힘든 268포대의 군대 생활에도 어느 정도 익숙해질 무렵, 사단 감찰부에서 감찰을 나왔다. 사병들이 부당한 처우를 받고 있는지 어떤지 확인하기 위해서, 또 군 생활에서 개선하거나 시정해야 할 사항이 있는지 사병들로부터 직접 듣기 위해서였다. 사병들을 집합시킨 다음, 서류를 작성하여 제출하도록 하였다.

이름하여 '소원 수리'라는 제도였다.

내 군대 생활은 이 소원 수리로 해서 일대 전기를 맞는다. 나는 당시 하루하루의 군대 생활이 너무 힘들어서 정직하게 모든 일을 작성하여 제출하였다. 간추리면 대략 다음과 같은 내용이었다.

"나는 타자병이라는 기술행정병으로 입대하였으나, 현재 보직은 타자병과는 거리가 먼 통신과 기재계 업무를 맡고 있다. 지원하여 입대한 대로 타자병 임무를 맡고 싶다.”

그런데 이게 또 탈이 났다. 아무리 소원 수리라 하더라도 인사계에서는 이런 식의 불평이 나와서는 안 되는데, 엉뚱한 불평이 터져 나온 것이다. 그때부터는 인사계 선임하사로부터 시달림을 받았다.

어느 날 술 취한 선임하사가 취침 중인 나에게 다가와 일부러 머리맡에 앉아 시비를 걸었다.

“네가 타자병이야? 뭐, 타자를 치게 해 달라고? 너는 진급도 하지 못하고, 여기서 그냥 일병으로 제대하게 해 주마.”

그러면서 술주정을 해댔다. 지금이야 막사에서 이런 짓을 하지 못하겠지만, 당시에는 얼마든지 가능했다.

선임하사 정도 되면 아무도 건드리지 못할 뿐만 아니라, 잘못되었다고 시정을 요구하지도 못하던 그런 시절이었다.

일기 써서 터져, 소원 수리 써서 미움받아… 정말로 하루하루가 고문관 노릇의 연속으로 편할 날이 없었다.

어느 날 기재계 사수와 함께 통신 자재를 수령(受領)하러 사단 통신 중대에 갔다가 통신자재는 수령하지도 못하고 사단을 거쳐 걸어서 본대로 돌아올 때였다.

“야, 너 무웅이 아니냐?”

사단 어느 막사에서 누군가 내 이름을 불렀다. 순간적으로 ‘양평 바닥의 군대에서 나를 아는 사람이 없을 텐데…’ 하며 뒤를 돌아보니 고등학교 동기였다. 여기서 굳이 실명을 밝히지 않는 까닭은 그 후에 그 얘기를 그 친구에게 하였더니 ‘그런 일이 있었냐?’ 하는 식으로 그렇게 좋아하지 않는 것 같아서이다. 좋아하지 않을 이유는 나중에 밝혀진다.

친구가 사수에게 관계를 얘기하고는 점호 시간까지 귀대하도록 할 테니 먼저 가라고 하고서는 나를 붙잡아 두었다. 함께 앉아서 이런저런 얘기를 하던 도중에 '소원 수리'에 대해서도 전말(顚末)을 전하면서 어려움을 하소연하였다.

"그게 너냐?"

내 이야기를 듣던 친구가 대뜸 반문했다. 그렇다면 내 이야기를 알고 있다는 뜻이 아닌가? 친구는 사무실로 나를 데리고 가서는 서류철 하나를 꺼내 놓더니 접은 종이를 펼쳐 보이면서 "이걸 작성한 사람이 너냐?"라고 다시 물었다. 내가 작성해서 제출했던, 바로 그 '소원 수리'였다.

"그래, 그거 작성한 사람이 나다."

그랬더니 서류를 접어놓은 까닭을 털어놓았다.

얘기인즉 우리 부대에 '소원 수리'를 받을 때 친구가 오지 않았지만, '소원 수리' 받은 서류 중에서 눈에 띄는 것을 골라두었다는 것이다.

작성한 내용을 읽다가 보니 타자병인데 졸병이고 글씨체도 조금 괜찮아 보여서, 그리고 얼마 있으면 고참병이 제대하니까 친구 밑으로 졸병이 하나 있었으면 좋겠다는 생각에 감찰 참모에게 건의하여 감찰부로 발령 내려고 서류를 접어놓았다는 것이었다.

"곧 발령을 낼 테니 조금만 기다려."

나는 친구로부터 언질을 받고 귀대했다. 사단 감찰부가 어떤 부서인지는 모르지만, 하여튼 268포대를 벗어날 수 있다는 희망을 품으니 다음 날부터의 졸병 생활일망정 예전만큼 답답한 느낌은 아니었다.

희망은 용기를 북돋워 주었다. 친구의 언질로 희망이 생겼고, 그것은 무엇이든지 자신 있게 일할 수 있는 동기부여가 되었다.

양평은 겨울이 일찍 온다.

어느 날 따뜻한 볕이 들어 양지바른 곳에서 쉬고 있는데 허리춤 부분이 스멀스멀하면서 가려웠다.

내복을 뒤집어 보았더니 쌀알만 한 것이 스멀스멀 기어다니고 있었다. 자세히 보았더니 사람 몸에 기생하는 '이'였다.

6.25 전쟁 직후에는 위생이 열악한 환경에서 생활하던 시절이라 이와 빈대, 벼룩이 많았지만, 1960년대 이후에는 대부분 사라져서 모르고 살았는데 오래간만에 '이'를 보게 된 것이었다. 어린 시절인 50년대에 하던 방법대로 '이'를 몇 마리 손톱으로 찍어서 죽였다.

그런데 그렇게 하기에는 이가 너무 많아 내복을 벗어서 털거나 나무에다 대고 후려쳐서 털었다. 그렇게 하고서도 떨어지지 않은 이가 있으면 손톱으로 죽였다. 밤에 잘 때는 옷이란 옷은 모조리 홀라당 벗고 알몸으로 잤다. 이가 내복을 통해 옮기는 것을 막기 위해서였다. 효과가 있었던지 다음부터는 내 몸에서 이가 기생하지는 않았다.

사단 감찰부

친구와 우연히 만났던 그날 이후, 나는 은근히 벼르는 마음이 생겼다.

"얼마 안 있으면 나는 이 지긋지긋한 포병대대를 떠난다. 내가 사단에 가게 되면 나를 괴롭히던 고참병들 두고 보자."

그렇게 벼르면서 하루하루 근무하는데, 곧 난다는 발령은 나지 않고 정기 휴가를 가게 되었다.

기쁜 마음으로 휴가를 가야 할 군인이 집으로 곧장 달려가지 않고 언제쯤 발령이 날 것인지 알아보려고 감찰부부터 들렸다.

"연말에 밀린 일이 좀 많아서 그러니 이것 좀 처리해 줘."

친구가 요구한 일을 처리하고서야 집으로 휴가를 나왔다.

정기 휴가를 나와서 가족은 물론 보고 싶었던 친구들과도 더러 만나다 보니 어느새 복귀 일자였다. 이번에는 휴가 복귀를 자대(自隊)로 하지 않고, 감찰부로 하였다. 휴가 종료 전에 발령이 날 터이니, 굳이 자대로 복귀할 필요가 있겠느냐는 감찰부의 의견에 따른 행동이었다.

이것이 또 문제가 되고 말았다.

당시에는 휴가 끝나고 귀대할 때 약간의 선물을 준비하여 내무반 장병들에게 인사하는 일이 관례여서, 어머니께 이 용도에 필요한 용돈을 부탁드렸더니 "돈이 없으니 그냥 귀대하라."고 하셨다.

그때는 어머니께서 경제적으로 몹시 어려운 처지였는데, 이를 몰랐던 나는 약간 화를 내면서 시외버스 터미널로 갔다. 내 기억으로 당시 터미널은 신설동인가 마장동에 있었다. 내내 귀대 비용 없이 부대로 들어가야 하는 일이 걱정이고, 어머니의 말씀이 야속하게 느껴지기까지 했다.

버스 출발을 기다리고 있는데, 형이 오더니 주머니에서 꺼낸 꼬깃꼬깃한 돈을 얼마인가 건네주면서 군대 생활 착실히 하라고 당부했다. 그 돈을 본 순간, 울컥 감정이 솟구치며 눈시울이 뜨거워졌다.

아들의 귀대 비용 때문에 고심하시다가 어머니께서 비상금까지 꺼내주셨다고 생각하니 조금 전까지 화가 나던 심정은 간데없이 '큰 불효를 저질렀구나' 하는 생각에 후회의 심정이 밀려왔다. 지금도 그때의 일을 생각하면 가슴이 저려온다.

이후로 몇 차례 휴가를 다녀갔지만, 귀대 비용 따위로 어머니에게 손을 벌리지 않게 되었던 것은 휴가 기간에 막노동하여 품삯을 받을 수 있었기 때문이었다.

내가 자대로 귀대하지 않고 감찰부로 귀대하여 문제가 되었다고 앞에서 이야기했는데, 정기 휴가 중인 내가 모르는 사이에 감찰부로 옮겨가는 일이 잔뜩 꼬여 있었다.

내가 정기 휴가를 가 있는 동안 발령 문제는 감찰 참모와 대대장 간의 마찰로 해결을 보지 못한 상태였고, 감찰부로 귀대한 나는 본의 아니게 휴가 미귀자(未歸者) 신세가 되고 말았다.

감찰부에서는 나를 발령 내서 근무하게 하려고 했는데, 포병대대 통신과는 나를 놓지 않으려고 하여 이 틈바구니에서 나는 또 애매하게 휴가 미귀자라는 고문관 노릇을 하게 된 것이다.

그 후에 어떤 우여곡절이 있었는지는 모르지만, 결국 사단 감찰부로 발령이 났다. 이제는 통신과에 남아 있는 내 관물을 찾으러 가야 하는데, 휴가 미귀자로 부대에 말썽을 일으킨 것을 생각하면 중대 선임하사가 어떤 제재를 가할지 몰라 조금 겁이 나기도 했다.

이런저런 정황을 예상하니 혼자서는 도저히 갈 수가 없어서 감찰부 선임하사에게 부탁하여 함께 통신과로 갔다. 중대 고참병들이 선망의 눈으로 나를 지켜보고 있었지만, 잔뜩 약이 오른 중대 선임하사가 나를 살며시 부르더니 구석진 곳으로 데려갔다.

"너~, 그 따위로 군대 생활하면 고달파."

그러더니 다짜고짜 군홧발로 쪼인트를 까 버렸다.

'욱'하는 신음과 함께 아픔을 참을 수밖에 없었지만, 그때 까인 상처는 나의 정강이에 아직도 남아 있다.

영광의 상처가 되었든, 고난의 후유증이 되었든 나는 그 쪼인트 한 방을 끝으로 268포대를 떠나 감찰부에서 근무하게 되었다.

감찰부 생활은 전 부대와는 달리 무척이나 바빴다.

기상 후 점호는 없었지만, 바로 사무실로 달려와서 청소부터 시작하여 근무할 수 있도록 준비해야 했다.

겨울이니 석유를 수령해서 난로를 피워야 하고, 근무 중에도 가장 졸병으로서 사무실의 모든 잡무를 처리해야 했으며, 일과 후에는 불침번(不寢番)에, 동초(動哨) 근무에 통신대의 졸병 시절보다 더 고달팠다.

사단 내에 사병 숫자가 적다 보니까 사단 외곽의 보초 임무가 자주 돌아왔다.

석유 수령(受領)할 때의 에피소드도 있다.

양평이 워낙 추운 곳인 데다, 특히 군대에 있으면 더욱 추위를 느끼게 마련이다. 석유저장고가 벌판에 있어서 더욱 춥게 느껴졌다.

각 사무실의 졸병들은 석유를 빨리 타다가 사무실에서 난로를 피워 놔야 고참병들에게 꾸중을 듣지 않기에 석유를 타기 위해 줄을 서 있는 중간에 누군가가 새치기하면 용납하지 않는다.

어느 날 줄을 서 있는데, 어떤 사병이 늦게 오더니 앞으로 가서는 석유를 담는 사병과 함께 먼저 석유를 담는 것을 보고는 내가 불평했다.

"추운 건 다 마찬가지 아니오? 누구나 다 줄을 서서 기다리고 있는데, 왜 당신은 늦게 와서 먼저 석유를 퍼 담느냐 이거요?"

그랬더니 석유를 담아주는 사병과 같은 사무실에 근무하는 인연때문이란다.

"바쁘고 추운 건 남들도 다 마찬가지요. 같은 사무실에 근무한다는 이유로 늦게 온 사람이 석유를 먼저 퍼담아서 가지고 간다는 게 사리에 맞아요?"

이렇게 대놓고 항의했더니, 나를 잔뜩 째려보았다.

"째려보면? 한 번 붙자는 거요? 그러면 잠시 기다려요."

그러고는 내 차례가 와서 석유를 스피아깡(Spare Can)에 담은 후 한 손에 한 스피아깡씩 들고는 힘이 하나도 안 드는 것처럼 성큼성큼 공터로 걸어가서 내려놓고, 모자와 안경을 벗은 다음, "자! 이제 한번 붙자."
라며 들이댔다.

내 기세에 상대방이 질렸는지 주춤주춤 뒷걸음질하는 사이, 주위의 사병들이 말려서 맞짱은 불발로 끝난 적이 있었다.

사단 외곽 보초로 근무할 때는 이런 일도 있었다.

교대해 줄 사병이 오지 않아 영창 갈 각오를 하고는 정문의 초소에 가서 확인하였더니 그 사병은 민가에서 자고 있었다. 투덜거리며 원위치하여 근무하고 있는데, "보초!" 하는 소리가 들렸다. 확인하였더니 바로 다음 근무자였고, 계급은 상병이었다.

겨울이라 밤의 기온이 살을 엔다는 표현이 무색할 정도로 추웠는데, 추위 속에서 보초 근무하는 같은 사병의 입장은 고려하지 않고 자신만 뜨뜻한 민가의 방에서 자고 있었던 그 사병의 행위가 너무 밉살스러워서 그 친구와도 야밤에 한 번 붙은 적이 있었다.

내가 계급이 낮아서 혹 잘못하다가는 하극상의 문제가 생길지도 모르겠다 싶어서 슬그머니 꽁지를 빼고 적당히 끝내기는 했다.

사단 사령부 본부 중대에서 군 복무 시 있었던 보초병과의 다툼과 석유 수령 시 다른 사무실 사병과 미수로 끝난 다툼은 소규모 조직 내에서도 질서에 반하는 행위를 용납하지 않는 나의 성격에서 비롯된 행동이라는 생각이다.

사단 근무 중 서울로 외박을 나왔던 어느 날, 군대 가기 전에 입주 가정교사로 가르쳤던 학생의 소식을 들었다.

전년도에 낙방했던 서울고등학교에 다시 시험을 보아서 합격했다는 소식을 듣고, 전화를 걸었더니 학생의 아버지인 육군 대령께서 집으로 오라고 명령하시는 것이었다. 집에 들렀더니 분위기가 좋았다.

"작년에 후기 고교에 진학한 다음, 시험공부를 그리 많이 하지도 않았던 것 같은데, 서울고에 합격한 것을 보면 자네가 기초를 튼튼하게 가르쳐 준 덕분이 아니겠나?"

그러면서 술상까지 차려 내놓는 바람에 높으신 대령님과 대작을 하게 되었다. 대령과 일병, 하늘과 땅의 차이가 이보다 더할까.

고문관 노릇으로 숱하게 얻어터지던 사병으로서 밥 먹듯이 기합받으며 졸병 생활하고 있던 그 시절에, 병장 계급장만 봐도 덜덜 떨리는 판에 대령 앞에서 술을 마시니, 이게 술인지 물인지 어찌 알겠는가.

내 기억으로는, 큰 대병들이 정종 한 병을 술술 들어가는 대로 마신 것은 분명한데, 그래도 취하지 않았다는 사실만은 또렷하다.

수도경비사령부 30대대

입주 가정교사로 가르쳤던 학생의 아버지인 대령님과 술 마시는 사이에 다시 한번 나의 군대 팔자가 요동을 쳤다. 대작하던 중에 대령님이 불쑥 이렇게 말씀하셨다.

"자네가 28사단 감찰부에 근무한다고 들었는데, 서울로 발령 내놓았으니 그리 안게."

'내가 서울에서 복무한다고요?'

누가 상상이나 했나.

자칭 고급 인력이 왜 양평 포병대대 통신 중대에서 근무하게 되었는지 이유를 몰랐는데, 상병이 되기 전에 누구나 희망하고 원하는 서울에서 복무할 수 있게 되었다니 솔직히 믿기지 않을 정도였다.

귀대하고 나서 얼마 후 서울 수도경비사령부 30대대로 발령이 났다. 감찰부 사무실에서는 어안이 벙벙할 수밖에. 기껏 포병대대에 있던 사병을 대대장과 싸우면서까지 데려다 놨더니, 3개월 만에 다시 서울로 간다니 이 무슨 도깨비놀음인가. 감찰부에서는 '이놈이 대체 어떤 놈인가?' 하였나 보다.

서울로 출발하기 전날, 참모가 나를 부르더니 한마디 했다.

"20여 년 군대 생활하면서 졸병 하나 데리고 오는데, 너만큼 힘든 놈 없었다. 그런데 서울로 간다고?"

선임하사도 몹시 서운한 눈치였다.

"내가 앞으로 다시는 서울 놈 쓰는가 봐라."

입맛을 다시면서 '배신하니까 안 쓰겠다.'라는 말을 삼키는 듯한 느낌을 받았다. 그런데 왜 내가 이런 식으로 책망 비슷한 느낌을 받아야 하는 거지 하는 반발심도 슬며시 일어났다.

솔직히 군에 입대하기 전까지만 해도 대령이 어느 정도의 위상인지 몰랐다. 설사 대령의 존재감이 어느 정도인지 알았다고 한들, 내가 무엇을 어떻게 할 수 있었겠는가.

나는 입주 가정교사로 가르쳤던 학생의 아버지에게 군대 간다는 말씀을 드린 적은 있었지만, 군대에서 대령의 위상에 대한 지식이 없어서 서울 또는 편안한 곳으로 배속하여 달라고 부탁하지도 않았고 특히 나는 타자병이기에 그런 업무를 맡는 부대로 배속되는 것으로 생각해서 굳이 부탁할 계제도 아니었다. 대령의 존재감이나 위상을 모르는 처지에 그런 일은 그야말로 어불성설이었다.

단지 서울로 외박을 나왔을 때, 내가 가르쳤던 학생의 근황을 알고 싶어서, 또 안부 차 전화를 드렸을 뿐인데, 나의 의사는 묻지도 않고 그냥 발령을 냈던 셈이다. 내 의지와는 아무런 관련도 없었다는 사실을 맹세할 수 있을 정도다.

나를 포병대대에서 감찰부로 발령을 내는 계기가 되었던 당시의 동창이 나에게 무슨 말을 하였는지는 기억에 없다. 아마도 무척 서운했을 텐데, 뚜렷이 기억에 남을 정도로 떠오르는 말은 없다.

졸병으로서 자기 업무를 뒷바라지해 주기를 기대했을 텐데, 그러기는 커녕 사병들이 선망하는 서울로 발령을 받아서 가니까 한편으로는 부럽기도 하고 또 한 편으로는 밉기도 했으리라.

속으로는 '죽일 놈!'이라고 꿍얼거렸을지도 모르겠다. 내가 일부러 그렇게 하자고 했던 일도 아닌데 어쩌랴.

그런 연유로 나중에 그 동기생에게 그 시절의 얘기를 꺼냈더니, '그런 일이 있었냐?'라고 하면서 만난 적도 없는 척하기에 이름조차 밝히지 않는 쪽으로 마무리하려는 것이다.

우여곡절이라고 할 수도 있겠지만, 서울 수도경비사령부 30대대로 발령을 받고 근무지를 옮겼다.

당시 수경사 30대대는 부대 명칭이 5160부대로 청와대 건너편 경복궁 내에 있었다. 소위 얘기해서 청와대 친위대인 셈이었다. 그런 연유로 사병들도 대부분 유도, 태권도, 합기도 등 운동을 했던 사람들이었다.

그런데 나는 이런 특징에도 해당하지 않는 사병으로, 말하자면 '빽'으로 이 부대에 왔던 셈이다.

전입 첫날, 어느 소대 막사에 불안한 자세로 걱정스럽게 앉아 있는데 내무반장이 나를 물끄러미 쳐다보면서 물었다.

"너, 서울 오니 좋으냐?"

"예, 좋습니다."

"좋긴 뭐가 좋아, 새끼야? 형광등 불빛이 좋단 말이지, 아마 곧 먼저 있었던 부대가 생각날 것이다."

이게 뭔 '씨 나락 까먹는 소리'란 말인가?

서울 근무하는 놈이 전방부대 생활이 뭐가 좋다고 떠올릴까. 어이가 없다는 생각이 들었다. 당시 전방 막사는 전깃불이 아니라 호롱불이었고, 이곳 막사는 형광등이라 환한 게 차이라면 차이였다.

먼저 근무하던 부대 생활이 그리울 거라고 하던 내무반장의 말은 곧 현실로 나타났다. 그 부대에는 전입되어 온 사병들을 모아서 30대대의 사병으로 만들기 위한 보충 교육이란 과정이 있었다.

보충 교육 받는 사병의 계급장은 일단 회수하고 동일한 입장에서 교육을 받게 한다. 나중에 나도 이 보충 교육의 조교 역할을 해 보았는데, 전입되어 온 사병의 눈과 교육 종료 후의 눈의 빛깔이 이 교육으로 인해 달라진다는 사실은 분명하다. 그만큼 고되고 힘들고 엄격했다.

월요일에 시작하여 금요일 저녁 점호 때까지 실시되는 보충 교육은 말이 좋아 교육이지 처음부터 끝까지 기합이다. 요즘은 기합을 '얼차려'라고 하는 모양인데, 교육하다가 조금만 수가 틀려도 "A코스(정해 놓은 구간, 약 200m) 선착순!"을 명령한다.

명령이 떨어지면 군장한 상태에서 죽어라 하고 뛴다. 교관에 따라서는 일등 제외하고 나머지 교육생에게 또 "A코스 선착순!"의 명령을 반복한다. 마지막 주자는 가뜩이나 힘이 없는데, A코스 구보가 끝나면 제일 늦었다는 이유로 그 벌로 포복까지 시킨다.

그렇다고 해서 선착순으로 들어온 사병들을 쉬게 하는 것은 아니고 계속 교육한다. 그러다 또 잘못되면 "A코스 선착순!"이다. 이런 식의 교육(?)이 하루 종일이다. 가끔 대대장이 나와서 연단에서 지켜보고 있는 경우에는 교관이 더욱 엄격하게 교육을 진행한다.

여기서 나는 부동자세가 어떤 것인지 배웠다. 교관이 "차렷!"하면 그 즉시 사병들은 집단 석상(石像)이 된다. 어떤 움직임도 용납되지 않는다. 눈꺼풀조차 껌벅여서도 안 되고, 교관이 손가락으로 눈을 찌르는 시늉을 하더라도 그대로 있어야 한다. 찌르는 시늉을 한다고 눈을 감았다 하면 그 순간 그 사병은 교관의 밭다리에 뒤로 발랑 넘어진다.

나도 이런 경우를 당했다.

M-1 소총을 들고 총검술 훈련을 받을 때 무거워서 요령을 피우는 것을 조교가 발견하고는 내게 다가와서 철모를 벗기고는 손 곡괭이 자루로 머리를 쳤다.순간 눈앞에 별이 왔다 갔다 하는 것이 보였다. 별이 어른거린다는 표현은 들은 적은 있지만, 내가 진짜로 당해 보기는 처음이었다. 당연히 머리에는 그 순간 밤톨만 한 혹이 하나 생겼다.

이런 힘든 교육(기합)은 취침 전까지 이어진다.

그리고 취침 중에는 또 완전군장 상태로 비상을 건다. "비상!"이라는 명령에 우리는 최선을 다해 신속하게 군장을 꾸리고 군화를 신고 연병장으로 집합하려고 하지만, 조교와 교관들의 입에서 나오는 말은 다르다.

"이것들 봐라. 왜 이리 동작이 뜨냐? 그것밖에 안 되나. 그래 가지고 어떻게 대한민국 군인이라고 할 수 있나?"

순전히 기합을 주기 위한 사전 포석이다. 기합을 주기 위한 비상이기 때문에 아무리 빨리 집합해도 "A코스 선착순!"은 예정되어 있다. 훈련소 교육보다 더 힘든 교육(기합)을 금요일까지 받으면 토요일 아침에 대대장을 비롯한 참모들과 중대장들의 검열을 받는다.

이 시각이 되면 그야말로 초긴장이다.

심사에서 불합격 판정을 받으면 재교육을 받는다고 한다. 한 번도 지겹고 힘든데 또 받는다고 하면 상상만 해도 소름이 끼칠 일이다. 거기에다가 교관의 평점은 낮아지고, 그러니까 이 점호에서 합격 점수를 받기 위해 교관, 조교, 교육생 모두가 사활을 걸고 초긴장한다.

내무반 막사 앞 정면에 교관과 조교들이 도열(堵列)하고 교육생들은 내무반 침상 위에 책상 다리 형태로 앉아 있다.

불끈 쥔 두 주먹은 무릎 위에 얹어 놓고, 시선은 정면 30도 위로 고정(固定)시킨 채 검열단의 입장을 기다린다.

검열단이 도착한 후 교관의 "차렷!" 구령 하나로 그 순간 교육생은 앉아 있는 돌이 된다. 검열단이 전면에서 교육 내용에 대하여 질문하면 가장 큰 목소리로 대답하여야 한다.

그러나 자신에게 질문한 그 장교가 누구인지 모를 정도로 시선은 오직 한 곳만 응시하고 있다. 약 2~30분 간의 검열이 끝난 후 교관이 "쉬어!" 하는 구령이 떨어진 순간, 그때야 눈을 감는다.

눈에서 눈물이 나고 다리는 저려서 제대로 일어서지를 못한다. 대대에서 합격 여부에 대한 답이 오기 전까지는 내무반에서 대기하여야 한다. 합격이라는 전달에 교관, 조교, 교육생 모두 함성을 지른다.

교관은 교관대로, 조교는 조교대로 그간 교육생에게 본의 아니게 실시한 과격한 행동과 언행에 이해 있기를 바란다는 요지의 인사로 보충교육은 끝나고 본 소속으로 원위치하며, 그때에야 비로소 30대대의 사병이 되는 것이다.

수경사에서 근무할 때 있었던 일들

이 부대의 군기가 엄격하기로는 대한민국 군대에서 둘째가라면 서러울 정도이지만, 무지막지한 면은 없다. 대대장은 나중에 대통령까지 한 전두환 중령이었다. 장세동 씨가 정보참모(?)였고, 장교의 대부분은 육사 출신에다 사병들 또한 학벌이 높았다.

이곳의 내무반 규율은 군대 밥그릇 가지고 따진다. 같은 병장 또는 상병이라도 밥그릇 숫자에 밀리면 꼼짝을 하지 못한다. 또 연병장에서 슬슬 걸어 다니는 것이 장교에게 발각되면 그 자리에서 쪼그려 뛰기로 기합받는다. 힘차게 걷든가 아니면 뛰든가 하여야 한다.

내무반에 있는 고참병을 위해 신참이 밥을 타다 주는 것이 발각되면 그 고참병은 죽었다고 복창하여야 할 정도로 엄하게 기합받는다. 고참병이라고 해서 열외가 없다. 제대 특명을 받은 사병이 저녁 점호를 받다가 움직였다고 해서 주번사관으로부터 쪼인트를 까이기도 했다. 더구나 그는 주번사관의 소대원이었다. 정말로 열외가 없는 곳이다.

군대 생활이 편하다거나 고되다고 생각하는 판단 기준은 내무반 생활기라고 하는데, 이곳은 참으로 엄격하다.

우선 관물(官物) 정돈 상태를 보면 내무반 입구에 서서 좌우의 관물 정돈이 동일하여야 한다. 각자의 복장을 동일한 두께로 개어서 놓아야 하고 그 순서도 전 부대가 동일하다.

국방색의 옷 중간에 흰색의 내의가 일직선으로 놓여야 한다. 그러니까 좌우로 흰 선이 직선으로 보여야 한다. 철모, 탄띠, 수통의 위치도 동일하여야 하고 총기 수입 상태는 수시로 점검한다. 특별히 할 일이 없을 때는 사전에 총기 수입도 하면서 만일의 사태에 대비한다.

하루의 일과를 보면 기상해서 점호를 받고 구보를 한 후 막사 주변 청소를 한다. 그리고 세면장에서 세수하고 식당에서 조식을 먹은 후 9시부터 중식 전까지 교육을 받는데, 과목은 군인이 받는 일반적인 과목에다 부대의 특수성으로 폭동 진압 훈련을 더 보탠다.

오후는 자유시간이다.

이 자유시간 동안 중대 대항 또는 소대 대항으로 배구, 축구, 야구 같은 운동 시합이 있거나, 그렇지 않으면 저마다 알맞은 시간을 갖는다.

군기는 엄격하지만, 무지막지한 면은 없고 부대 내의 규율을 위반하지 않으면 특별한 제재를 받지 않는다.

특히 유도, 태권도나 합기도 운동하는 사병에게는 일과 후 영외로 나가서 운동을 계속할 수 있는 특전까지 준다.

운동하지 않는 고참병 중에서 특별히 시내에 볼 일이 있는 사병은 이 팀에 끼어서 슬쩍 외출 나갔다 들어오기도 한다. 물론 들켰다 하면 응분(應分)의 육체적 대가를 치러야 한다.

매주 금요일 오후에는 토요일 특별 점호에 맞추어서 내무반 대청소를 한다. 바닥은 물청소(미시나우시, 정확한 표현인지는 모르겠다.)로 깨끗이 닦고, 침상 위는 걸레질로 구석구석 훔치며, 손가락에 침 묻혀서 문지를 때 먼지가 묻어나지 않도록 깨끗하여야 한다.

위생 측면에서는 바람직하다고 생각되지만, 귀찮았던 것은 사실이다. 이 대청소에는 고참, 신참이 따로 없다. 모두가 다 합심해서 참여한다. 특별 점호에 불합격 받으면 이에 상응하는 육체적 제재가 있어서 이것을 받지 않기 위해서라도 모두 다 참여한다.

때로는 대대장을 위시하여 각 참모, 중대장이 포함된 특별 점검도 있었다. 이때에는 전 대대가 여기에 대비하기 위해 무척이나 소란스러웠다.

사령부 내에서 1등을 차지한 이야기

당시는 박정희 대통령이 중점으로 삼았던, 가난으로부터의 탈출을 위해 경제개발 5개년 계획을 수립하여 시행하던 시절이었는데, 사병들에게 홍보 차원으로 이 계획을 교육시켰다. 교육이라면 누구나 다 싫어하게 마련이어서 이 시간에는 듣는 시간보다는 조는 시간이 더 길었다.

전공과목이 경제학인 나에게는 각종 용어가 낯설지 않고 또 상식으로도 알고 있으면 얼마든지 좋을 것 같아 열심히 들었다. 전 사령부 모든 사병에게 교육을 완료시켰다는 시점에 평가 시험을 치른다는 공고가 있었다. 각 중대 5명을 차출하여 시험을 본다는 것이다.

우리 중대에서는 공교롭게도 내가 선발되었고, 중대장 지시 아래 나를 중심으로 전후좌우에 포진하여 나의 답을 요령껏 컨닝하라는 대외비(?) 명령이 있었다.

시험 결과 내가 사령부 내에서 1등을 하였고, 나의 답안지를 요령껏 옮겨 쓴 나머지 4명의 점수를 합계한 중대 점수 역시 사령부 내에서 1등을 차지했다. 1등에 대한 특전은 당연히 일주일간의 포상 휴가였다.

이곳에서의 1등이 내 생애 처음이자 마지막이었다.

전방에서는 고문관 노릇만 하다가 서울에 와서 1등을 하다니…!

M-1 소총 눈 가리고 분해결합 대대 2등

30대대에서는 군인으로서 갖추어야 할 임무를 철저하게 주입(注入)시킨다. 군인은 주간에만 전투하는 것이 아니라 야간에도 전투해야 하는데, 야간에 M-1 소총에 문제가 발생하였을 때 눈 감고 분해·결합할 수 있는 능력을 갖추어야 한다는 명분 아래 'M-1 소총 눈 가리고 분해·결합' 대회가 열렸다.

오후에 득별히 하는 일이 없으니 소총 분해·결합 연습을 한 결과, 나중에는 눈 뜨고 하는 것이 더 더딜 정도가 되었다. 소대장이 소요 시간을 1분 이내로 끝내라는 명령에 과연 가능할까 하고 의심했는데, 반복연습 결과 가능해졌다. 여기서 배운 진리가 있다.

"안 되는 게 어디 있냐?"

"하면 된다."

실로 그랬다. 중대 내에서 선발 경기를 한 결과, 나를 포함하여 5명이 선발되었고, 이 5명은 수시로 내무반에서 분해·결합 연습을 하여야 했다. 밀대를 미는 손톱이 파일 정도로 열심히 연습했다.

시합 날 연병장에 4개 중대에서 선발된 선수(?)들이 긴장하여 도열(堵列)한 상태에서 시험관의 "분해!" 구령에 일제히 자기의 기량을 뽐낸다. 50여 초 만에 결합한 후 "결합!"이라고 소리쳤는데, 나보다 정말로 0.5초 차이로 빠른 사병이 일등을 하였고, 나는 2등을 차지하였다.

중대 대항 태권도 대련 시합에서 우승

태권도가 국기 비슷하게 되어서 부대에서는 전 사병을 연병장에 집합시킨 후 대대 차원에서 훈련을 시켰고, 사회에서 단(段)을 획득하고 입대한 유단자 사병들은 중대 차원에서 태권도 초짜 사병들을 대상으로 별도 훈련을 시켰다.

이 훈련에는 품세만이 아니고 정해진 동작에 의한 약속 대련, 싸움 비슷하게 하는 자유대련도 포함했다.

학교 다닐 때 주먹깨나 쓰는 친구들이 부러웠던 기억이 있어서 태권도를 열심히 배웠고, 이것은 남을 해치고자 하는 마음에서가 아니라 나를 지키기 위한 방어 수단으로 배웠던 셈이다.

그 결과 비록 유급자이기는 하지만, 사회에서 초단 실력으로 입대한 사병과 대련을 붙으면 엇비슷한 실력을 갖추는 수준까지 이르렀다.

당시의 전두환 대대장이 태권도 유급자 간의 중대 대항 자유대련 시합을 개최하라고 명하였는데, 팀당 선수 인원은 5명으로 하고 우리 중대에서는 내가 선봉으로 나섰다. 당시 나는 상병 계급으로 중대에서 사병으로서는 중추적인 입장이기도 했다.

첫 경기의 상대는 유도 유단자(태권도는 유급자)였는데, 유도와 태권도는 운동이 서로 달라 대련이 되지를 않아서 무승부였지만, 다른 선수들이 잘해주어서 승리했다.

결승전 첫 게임에서 나의 상대는 합기도 3단(태권도는 유급자), 이 선수는 일과 후에는 사회의 도장으로 운동하러 나가는 사병이었는데, 실력으로 보면 내가 열세임이 분명했다.

우리 중대 코치가 합기도의 장점에 관해 설명하면서 어느 동작을 조심하라고 일러주었다. 상대는 자신 있었는지 안경을 쓰고 시합에 나왔고, 나는 혹시 안경이 깨질까 봐 벗었다.

팽팽한 긴장 속에서 서로 점수를 획득하지 못하다가 나의 사전 유도 동작에 이은 본 동작, 오른쪽 다리 돌려차기가 작열했다.

이 돌려차기는 우리 중대 코치가 집중적으로 훈련을 시킨 바 있어 이때 제대로 써먹었다.

이 동작은 상대의 얼굴 옆면을 정확하게 때리면서 쓰고 있던 안경이 벗겨져 날아갔고, 실점한 상대 선수가 점수를 만회하기 위해 나를 공격하였으나 침착하지 못한 상태에서의 공격은 사전에 알려지게 되어서 여기에 대한 방어 자세를 갖추었던 내가 승리하였다.

그 순간 상대방 선수의 소속 중대장이 문제를 제기했다. 그는 김진영 대위로, 나중에 육군참모총장까지 역임했다.

"태권도 유급자가 이렇게 합기도 3단을 이길 수 있느냐? 유단자인데, 유급자로 속이는 것 아니야?"

이렇게 이의를 제기하였으나 나는 분명 유급자였기에 아무런 문제도 발생하지 않았다. 내가 이긴 것에 고무되었던지 우리 중대 선수들이 모두 잘 싸워 주어서 우승하게 되었고, 또 포상 휴가를 받았다.

가장 심했던 얼차려(기합)

기합이 없는 군대 생활이 있을까?

지금은 인권 침해다 뭐다 해서 가급적 얼차려를 금지하고 있지만, 당시는 고참병이 신병들을 군인으로 만들기 위해서, 상명하복의 조직을 유지하기 위해서, 얼마간은 필요악이었던 시절이 아니었나 싶다.

30대대에서 근무하면서 제일 심했던 기합은 지금도 기억이 생생하다.

무엇을 잘못해서 그랬는지는 모르겠고, 어느 더운 날 소대 선임하사가 집합을 시켰다. 소대 전원에게 완전 군장 상태로 알철모에 방독면을 쓰고 판초우의를 입고 집합하란다. 분위기가 심상찮은 것을 느낀 소대원들은 긴장한 상태에서 가장 빠른 시간에 집합하였다.

먼저 3열 종대로 세우고서는 연병장을 구보시키는 것부터 시작한다. 구보를 하는데 완전군장(完全軍裝)을 하였으니 짊어진 무거운 배낭의 무게 때문에 중압감이 등을 누르고, 쓰고 있는 알철모가 구보를 할 때 머리 정수리를 때리는 충격으로 어찔어찔했다. 방독면을 썼으니 숨은 가쁘고, 판초 우의를 입었으니 무덥기가 한량없고, M1 소총을 앞에 들고 뛰니 팔은 자꾸 밑으로 쳐진다.

선임하사보다 높은 상관이 말려 주었으면 하는 바람은 그저 희망 사항일 따름이었다. 이 부대에서는 간섭 불가의 일이다. 얼마를 뛰었을까, 선임하사가 구보 중지한 다음 방독면과 우의를 벗고 집합하라고 명한다. 그리고서는 일렬횡대로 세우더니 거총한 자세에서 낮은 포복을 시킨다.

선임하사는 뒤에서 따라오며 늦게 기어가는 사병들에게는 구둣발로 툭툭 치고, 몽둥이로 엉덩이를 갈기면서 빨리 가라고 채근한다. 군인이었기에 인간으로서는 견디기 힘든 기합을 감수하고도 불평불만 한마디 없이 지낼 수 있지 않았나 싶다. 군인은 인간과 다르다고 생각하던 시절이기도 했다. 기합을 끝내고서 선임하사가 우리를 샤워장으로 데리고 가더니 그곳에서 샤워하던 사병들을 모두 내몰아 쫓아버리고는 우리를 다 집어넣고는 씻으라고 한다.

샤워한 후에는 내무반에 와서 전원 취침하란다. 자신은 내무반 앞에서 보초를 서고…. 지금 그런 식의 기합을 실시한 사실이 알려지게 되면 어떻게 될까? 당시의 광경이 눈에 선하고 그립다.

전경환 소대장의 소대와 경기하여 이긴 이야기

전두환 전 대통령이 당시 대대장이고, 동생인 전경환 씨는 우리 중대 화기 소대장이었다. 30대대는 오후에 특별히 하는 일이 없을 때 중대장은 사병 관리 차원에서 종종 소대 대항 운동 경기를 시킨다.

군대에서는 무슨 경기든 이기면 별일 없지만, 지면 기합 받아야 한다. 군대에서 2등은 죽음이다. 그 때문에 사병들은 시합을 싫어한다. 항상 이길 수만은 없기 때문이다.

중대장이 소대 대항 축구, 배구 리그전을 벌인 후 우승 팀을 결정하겠다고 명령한다. 날짜를 정해 놓고 시합하는 것이 아니라. 어느 날 갑자기 어느 소대와 어느 소대가 무슨 시합을 하라고 하는 식이다.

낮잠을 즐기는데 우리 소대와 1소대의 배구 시합을 하라고 전달이 와서 주섬주섬 옷을 갈아입고 시합에 임했다. 운동이라는 것이 사진에 몸도 풀고 준비를 해야 제 실력이 나오는 법인데 자다가 아무런 준비도 없이 나왔으니, 시합에 이길 수가 있을까.

우리 소대가 졌다. 내무반장이 선수를 집합시켜 놓고는 한강 철교에 원산폭격까지 기합을 시전한다. 정신 상태라 틀렸다는 것이다. 틀린 얘기가 아니니 아무런 이의를 달지 못하고 그대로 수용할 수밖에 없었다.

게임이 진행되면서 소대별로 승패의 결과가 나오면서 5게임을 끝낸 상태로 우리 소대가 3승1무1패, 화기소대가 4승1패, 공교롭게도 마지막 남은 게임이 화기 소대와의 배구 시합이었다.

우리가 이기면 4승1무1패가 되고 화기소대는 4승2패가 되어서 우리가 반게임 차로 우승하게 되었다.

토요일 내무 사열이 끝난 후 중대장이 심판을 보는 가운데 결승전이 있었다. 상대 팀 선수 구성은 유도대 재학 중 입대하는 등, 운동을 전문으로 하는 체격이 좋은 사병들이었다.

누가 보더라도 우리 팀이 승리하기에는 어렵다고 생각되었지만, 상대 팀이 방심하였는지 우리 팀이 이길 것 같은 상황이 되니 상대 팀은 조바심이 나서 더 자주 실수하게 되었고, 결국 우리 팀이 이겼다.

실력이 있어서 이겼다기보다는 우리 팀은 긴장하며 최선을 다했고, 상대 팀은 우리를 얕잡아 보고 대충 대충한 결과가 아닌가 생각했다.

우승 팀에 대한 상품은 막걸리와 안주. 소대원들과 함께 내무반에서 즐겁게 마시고 놀았는데, 화기소대에서는 떡치듯 매타작하는 소리가 요란했다. 들은 바에 의하면 전경환 소대장이 자기 팀의 패배에는 자기에게도 책임이 있다고 하면서 선임하사에게 몽둥이를 주면서 자기를 때리라고 하여 맞았단다. 그러고 나서는 선임하사 이하 전 소대원에게 몽둥이 선물을 주었단다. 미안한 생각도 들었지만, 군대는 2등이 없다는 진리로 미뤄봐서 어쩔 수 없는 상황이었다.

30개월 복무 마치고 제대하다

"거꾸로 매달아도 국방부 시계는 간다."

군대 다녀온 사람이라면 한두 번 들어보지 않은 사람이 없을 정도로 유명한 군대의 대명제이자, 진리 중의 진리다. 그런 국방부 시계가 돌고 돌아 나도 어느덧 제대 특명을 받게 되었다.

전방 포병대대에서 고문관 노릇하면서 몽둥이찜질과 기합도 많이 받았고, 사단 사령부에서 외곽 초소 보초 근무하다가 늦게 교대해 준다며 상급자인 상병을 때리기도 하고, 수경사에서 군 생활에 적응하면서 세월을 보내다 보니 군대의 우여곡절을 겪고, 여러 종류의 '짠밥'을 먹게 된 왕 고참병이 되었다.

제대 말년에 소대원들과 함께

부대 내의 어떤 행사에서나 약방의 감초가 될 정도로 유능한(?) 사병이었지만, 그렇다고 해서 중대장 이하 소대장이 봐주는 것도 없었고 열외는 더욱 있을 수 없었다.

특명을 받은 후에도 매일의 점호에 빠져서는 안 되고, 매주 토요일 내무 검열에서 불합격을 받아 상사로부터 얼차려를 받지 않기 위해서는 더욱 모범이 되어야 했다.

당시 대대 차원의 배구팀이 있었는데 쟁쟁한 실력을 갖춘 고침병들이 제대하고 난 후 사회에서 배구 선수 출신의 신병이 보충되지 않다 보니 기간병들 가운데 배구를 조금 할 줄 아는 사병들을 차출하여 훈련을 시키는데, 왕고참인 내가 또 여기에 뽑혀서 배구 연습을 하게 되었다.

제대 특명을 받았는데도 불구하고 부지런히 연습해야만 했다. 특명(特命)을 핑계로 연습에서는 제외(除外)시켜 달라고 부탁할 수도 없어서, 연습 자체가 나에게는 기합이었다.

제대하기 전날, 금요일 저녁 점호도 중대원들과 함께 이상 없이 받았으며, 내무반에서 군 생활 마지막 밤이라고 하여 특별한 일도 없었고, 그날 하루를 평시와 똑같이 일과를 보냈다.

다음 날, 육군 명부에서 빠졌다고 하면서 아침 점호에서는 제외(除外)시켜 준다. 수경사 전입 후로 처음 점호를 안 받은 날이다.

제대병 전원이 정문을 통과하기 전에 대대장에게 제대 신고를 하는데, 전두환 대대장이 나를 보더니 "너 어제까지 배구하던 놈 아니냐?"라고 새삼스럽게 쳐다보며 물었다.

"예, 그렇습니다."

이것으로 나의 군대 생활은 종지부(終止符)를 찍었다. 이때가 1967년 11월 경이었다.

어느 대통령은 젊은이가 군대에 가서 썩는다는 표현을 사용해서 구설수에 오른 적이 있었는데, 본인의 경험으로는 군대 생활을 활용하기에 따라서는 군 복무 기간을 자기 인생에 보탬이 되는 세월로 만들 수 있다는 믿음을 갖고 있다.

사회에 진출해서 40년 넘게 소기업을 운영해 오고 있는 끈기와, 풀코스 마라톤은 물론이고, 100km와 200km 울트라 마라톤, 십여 곳의 사막과 남극에서 뛰는 동안 몸에 가해지는 여러 가지 형태의 고통을 이겨낼 수 있었던 체력과 정신력은 군대 생활이 바탕이 되지 않았을까 싶다.

"안 되는 게 어디 있나?"

"안 되면 되게 하라!"

이런 슬로건을 앞세운 훈련에서 50년 이상 달려온 저력이 나오지 않았나 싶다. 그리고 이것은 더할 나위 없는 나의 이니시에이션(Initiation)이었다.

제5장

제대, 복학, 졸업, 취업

제대 이후의 내 인생

대한민국 남자는 군대를 다녀왔느냐, 그렇지 않으냐로 나눌 수 있다는 말을 가끔 들었다. 그만큼 군대(軍隊)의 의미가 남다르다는 뜻이라고 할 수 있겠다. 제대하자마자 먼저 마음가짐부터가 입대하기 전 3년 동안의 대학 생활이 그야말로 온실 속에서 자란 연한 화초에 지나지 않았다는 생각이 들었다.

무엇이 어떻게 변화했는지 콕 집어서 설명하기는 쉽지 않았지만, 별볼일 없던 청년에서 뭔가 책임을 지는 모습으로 변신했다는 느낌은 분명했다.

학기 말이 되면 어머니께서 언제쯤 등록금을 마련해 주실까 눈치나 보면서 스스로 학비를 마련하겠다는 생각은 애당초 가져 보질 않았고, 마찬가지로 공부를 열심히 해서 장학금을 받아 보겠다는 의욕도 없었다.

아버지께서 돌아가신 후, 혼자서 형을 대학까지 졸업시키시고, 나머지 세 아들의 학비를 마련하시느라 얼마나 힘이 드셨을까 하는 마음도 가져 본 적이 없었다. 부모님은 그런 책임을 지는 것이 아니냐 하는 철부지 마음을 가진 채 세월을 보냈다고 해야 옳지 않을까 싶다.

이런 철부지였던 나를 인간 제조창이라는 별명을 가진 군대가 정신력과 체력 면에서 입대 전과는 확연히 다른 인간으로 만들었다.

대한민국 군대 중에서도 군기(軍紀)가 엄격하기로 둘째라면 서러워할 정도로 아주 센 부대로 소문난 수도경비사령부 30대대(5160부대)

대학 졸업식에는 30대대 소대장이 참석하여 어머니와 함께 사진을 찍었다.

에서 민간인으로서는 상상할 수 없는 각종 기합과 강한 체력이 요구되는 극한의 훈련을 극복하였고, 제대하기 전날까지도 '군인이란 예외가 없고 편법이 통하지 않는다.'라는 올곧은 병영생활을 마치고 제대를 하게 된 것이다.

"정도를 걷는 것만이 올바른 길이다."

이런 원칙이 몸에 배어서 나는 예전의 내가 아니라, 강철 같은 면모를 지닌 청년으로 재탄생하여 사회로 돌아왔고, 1년 남짓 남은 대학 생활은 물론이려니와 사회에 진출한 이후에도 그 어떤 세파든 헤쳐 나갈 수 있는 불굴의 자신감을 갖추게 되었다.

복학과 취업 준비를 위한 비상 계획

복학하기 전까지 3~4개월을 어떻게 보낼 것인가?

또 가을의 취직 시험에 대비해서 가장 먼저 시작하여야 할 공부는 무슨 과목인가? 나에게서 가장 취약한 과목은 무엇인가?

제대 후 집에서 2~3일간 현재 상황을 파악하고 달성해야 할 목표를 정한 다음, 실천이 가능한 계획을 세우면서 보냈다.

제대까지 하였으니 웬만하면 친구들과 어울려서 술도 마시고 군대에서 있었던 얘기로 늦게까지 노닥거리며 시간을 보낼 수도 있겠지만, 그럴 수는 없었다. 가을에 있을 취직 시험에 일찌감치 합격하여 그간 자식들을 키우시느라고 힘드셨던 어머니의 어깨를 가볍게 해드려야 한다는 의무감으로 나는 그런 편안하고 유쾌한 시간을 포기했다.

당장 고등학교 때부터 가장 취약하다고 생각했던 영어부터 공부하기로 마음먹었다. 특별히 영어 교재를 새로 찾기보다는 고3 대입 준비 참고서인 『삼위일체』를 챙겨서 고입, 대입 수험생과 재수생들이 공부하는 독서실에 등록한 다음 영어 참고서만 들여다봤다.

주위에서는 나를 재수 또는 삼수생 아니면 대입에 실패한 후 뒤늦게 공부하는 늙다리 수험생으로 착각하는 일도 있었다. 제대하고 4학년에 복학할 예정이라는 신분을 독서실 주인이 알고는 등록비를 받지 않을 테니 면학 분위기를 해치지 않도록 관심을 가져 달라고 해서 등록비를 절약할 수 있었다.

독서실에서 공부하다가 졸리면 그냥 그대로 엎드려 자고, 그러다가 팔이 저려서 일어나면 세수를 한 다음 또다시 공부했다. 잠은 집에서 자지 않고 독서실 걸상을 3개 이어놓고 거기서 잤다.

집에는 건설 현장에서 일하는 작업자분들이 숙식하는 처지이기에 나에게는 공부하고 잘 수 있는 공간이 없었다. 그래서 하루 세 끼 식사는 집에서 하고, 잠은 독서실에서 잘 수밖에 없었다.

이런 생활을 복학(復學) 전까지 계속하였다.

4학년에 복학해서 다시 대학생 신분으로 캠퍼스에 다니게 되었다.

1학기 등록금은 어머니께서 종전처럼 해결해 주셨지만, 마지막 2학기만큼은 장학금을 받아서 8학기 중에 한 학기만이라도 내 손으로 해결하고 싶었다.

대학 4년 내내 어머니 신세를 진다는 사실이 군대까지 다녀온 다음에는 무척 부끄럽고 자존심 상하는 일이었기 때문이다. 그리고 용돈 또한 일일이 어머니께 손을 벌리지 않고 필요하면 우리 집에 하숙하는 작업 반장님께 부탁하여 현장에서 잡일을 하더라도 얼마가 됐든 직접 버는 것으로 어머니의 부담을 조금이나마 덜어드리고 싶었다.

대학 4학년은 가을의 취직 시험을 앞두고 있어서 여유가 없었다. 합격의 관문을 통과해야 한다는 부담감으로 공부에만 매달릴 수밖에 없었다. 3학년 때까지, 그러니까 군대에 입대하기 전까지 누렸던 대학 생활의 낭만 같은 것은 즐길 겨를이 없었다.

복학한 후에도 독서실에서 자면서 공부했다.

입대하기 전에 입주 가정교사로 지도했던 당시 중3 학생이 고3이 되었는데, 내년 대학 시험 준비를 위해 다시 입주 형태의 가정교사를 맡아달라고 제의가 왔으나 가을의 취직 시험 때문에 정중히 거절했다.

이미 3년이나 지난 일인데도 잊지 않고 나에게 다시 부탁한 것을 보면 당시 내가 일회성의 가정교사가 아니라 그들의 자녀 지도에 최선을 다해서 열심히 했다는 사실을 기억하고 있구나 싶어서 조금은 보람을 느꼈다.

어떤 일이든 최선을 다하겠다는 생각, 처세를 위한 나의 정신이라고 할 수도 있는 마음가짐은 삼각지 일대의 전화선 지중화 공사장에서 막노동할 때 터득하지 않았을까 싶다.

당시에 나는 노동 현장에서 일하는 작업 자세나 숙련도는 어설프기 짝이 없었지만, 항상 최선을 다해서 일했으며, 나하고 지향하는 목표가 다를 지라도 같은 현장에서 함께 일하는 사람들과 허물없이 지내며 어떠한 환경에 있는 사람과도 어울릴 수 있는 정신을 갖는 데 크게 도움을 받았다.

1학기를 마치고 시험을 본 결과는 All A학점이었다.

다음 학기는 등록금 전액을 면제받는 장학금을 받게 되어, 어머니의 신세를 지지 않고 등록하여 학교에 다닐 수 있게 되었다. 대학 4년, 8학기 중 유일한 학기였던 것은 말할 나위도 없다.

2학기 접어들면 그때부터 곧바로 취직 시험의 계절이다. 졸업 예정자들에게는 총성 없는 전쟁이 벌어지는 셈이다.

부모님들은 대체로 지금까지 중·고등학교 입시나 대학의 입학시험에서는 낙방하더라도 재수의 기회가 있다고 여지를 두지만, 취직 시험은 그렇게 생각하지 않는다. 그만큼 가르쳤으면 스스로 사회에 진출할 수 있도록 능력을 보여줘야 한다는 이유로, 다음 기회보다는 당장의 선호를 바라는 것 같다.

나 같이 재학 중에 입대했다가 제대 후에 복학하였거나, ROTC 교육을 받고 장교로 군 복무를 마쳤거나 병역의무의 과정은 달라도 졸업 후 사회 진출의 관문 통과에서는 서로 똑같이 경쟁하여야만 했다.

나는 3학년 수료 후 입대하였기에 1년 먼저 입대한 동기생들보다 공부 기간이 짧아서 불리한 점이 있다는 생각이 들어 그것을 조금이라도 보충하기 위해 열심히 공부했다.

군대에서 배운 대로 '안 되면 되게 하라.'는 말 그대로였다.

제대하고 나서 복학하기 전까지는 하루 2시간 정도 자면서 부족하다 싶은 부분을 미친 듯이 공부했다. 그때는 참으로 열심이라 주위에서 재수, 삼수이거나 그 이상일 것이라고 오해할 정도였다.

그런데 그것이 과연 취직 시험에 얼마나 효과를 볼 것인지는 예상할 수 없었다. 어쨌든 그때 나는 공부도 해야 하고, 어머님도 도와드려야 하고, 용돈도 벌어야 하고… 참으로 바쁘게 보내야 했던 시절이었다.

이처럼 바쁘게 생활하려면 체력이 뒷받침되어야 하는데, 다행스럽게도 나는 군대에서 여기에 걸맞은 체력과 정신력을 갖추고 나와서 그나마 다행스러웠다.

마침내 취직 시험이 시작되었다.

주위의 동기생들이 접수하는 굴지의 회사에 나도 동참했다. 하지만 나는 계속 시험에 낙방하는 결과가 이어졌다. 실력은 생각지도 않고 일류회사에 취직하겠다는 섣부른 욕심만 가지고 접수한 결과이기도 하지만, 허탈한 심정은 어쩔 수 없었다.

특히 어머니에게 얼굴을 들 수 없을 정도로 죄송했다.

취직한다고 해서 금방 월급이 나오는 것은 아니지만, 내가 취업이 되면 어머니로서는 한결 마음이 놓이지 않을까 하는 생각에 조바심이 났다.

어머니에게 체면이 서지 않았지만, "은행 시험은 다른 직장보다 쉬우니까 합격할 수 있다."라고 장담하며 안심시켜 드렸다. 어머니 세대는 안정적인 직장으로 은행을 제일로 꼽을 때이기도 했다.

공무원은 월급이 적고, 일반회사는 불안하다고 하지만, 당시 은행은 인기 만점이었다. 안정적이고 급여도 높은 데다 주위에서도 좋은 직장이라고 은행 다니는 분들을 부러워하던 시절이었다.

그해 시중은행은 모든 은행이 한날한시에 동시에 시험을 보았다. 나는 모 은행을 선택하고 시험을 봤는데, 결과는 낙방(落榜)이었다. 어머니에게 큰 소릴 쳤다가 낙방하고 말았으니, 체면은 말이 아니었다.

"큰소리치기에 합격할 줄 알았더니, 이제 어떡할래?"

다분히 책망하시는 어투였다. 입이 열 개라도 할 말이 없었다.

당시에 손꼽히는 어느 보험회사에 응시하여 필기시험은 합격하고 면접시험을 볼 때였다.

"용고는 깡패가 많지?" 하는 면접관의 말에 속이 뒤틀려서 "싸움도 잘하고 공부도 잘하면 문무를 겸하는 거니까 더 좋은 것 아닙니까?" 하고 삐딱하게 대답했더니 낙방이었다.

동문수학한 동기생들은 척척 취직 시험에 잘도 합격하는데, 나는 연속으로 낙방이라 은근히 좌절감마저 느껴질 정도였다. 특히 어머니께는 입이 열 개라도 드릴 말씀이 없고 체면은 말이 아니었다.

그러다가 현대건설 산하의 신설법인 현대자동차(주)의 사원 모집 광고를 보고 응시를 했다.

현대자동차 입사

현대자동차는 지금 세계적인 자동차 제조회사로 명성이 알려져 있다. 그런데 내가 취업 시험을 치르던 대학 4학년 때만 해도 지금과는 차원이 한참 달랐다. 기술을 선도하는 세계적인 기업이 아니라 조립공장의 수준으로 요즘 기준으로는 중소기업에 속한다고 볼 수 있었다.

필기시험을 치르고 면접을 보는데 영어 회화 시험이 있었다. 내가 가장 어렵게 생각하는 것이 영어인데 영어 면접이라니, 난감했다. 낙방을 예상할 수밖에 없었다. 면접관의 질문에 대체로 대답했는데, 어떤 질문은 도저히 이해할 수 없어서 "I cannot understand your speaking." 이라고 했더니, 한 번 더 질문하기에 녹음기처럼 되풀이할 수밖에 없었다. 확실히 낙방이라고 생각했는데 합격 통지서가 왔다.

어머니께는 다소나마 체면치레를 한 셈이었다. 은행 같은 인기 직장도 아니고, 남들이 선망하는 회사도 아니어서 어머니께서는 만족스럽게 생각하시지 않았겠지만, 그래도 졸업 전에 취직했으니 그나마 다행이라고 한시름 놓지 않으셨을까 싶다.

신입사원으로 첫 배속은 총무과였다. 총무과의 업무는 회사에 송달된 편지를 수취인 담당자에게 전해 주는 일이었다. 입사한 지 며칠 안 된 상태에서 사원들의 이름을 모르는 건 당연하고, 그렇다고 해서 일일이 선배 사원에게 '이분이 어느 과의 어디 자리에 앉아 있는 분이냐?'라고 매번 물어 볼 수도 없었다. 그래서 A4용지에 사무실 배치도를 그리고, 그곳에 이름을 적어놓으면 수취인 사원 찾기가 수월할 것 같아서 선배 사원에게 부탁하였다. 사무실 배치도를 그린 이후로 편지 전달에 어려움이 없었던 것은 당연하다.

그다음에 나는 외자과로 재배속을 받았다. 조립공장이므로 모든 부품을 수입에 의존했고, 외자과는 부품 수입 업무를 담당하는 곳이었다. 수입 업무는 오퍼를 발행하고, 이것을 근거로 수입신용장(L/C)을 작성하여 주거래은행에서 개설한 다음, 이후 도착하는 선적서류를 수령(受領)한 후 이 서류를 통관 담당 사원에게 전달하는 것이었다.

외자과에 발령받은 후 무역거래법, 외환관리법, 신용장 통일 규칙 등의 소책자를 구하여 출퇴근 시간과 한가한 시간에 읽곤 했다.

많이 알고 있으면 그만큼 업무를 신속, 정확하게 처리할 수 있다고 생각했기 때문이다.

그리고 당시에는 타자수 직종이 있어서 서류 작성 부서에는 여성 타이피스트가 근무하고 있었다. 타이핑이 필요한 서류를 타이피스트에게 전하면 순서대로 서류를 작성해 준다.

그러나 나는 군에 입대하기 전에 영타와 한타를 배워서 타이핑을 할 수 있었으므로 타자수에게 부탁하지 않고 타자기를 갖다가 스스로 작성하니까 다른 직원보다 업무 속도가 빨랐다.

회사에서 열심히 일을 하다 보니 '오락가락', '갈팡질팡', '왔다갔다'라는 별명도 받았다. 별명이 좋고 나쁘고를 떠나, 당시의 내가 일하는 모습을 특징적으로 잡아낸 듯하기는 했다.

은행의 신용장 개설 담당자는 개설 소요 비용을 전표로 작성하는데, 항상 동일한 비용항목을 수기로 쓰는 것을 보고는 자비로 'opening charge', 'cable charge', 'corres charge'라는 고무인을 만들어서 담당자에게 주면서 앞으로는 전표에 쓰지 말고 스탬프로 찍어서 작성하면 수월하지 않겠느냐고 전달하였더니 담당자는 무척 고마워하였다. 은행에서는 그런 사무용품을 제공하지 않던 시절이었다.

그렇게 한 이후로 나의 업무도 무척 순조로웠다. 대부분의 조직에서 부여된 일을 신속, 정확하게 처리하는 사람에게는 상사가 더 많은 업무 처리를 지시하게 마련이다. 수입금지품목까지 수입하라는 지시를 받아서 처리한 적도 있고, 다른 직원이 처리하지 못한 업무도 해결한 적이 있었다. 그러다 보니 동료 직원들로부터 은근한 질시를 받았고, 어느 날은 다투기도 했다.

모난 돌이 정을 많이 맞는다는 속담이 맞았던가 보다. 그러던 중에 불미스러운 일이 생겨서 입사한 지 8개월 정도 근무하다 퇴사하였다.

"이 싸가지 없는 놈", 어머니의 불호령

취직을 한 이후에는 어머니의 도움을 받지 않고 지낼 수 있었다. 건설 현장에서 일용 노무자처럼 힘든 일을 하지 않더라도 스스로 벌어서 쓰고 싶은 곳에 맘껏 쓸 수 있는 여유가 생겼다. 앞길이 창창하다고 해야 할까, 새파란 젊은 나이에 흰 와이셔츠 차림에 양복 입고 어디를 가든 환영받는 분위기였다.

한동안 이런 일상에 도취하여 저녁이면 동료 직원과 함께 술을 마시는 나날이 이어졌다.

고삐 풀린 망아지처럼 기고만장한 마음으로 유흥에 취해서 옛날의 어려웠던 시절을 잊고 방탕한 생활에 빠져 살았다. 주(酒)가 있으면 색(色)이 있게 마련이고, 집에 들어가지 않는 날이 더러 있었다.

연이틀 집에 들어가지 않아서 어머니께 죄송한 마음을 가지고 출근해서 근무하고 있는데 옆 동료 직원이 전화를 건네준다.

"이무웅입니다."

"이 싸가지 없는 놈."

그 한마디를 끝으로 전화를 탁 끊으신다. 어머니셨다.

사회에 첫발을 디뎠고, 또 성장하면서 어려운 가정환경에서 살았기에 어느 정도 자유분방한 행동을 이해하셨는데, 보다보다 안 되겠다 싶어서 한마디 하셨던 것이다.

"이 싸가지 없는 놈."

이 말씀을 듣는 순간, 수경사 30대대 보충 교육 훈련 때 야전 곡괭이 자루로 머리를 맞았던 것처럼 졸지에 머리가 띵하고 눈앞에 별이 번쩍 보이는 듯했다.

이 한마디 말씀이야말로 나의 생(生)을 바꾼 계기가 되었다. 이후 나는 무분별한 생활을 청산하고 착실한 아들의 역할을 하게 되었다.

국세청 세무공무원 합격과 한성실업

현대자동차를 그만둔 다음 취직하려고 신문 광고란을 보는데 국세청 세무공무원 4급(지금의 7급) 채용 공고가 있어서 시험을 보고 합격하였다.

공무원 시험에 합격하였다고 해서 즉시 발령이 나는 것이 아니고, 또 언제 발령이 날지도 몰라서 한성실업(주) 시험에도 응시하여 또 합격하였다. 이전까지와는 다르게 연속 합격이었다.

이 회사에는 공무원 합격 사실을 숨긴 채 한시적으로 근무하게 된 입장이라 항상 회사에 미안한 마음을 가지고 일했다.

한성실업은 내가 입사하기 전에 대우그룹을 창업한 고(故) 김우중 회장님이 근무했던 회사로 섬유 수출을 전문으로 하는 무역회사였다. 나는 1970년 3월경 세무공무원 교육원 발령을 받게 되어 회사에 사표를 제출하고 퇴사하였다. 회사로부터는 심한 질책을 받았고, 변명은커녕 당연하다고 생각되어 오히려 미안함을 감출 수 없었다.

짧은 기간 근무하긴 했지만, 현대자동차(주)에서는 수입 업무, 한성실업(주)에서는 수출 업무를 담당해 봤던 나는 수출입에 웬만큼 능력을 갖추게 되었는데, 이후 사업하면서 큰 도움이 되었음은 두말할 나위도 없다.

국세청의 첫 발령지는 세무공무원 교육원 총무과 경리계였다. 단순한 업무라서 큰 어려움은 없었다. 전국 세무서에서 교육받으러 오는 교육생들이 수업 시작 전에 운동장에서 어슬렁거리는 모습이 보기에 좋지 않다며, 교육생에게 당시 유행하기 시작했던 태권도를 교육하라고 해서 그 교관으로 내가 지정되어 약 5분간 기본 동작의 시범을 보여주고 이를 따라 하게 하였다.

교육원의 교관은 사무관 직책의 공무원이 담당하는데, 나는 주사보의 직위에서 교관 역할을 했고, 강사 수당도 받았으니까 하위직 공무원으로서는 드물게 별도의 수입이 있었던 셈이다.

태권도가 힘드니 체조로 변경하여 달라는 교육생들의 건의가 있어서 나는 당시 문교부에 부탁하여 국민보건체조 도면을 받아 스스로 익힌 후 교육생들이 체조를 따라 할 수 있도록 가르쳤다.

또 한글 타자 교육 시간이 있었는데, 교육용 타자기는 한 대도 없으면서 타자 교육을 시키는 어처구니없는 과목이었다. 타자 기능을 가지고 있던 내가 또 강사 노릇하면서 수당을 받았다. 부지런한 놈은 절에 가서도 새우젓을 얻어먹는다는 속담이 있듯이 나는 하위직 세무공무원으로서 강사 수당까지 받아 용돈으로 요긴하게 사용했다.

8.3 사채 동결 조치와 승진 약속

1972년 8월 2일 밤, 정부가 사채 동결 긴급명령을 내렸다.

당시에는 은행 문턱이 높아서 웬만한 회사 아니면 금융기관으로부터 대출을 받기가 하늘에서 별 따기만큼 어려웠다.

이러한 상황에서 당장의 운용 자금 확보를 위해서는 기업은 비은행권과 고리 사채에 의존할 수밖에 없었다.

사채(私債) 이자율이 은행 이자보다 상대적으로 높아서 자금의 여유를 갖고 있는 기업은 투자해서 사업을 확장하기보다는 고리대금업을 통한 이자 수입 확보로 기업 자금을 유용하는 일이 빈번하였다.

때로는 사업체 대표가 개인 자격으로 채권자가 되고, 사업체의 재무제표에는 차입 이자를 비용으로 처리하여 법인세를 줄이며 유사 고리대금업을 하는 일도 적지 않았다. 쉽게 얘기해서 대주주가 자기 회사에 돈놀이하거나 자금이 부족한 거래처 회사에 자금을 고리로 빌려주는 일이 일반적인 시절이었다.

이런 파행적인 경제 행위를 막고 고리채 이자에 어려움을 겪는 기업에 재정적이 도움을 주어서 정상적인 기업 활동을 할 수 있도록 정부가 긴급명령을 내린 조치였다.

정부에서는 채권자와 채무자 모두에게 세무서에 그 내용을 자세하게 신고하도록 하였고, 별도의 지시가 있을 때까지 이자의 납부를 보류(동결)하였다.

갑자기 세무서는 업무량이 대폭 증가하여 인원의 부족을 느끼게 되었고 정부의 강력한 정책 시행으로 경제기획원에서는 사활을 걸고 정책을 집행하였다. 이 일이 있기 전에 기획관리실 조직계에서는 총무처에 증원(약 800명 수준)을 요청하였으나 한마디로 거절당한 시점이었다.

유사 이래 최대로 폭주한 업무량 때문에 세무공무원이 어려움을 겪는 것을 알고 경제기획원 장관이 국세청장에게 '이번 조치로 어려움이 무엇이냐?'라고 물었더니 '공무원 증원.'이라고 답했다는 말도 들었다. 그랬더니 총무처에서 거부당한 증원 요청을 원래대로 해 주기로 했고, 경제기획원에서도 내년도 예산 확보를 약속하였다.

당시 국세청은 물 좋은 세무서로 가기 위한 인사 운동이 비일비재한, 썩을 대로 썩은 공무원 조직이었다. 눈먼 돈 잘 버는 '세금쟁이'라는 세평도 있었다.

개인기업이건 법인이건 모두 세금 조사 때는 세무공무원에게 뇌물을 주고, 뇌물 받은 공무원은 업체의 세금을 깎아주고, 그 뇌물의 일부는 상급자에게 상납하는 그런 것이 관례처럼 되어있던 시절이다.

당시의 공무원 월급은 정말로 쥐꼬리만 했다.
우스갯소리로 세계 7대 불가사의가 아니라 8대 불가사의, 마지막 8번째는 대한민국 공무원이 쥐꼬리만 한 월급을 가지고 어떻게 생활하고 어떻게 자녀를 대학에 보내느냐는 자조적인 얘기도 있었다.

내년도 예산 확보의 약속을 받은 청장은 나름의 복안이 있었다. 증원 총인원을 변동시키지 않고 각 직급의 인원수를 변동시켜, 세무 행정의 선진화와 세원 발굴로 인한 세수 증대의 목적으로 이에 합당한 부서를 신설하고 여기에 필요한 인원을 배치하기 위해서는 하급자를 줄이고 상급자를 늘려 세무 행정의 획기적인 발전이 필요했다.

그렇게 하려면 예산 증액이 필수여서 나에게 경제기획원 예산과 심사를 통과시키라는 임무가 내려졌다.

반대급부로 주사보에서 주사로 승진시켜 준다는 당근이 제시되었다. 당시 서른 살도 안 된 나이에 그리고 공무원이 된 지 3년밖에 안 된 신출내기 세무공무원이 세무서 계장이 된다는 건 파격적인 인사였다. 나라고 이런 승진의 떡을 마다할 리 없었다.

경제기획원 예산과 직원에게 이런 사유를 말해주고 통과를 간곡히 부탁하여 계획대로 마무리했다. 나는 국세청의 고위층이 원하는 바대로 일을 매듭지었고, 청에서는 인력 수급에 필요한 예산을 확보할 수 있게 되어서 내년에는 내가 당연히 승진하는 것으로 생각하고 있었다.

그런데 새해 들어 청장이 바뀌면서 나의 승진에 대한 희망은 물거품이 되었다. 나는 병원에 입원할 정도로 정신적 충격이 컸다. 당시 내가 승진했더라면 주사에서 사무관, 이어서 부이사관, 이사관까지… 잘하면 국세청 차장까지 바라볼 수 있는 부푼 꿈을 가질 만했는데, 하루아침에 물거품이 된 것이었다.

만약 그렇게 되었다면 아마도 나는 사업은 시작도 하지 못했을 테고, 지금처럼 속 편하게 지나간 세월 이야기하며 인생을 회고할 처지가 아닐 수도 있었을 듯하다. 인생에는 '만약'이라는 가정법이 없기는 하지만…

이렇게 된 이상, 나는 도저히 기획관리실에서 근무할 수가 없었다. 일선에서 일하게 해달라고 상사에게 부탁하여 용산세무서 법인계에서 일하게 되었다. 본격적인 '세금쟁이'가 된 것이다.

법인세과에 급행 창구 운영

법인세과에 근무하려면 '부기 2급' 자격이 있어야 한다. 국세청이 시행하는 자격시험에서 자격증을 따야 하는 것은 당연하다.

국세청 신입으로 교육원에 근무할 때 이미 자격을 획득하였으나, 기획관리실 근무하면서 활용할 기회가 없었는데 용산세무서로 발령받으면서 효과를 보았다.

법인세과에 충원될 사람은 1명뿐이었다. 그런데 나까지 포함해서 3명이나 경합이 붙었다. 기획관리관의 압력으로 서장이 마지못해 나를 법인세과로 발령은 냈는데, 인사차 들렀더니 떨떠름한 반응이었다.

"법인세과로 확정된 건 아니고, 앞으로 자네가 어떻게 일하느냐에 따라 다른 과로 재발령 낼 수도 있어."

서장은 눈앞에서 가시 돋친 얘기를 서슴지 않았다. 법인세과를 두고 경합했던 2명 중 한 명을 발령 내려고 했던 서장의 계획이 틀어져서 그랬던 것이라고 나중에 얘기를 들었다. 어쨌든 열심히 일하는지 안 하는지 판단하는 일은 서장의 몫이니 내가 이래라저래라 부탁할 사항이 아니었다. 그저 내가 맡은 업무에 충실할 수밖에 없는 사항이었다.

어느 토요일, 평일과 같이 근무하라는 지시를 받았다.

점심을 먹은 다음 다른 직원들은 당구 치고 들어온다고 해서 나 혼자 사무실에서 책상 위에 서류를 잔뜩 쌓아 놓고 근무하는데, 이 광경을 서장이 퇴근하면서 힐끗 보고 간 적이 있었던 모양이다.

일부러 서장의 눈에 들기 위해 일을 열심히 하는 척하는 짓도 내 성미에는 맞지 않지만, 일부러 어깃장을 놓을 까닭도 없었다. 아무튼 서장이 다시는 '자네가 어떻게 일하느냐에 따라…' 어쩌고 하던 첫인사 때의 가시 돋친 얘기가 다시 나오지는 않았다.

법인세과에 근무할 때 했던 일 중에서 기억에 남는 일이 있다. 납세자들을 위해 '급행 창구'를 만들었던 일이다.

당시에는 납세자가 부과된 세금을 직접 세무서에 와서 납부하는 시스템이어서 납세자들이 몰리는 납기의 마지막 날에는 각 과에서 차출한 직원이 세금 징수에 동원되었다. 세금 징수는 돈과 관계되는 업무라서 착오가 있어서는 안 되기에 당연히 신경을 곤두세워야 했다.

그러다 보니 납세자 개개인으로부터 정확한 세금을 징수하려면 시간이 꽤 걸리고, 납세자는 납세자대로 세금 납부하러 와서 오래 기다려야 하는 불편이 뒤따랐다. 세금 납부하면서 이렇게 오래 기다려야 하느냐는 납세자들의 불평도 불평이려니와, 세금이 국가를 운영하는 예산의 밑받침이 되는데 납세자들을 오래 기다리게 한다는 사실이 미안하다는 생각이 들어서 나는 세금 징수에 편법을 써보기로 했다.

납부할 세액의 마지막 단위의 돈을 반올림하여 아래 단위의 돈은 받지 않고, 또 거스름돈은 주지 않는 방식이었다. 이런 방법으로 세금을 받았더니, 왜 거스름돈 주지 않느냐는 납세자들의 항의를 받지도 않았고, 적은 돈을 받지 않았다며 고맙다고 인사하는 납세자도 없었다.

오히려 다른 직원이 그렇게 하다가 받는 세금에 축이 나면 어떻게 하느냐고 걱정하기에 "부족하면 내가 물어내지, 그게 얼마 되겠어?" 했다가, 나중에 합산해 보니 오히려 조금 남아서 음료수를 사서 마시기까지 했다. 나름의 효과가 있었던 셈이다.

인사치레의 돌발 사고와 퇴직

이런저런 일로 해서 나는 법인세과에 계속 근무할 수 있었다. 법인은 한 해 동안에 발생한 각종 영업 행위에 대해 부기 원칙으로 장부를 기록하고, 이를 간추려서 재무제표를 작성한 다음, 3월 31일까지 세무서에 제출하여야 한다. 법인세과 직원은 이를 토대로 하여 당해 법인이 작성한 장부를 조사기일 내에 파악하여 과세하여야 한다.

따라서 부기에 관한 지식과 함께 법인세법, 또는 영업세법(지금은 부가가치세법)의 법조문에 해박한 지식을 갖추어야 한다. 나는 출퇴근 시간대에 두 법의 편람을 읽고 다녔다. 법인의 경리 담당자보다 법령을 잘 알아야 법에 근거한 과세를 할 수 있기 때문이었다.

법인세과 근무 초기에는 법령 숙지의 부족, 조사 기법의 미숙, 기타 업무 처리 방법의 미숙련 등으로 근무에 어려움을 겪었다. 그렇다고 해서 동료 직원들이 가르쳐 주지도 않는다. 각자가 알아서 처리해야 한다. 그런 것이 부과과(賦課課) 직원들의 생리였다.

근무 초기에 어려움을 겪었지만, 시일이 지나면서 업무를 터득하게 되고 조사 기법도 차츰차츰 향상되어서 근무의 어려움을 벗어나게 되었다. 조사 대상 법인에 대한 과세 근거는 항상 법령에 따라야 한다. 전년도에 이렇게 했으니까, 올해도 똑같이 과세하겠다는 억지 주장을 법인으로서는 받아들이기 어렵다. 가끔 받아들이기도 하지만, 나는 모든 과세를 세무회계 법령에 근거하여 그리고 사회 통념상 어긋나는 부분에 대해서만 과세하였다.

당시는 법인 소득세 정기분 조사 결과, 법인과 조사 담당자 간에 과세 금액을 갖고 협상을 벌여 이에 대해 법인으로부터 반대급부의 뇌물을 받는 일이 관행이다시피 했다. 이것을 조사 담당자가 말썽 없이 분배하고 윗선에도 상납하였다. 이런 관행이 부당한 줄은 알지만, 그 이전부터 내려오던 관행이니 혼자서 청렴한 척 독야청청할 수는 없었다.

그렇지만 나는 나름대로 기준을 가지고 있었다. 대학 동기들과 비교하여 비슷한 수준의 생활을 유지한다는 신념으로, 당시 세간의 뒷말처럼 '돈 잘 버는 세금쟁이'가 되고 싶지는 않았다.

법인에 부당하게 과세하지도 않았고, 과하게 뇌물을 요구하지도 않았다. 때로는 법인이 세법 숙지의 미숙으로 본의 아니게 과세 받을 수 있는 부분을 수정하도록 하여 과세를 피하게 해준 경우도 있었으나 이것을 빌미로 뇌물을 요구하지도 않았다.

독야청청할 만큼 떳떳하지도 않았지만, 그렇다고 해서 파렴치한 같은 행위도 하지 않았다. 관행을 피해 갈 수는 없었기에, 최소한의 선에서 과(課) 경비, 생활비, 용돈 등을 충당하며 부과과 직원으로서의 업무를 수행했다.

그런데 전혀 예기치 않았던 부분에서 사고가 났다.

나에게 업무상 청탁이 들어오면 그 어떤 압력에도 굴하지 않고 법령에 근거하여 처리하였다.

청탁을 부탁한 법인으로서는 내가 무척 얄미웠을 것이다.

"당신들이 강력한 뒷배경을 가진 것으로 보이는데, 지금 당신네 회사가 원하는 바를 얻으려면 나를 다른 서로 발령을 내든가, 아니면 당신 회사의 본점 소재지를 이전하든가 둘 중 하나를 선택해야 할 거요."

심지어 내가 이렇게 이야기하자, 어떤 법인은 본점 소재지를 이전한 사례도 있었다. 그 회사가 원하는 바를 해결해 준다고 해서 크게 문제가 될 것은 없었지만, 양심상 그렇게 할 수 없었다.

그렇게 나름으로는 강직하고 충실하게 세무 공무원으로서 업무를 처

리한다고 자부하던 나였는데, 예기치 않은 곳에서 별것 아닌 일로 사고
가 발생했고, 그 일로 결국 옷을 벗게 되었다.

어느 법인인지 특별히 기억은 나지 않는다. 법인 정기분 소득세 조사
첫날, 법인 사장이 인사치레로 건네준 교통비 수준의 금액, 요즘 액수로
치면 십만 원(?) 정도를 웃으면서 부담 없이 받았는데, 이것이 문제가 되
어 서정쇄신이란 명목으로 일벌백계의 징계처분을 당했다.

나에게 소명의 기회를 준다고 통보가 왔으나, 불응하고 아예 출근하
지 않았다. 인사치레든 뭐든 어쨌거나 돈을 받은 건 받은 거니까, 이제
더 이상 세무 공무원으로 근무하고 싶은 생각이 추호도 없었다. 그 이후
어떻게 행정 처리가 되었는지 모르겠다.

국세청 세무 공무원으로 세무공무원교육원, 본청 기획관리실 예산계,
용산세무서 법인세과를 거치며 근무하는 동안, 모범적인 청백리(淸白
吏)의 삶을 살지는 못했지만, 그렇다고 해서 세무 공무원의 직위를 이용
하여 파렴치한 행위를 한 경우는 없었다.

교육원에서는 교관들이 맡기 어색한 과목을 도맡아서 강의하였고, 예
산계에서는 국세청 세출예산의 증액을 위해 경제기획원 예산총괄과 담
당 직원과 다투기도 하였으며, 8.3조치 때는 부족한 인원의 증원에 필
요한 예산을 무수정 통과시켰고, 일선 세무서 부과 담당 직원으로서는
공정하고도 합리적인 과세를 위해 노력하였다고 자부하는 편이었다.

은닉한 세원을 찾아내어 과세하였고, 법령의 미숙으로 억울하게 당할
수 있는 문제를 고쳐주며 이를 꼬투리 삼아 금품을 요구한 적은 없었다.
해당 법인에서 명절 때 보낸 별도의 사례를 받은 적은 있었으나, 달리 부
끄러운 행동을 저지르지도 않았다.

공무원으로서 가장 껄끄러운 것이 직무감사인데, 본청의 감사와 감사

원 감사에서 서투르거나 부당하게 업무를 처리했다는 이유로 징계를 받지도 않았다.

당시의 공무원 처우 수준으로는 가족 부양과 자녀 교육을 감당하기 어려웠고, 상부 기관에 제출하는 보고서 서식도 자비로 구매하여 제출하여야 했다. 이런 환경에서 업체 대표로부터 인사치레 정도의 교통비를 받았다고 해서 징계 대상이 되었다.

그 일이 어떻게 알려졌는지 모르겠으나, 많건 적건 돈을 받은 것은 잘한 일이라고 할 수 없었고, 당시의 관행으로 비추어 보면 그냥 넘어가도 될 사항이었다 하더라도 억울하다고 하소연하기보다 뒤끝 없이 깔끔하게 마무리를 짓는 쪽을 선택했던 셈이다.

세무서 안에서 벌어진 일로, 비교할 만한 인사치레의 예를 하나 들어보자. 어느 날인가 서장실에서 업무를 보고 있었는데, 듣도 보도 못한 사이비 언론기관의 기자가 와서 인사를 하니까 서장이 교통비 명목으로 봉투를 건네주는 것이었다. 그러더니 기자가 나가자, 서장이 이렇게 말했다.

"자네 봤지? 할 수 없이 이런 비용이 나간다네."

부과과 직원들이 상납한 뇌물은 서상의 품위 유지비, 그러니까 서장 자리를 매끄럽게 보존하는 윤활유로 지출되고 있다는 사실을 알 수 있었다.

세무 공무원의 길

대학 입학 동기생 가운데 현대건설에서 근무하던 친구가 말레이시아 현장 근무 직원으로 파견 발령을 받았다. 이를 축하하기 위해 몇 명이 모여서 송별연을 가졌다. 당시만 해도 해외로 나가는 것을 큰 영광이나 출세로 여기던 시절이라 무척 부러웠다.

일차를 가볍게 한 다음, 주인공이 자기 집에 양주가 있으니 한 잔 더 하자고 해서 2차는 서부 이촌동의 친구 집으로 몰려갔다. 평소에 못 마셔보던 귀한 양주를 냉수 마시듯 퍼마신 후 취한 상태에서 통금이 임박한 시각에 각자 귀가하겠다고 나왔다.

주인도 취한 상태이다 보니 통금시간에 걸리면 어떻게 하느냐고 말릴 새도 없이 근처에 사는 친구와 나는 그 집을 나와서 한강로를 걸어갔던 것까지는 기억이 났다.

시간이 얼마나 지났을까. 나는 어느 주택의 대문 앞에 정신을 잃고 쓰러져서 잤던 모양이었다.

깨어보니 내가 그 집의 철문을 두드리면서 사람 살리라고 고함을 지르고 있었는데, 그 소리에 스스로 놀라 깨어난 것 같았다. 새벽 시각에 어떤 놈이 철문을 두드리면서 고함을 질러댔으니, 깜짝 놀라서 밖으로 나온 주인이 마구 육두문자를 섞어 큰소리치며 말했다.

"웬 소란이야? 좀 있으면 파출소에서 나올 테니 그대로 있어."

내 행색을 살펴보니 그야말로 가관이었다. 점퍼 상의와 안경, 매고 왔던 조그만 가방은 없어지고 러닝 내의 차림이었다. 잠시 후에 경찰관 한 명과 방범 순찰 요원 한 명이 자전거를 끌고 와서 나를 자전거 짐 싣는 받침대에 앉히고는 삼각지 파출소로 연행하였다. 파출소에서 야간 근무자에게 세무공무원 신분을 밝히고, 주머니에 있던 수표 2장을 맡기면서 부탁했다.

"이 시각에 귀가할 수도 없으니 요 앞의 여관에서 자고 가도록 해 주세요."

여관 신세를 졌지만, 그날 일로 어머니로부터 심한 질책을 받았다.

모 은행에 근무하는 입학 동기생이 여름휴가 때 홍도를 가자고 해서 서울역에서 목포행 완행열차를 탔다.

열차만 완행이 아니라 목포에서 홍도로 가기 위해 탄 배도 완행 목선이었다. 도중의 섬마다 들러서 승객과 짐을 하선한 다음 다른 승객과 짐을 싣고 떠나는 느리고 느린 항해였다.

아침 8시에 출항해서 홍도에 도착한 것은 12시간 정도 걸려서였다. 홍도에 도착하여 숙소를 배정받고는 야간에 전마선을 이용하여 가까운 곳에 다녀오는 야간 항해를 감행했다.

칠흑 같은 밤바다와 철썩거리는 파도 소리에 취해서인지 친구가 가곡을 부르기 시작해서는 야간 항해가 끝날 때까지 불러댔다. 너무 많이 불렀는지 친구는 다음 날 목이 쉬어서 말도 제대로 하지 못했다.

다음 날은 전마선을 임차하여 홍도를 한 바퀴 도는 항해도 했다. 참으로 추억에 남는 값진 여행을 끝내고, 홍도에서 목포로 나와, 다시 대천해수욕장까지 갔다. 대천해수욕장에서 하루를 묵었는데, 저녁에 먹은 튀김 때문에 탈이 나 인근 병원에서 응급치료를 받기도 했다.

그때 같이 여행했던 친구는 오래전에 작고했다.

지금의 홍도 여행과는 달리, 개발되지 않은 원시 상태의 홍도를 관광했다는 사실이 세무공무원 시절의 기억으로 가끔 떠오르곤 한다. 그 후에 한 번 더 옛날을 생각하며 홍도로 가게 되었는데, 식당과 술집 등이 있는 관광지로 변해 있어서 실망을 금할 수 없었다.

기억에 남는 세무조사

재화의 이동 시에는 부가가치가 첨가되어 판매되고, 여기에 영업세(지금의 부가가치세)가 부과된다. 그러나 재화의 이동에도 불구하고 영업세가 부과되지 않는 예외 조항이 있었다.

동일 제품을 제조하는 회사와 이를 판매하는 회사 간 계약서상에 영업세 면제 조항을 첨부하면 제조회사로부터 판매 회사로 재화가 이동하였다 하더라도 영업세를 부과할 수 없다.

내가 담당했던 조사가 너무 오래되어서 법 조항의 정확한 내용은 기억할 수 없지만, 판매 회사의 영업세 정기분 조사의 일이었다. 전임자들은 관례대로 판매액 누락이 있는지 조사하였으나 나는 위의 조항에 대해서 경리 담당자에게 계약서의 임의 제출을 요구하고 계약서를 검토하였더니 영업세법 시행규칙에 어긋나는 조항이 있어서 과세 대상이 되었다. 담당자에게 이런 사실을 알려주고, 회사의 고문 회계사에게 확인해 보라고 했다.

다음날 나의 지적 사항이 옳다고 하면서, 지적해 줘서 고맙다는 말과 함께 '어떻게 하면 좋겠느냐?'라고 물었다.

"과세(課稅)해야죠."

내가 이렇게 대답했더니, 담당자가 울상을 지으며 말했다.

"그러면 제가 회사를 그만두어야 합니다."

"그렇게 할 수야 없지요."

법 집행을 정확하게 하려면 당연히 과세하여야 함이 옳으나 탈세의 목적이 아니고 법 숙지의 미비에서 온 사항이라서 직권으로 과세하지 않기로 했다. 그리고 담당자에게 계약서 조항을 수정하라고 권유하며 수정 방법을 가르쳐주어 그 문제는 일단락되었다.

일이 마무리되자 회사에서는 은근히 뒷돈이라도 고려하는 눈치를 보였지만, 나는 돈보다는 오히려 당시 취업하지 못하고 있던 처제를 판매 회사 직원으로 취직시킬 수 있을지 부탁하였더니 바로 승낙이 떨어졌다.

일언지하(一言之下)에 거절이라도 당할까 봐 걱정했는데, 취직이 순조롭게 되어 이 사실을 집사람이 어머니께 자랑삼아 말씀드린 모양이었다. 어느 날 어머니께서 꾸지람 비슷하게 말씀하셨다.

"처제는 취직시켜 주면서 놀고 있는 너의 외사촌 여동생은 생각 안 하냐?"

이번에는 담당자에게 한 번 더 부탁하여 외사촌 여동생도 그 회사에 취직시켰다. 당시에는 컴퓨터가 없는 시대라서 판매에 관한 통계를 주판으로 계산하였기 때문에 여상 출신의 여직원이 무척 많았다.

그래서 취직 부탁도 좀 쉬웠고 판매 회사로서도 금전보다 직원 채용이 더 바람직하지 않았을까 생각했다. 둘 다 결혼하기 전까지 그 회사에서 근무할 수 있었으니 그저 고마울 따름이었다.

공개법인의 세법상 요건 심사를 전국적으로 일시에 조사하게 되었을 때였다. 서울지방국세청에 차출되어 모 회사 조사를 배정받았다.

이 회사는 정치자금을 내지 않아서 정부로부터 미운털이 박혀 국세청의 대규모 세무조사를 실시하였는데, 한 건의 위법 사항도 적출되지 않았던 투명한 회사라는 얘기를 들었다.

그동안 어떠한 세무조사도 받지 않았는데, 이번에는 세금과 관계없는 공개법인 요건 심사여서 세무 공무원이 회사를 방문하여 조사하게 되었다.

당시만 해도 이런 조사의 경우 피조사 법인은 조사 담당자에게 인사치레가 상례였다. 그런데 이 회사만큼은 그런 기대를 할 수 없고, 특히 6개월 회계 법인이라서 조사 업무 서류가 타 회사보다 두 배나 많았다.

담당자에게 조사 목적을 설명하고 주주명부의 제출을 요구한 후 주주 인원수에 초점을 맞추어 조사하였더니 이 회사의 실수가 발견되었다. 주주 1인이라는 예규 통첩 상의 조항을 이해하지 못하고, 주주 1인에 해당하는 관계 주주 모두를 1인에 포함하니 주주 인원수가 부족하여 세법상 공개법인의 요건에 불일치되는 것을 발견했다.

담당자에게 이런 사실을 설명한 다음, 이 조사 결과는 나의 의견이니 귀사의 고문 변호사와 회계사에게 자문(諮問)을 청구해 보라고 설명하였다. 이틀 후에 나의 조사 내용이 맞다고 하면서 어떻게 처리하겠느냐고 물었다.

법대로 처리하면 공개법인으로서의 모든 세법상 혜택이 박탈되면서 5년간 소급해서 과세하여야 하는데 나로서는 사안이 너무 커서 이것을 그대로 복명(復命)할 수 없다고 했다. 해결 방법으로 보관용 주주명부를 규정에 맞도록 수정하도록 하여 조사를 마무리 지었다.

이때도 나는 금전 얘기는커녕 어떤 부탁도 하지 않았다. 나중에 담당자가 이사회에서 결정된 사항이라고 강조하면서 말했다.

"이사회 결정 사항입니다. 회사의 이사회에서는 '주주 1인'이라는 규정을 제대로 가르쳐 주어 주주명부를 적법하게 처리하도록 해 준 데 대해 답례하도록 결정했습니다."

그러면서 담당자는 소정의 금전을 건네주었다. 어설픈 손길로 나에게 봉투를 전해 주면서 담당자는 자신이 십여 년간 근무하면서 세무공무원에게 금전을 전하는 건 처음이라는 말을 하였다.

제6장

기업, 새 길을 찾아 나서다

어머니의 걱정 위에서
구진테프론산업사로 출발

내가 사업을 시작할 무렵, 어머니의 걱정이 여간 아니었다.

어느 날 갑작스럽게 세무공무원을 내려놓자, 세리(稅吏)로 돈 잘 벌고 잘 살기를 기대하셨던 어머니께서 낙담하시는 모습이 역력했다. 왁자한 사건은 아닐망정 어머니께는 저간의 사정도 말씀드렸다.

"잘 됐다. 뇌물 먹고 형무소 가는 것보다야 훨씬 낫지."

먼저 이렇게 말씀하셨다. 겉으로는 대수롭지 않다는 듯 받아들이시면서도 조금은 아쉬워하시는 눈치였다. 내심 나의 장래에 대해서도 실망하셨을 것이다. 더구나 달리 취직이 아니라 사업을 한다고 하니 이건 또 다른 걱정거리를 안겨 드리는 셈이었다.

"6개월만 장사하면 2층 양옥집 지을 수 있습니다."

나는 어머니에게 이렇게 호언장담하였다. 당시 단독 주택에 살던 나로서는 2층 양옥집이 선망과 부러움의 대상이었다. 세무공무원으로서 내 능력을 과신했던 나는 무엇을 하든 곧 성공하여 돈방석에 앉으리라고 의욕이 충만해서 그렇게 말씀드린 것이었다.

그러나 6개월이 지나도 제품 생산은커녕 언제 제대로 팔리는 제품이 생산될지 예측도 할 수조차 없었다. 어머니께 2층 양옥집을 짓겠다고 했던 약속은 허언(虛言)이 되고 말았다.

그렇다고 다시 봉급 생활자로 돌아가기는 싫었다. 세무공무원 경력으로 세상 물정을 조금은 알게 된 기회가 된 것에 만족하면서 그저 최선을 다하는 것만이 어머니께 실망을 안겨 드리지 않는 길이라고 생각해서 사업에 매진하자고 다짐하고 또 다짐했다.

'내가 시작한 구진테프론산업사(나중에 구진산업사로 개명)는 6개월이 아니라 6년, 아니 60년이 갈 수 있는 회사가 되도록 탄탄한 기틀을 만들어야겠다는 신념으로 기초를 튼튼히 하기로 했다.

사업 초기의 이 마음은 지금도 변함이 없다.

그런 의미로 〈신종여시(愼終如始)〉라는 액자를 벽에 걸어놓고 마음이 흔들릴 때마다 글씨의 뜻대로 자세를 바로잡곤 한다.

반세기 사업의 역정(歷程)

이 글을 쓰기 시작한 때가 2024년이니까, 사업을 시작한 지 48년째 되던 해였다. 반세기, 사업이랍시고 하면서 지내왔고, 이 세월 동안 사업에 매달리면서 규모가 중견기업이나 대기업으로 성장한 것도 아니고, 그렇다고 눈에 띄게 큰돈을 벌어 과시할 만한 부(富)를 축적하지도 못했으니 그런 결과를 자랑하자는 의미로 책을 내려는 뜻이 아님은 독자들께서 양해하시기를 바란다.

구진산업사는 반세기 역사라는 긴 세월에도 불구하고 영세 상공인의 범위를 벗어나지 못한 채 자금 면에서는 지금도 은행 대출을 이용하고 있다. 그럼에도 내가 자랑스럽게 생각하는 부분이 몇 가지 있다. 그래서 이 책을 쓰게 된 셈이기도 하다.

첫째는 맨땅에 헤딩하듯이 설립했던 회사가 현재까지 유지해 오고 있다는 사실이다. 먼저, 만들어 팔겠다고 하는 제품에 관해 완전히 무지한 수준에서 출발했다는 사실을 고백하고자 한다. 얼마나 크게 성공했느냐

작업일지

하는 사실과는 무관하게 오늘날까지 반세기를 지탱해 왔다는 이력만은 가상하다고 생각한다.

제조업체, 특히 영세 중소기업이 반세기를 유지한 경우가 흔한 사례는 아니라고 본다. 내가 사업을 시작하던 무렵에 업계 선두였던 3개 회사는 부도 등의 사유로 이미 역사 속으로 사라졌다.

둘째는 기계의 '기역(ㄱ)'자도 모르던 상태에서 유압프레스의 원리를 터득한 후 기계의 도면을 스스로 작성하고, 이를 토대로 자체 제작한 설비를 현재까지 고장 없이 사용하고 있다는 사실이다.

1980년대 초로 추정되는데, 내가 설계한 도면을 바탕으로 일부 부품을 시중에서 구매하여 자체 제작한 설비는 동종 업계에서 사용하는 기계 형태의 원조(元祖)라는 얘기를 들었고, 일부 기계에 대해서는 실용신안 특허까지 받았다.

셋째로 규격이 작고 수량이 많은(다량) 경우 수주업체에서는 주문받기를 꺼린다. 한 개의 금형에서 1개의 제품만 만들어지기 때문에, 소위 돈이 안 되는 제품이다. 그런 제품의 생산성을 약 30배 정두 획기적으로 향상(向上)시킨 금형을 개발하였다.

이 금형의 형태는 발주 업체의 농간으로 도둑맞고 말았지만, 중소기업도 하기에 따라서는 자생(自生)할 수 있다는 자신감은 얻었다.

그리고 특별히 내가 사업과 관련하여 소중하게 간직하고 있는 두 가지 기록에 관해 이야기하고자 한다.

첫째는 1976년 3월 20일부터 1977년 3월 4일까지 작성한 작업일지인데, 1년 365일에서 며칠 빠지는 기록이다. 그 이후에도 작업일지를

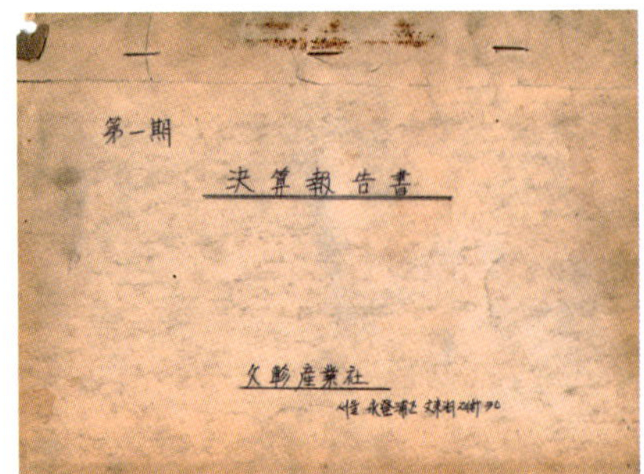

결산보고서

작성하였지만, 보관상 별 의미가 없어서 폐기 처분하였다.

둘째는 1976년부터 2008년까지 세무서에 종합소득세를 신고할 때 제출하는 합계잔액시산표, 대차대조표, 손익계산서, 제조원가명세서 등의 재무제표다.

물론 30년이 넘도록 재무제표를 보관하였다는 사실이 아니라, 이런 재무제표를 모두 스스로 작성하였다는 사실을 이야기하려는 것이다.

세 가지의 자랑거리와 두 가지의 기록은 내가 하고 있는 사업에 자부심과 긍지를 갖게 하였고, 과거의 기록은 오늘의 거울이 되어 제품의 품질을 향상(向上)시키고 회사를 발전(發展)시키는 데 크게 도움이 되었다.

테프론 테이프라는 낯선 제품과 만나다

고려대 경제과를 졸업한 후 현대자동차, 한성실업, 국세청에서 길지 않게 근무하였고, 국세청을 끝으로 직장생활을 접으면서 내심 결심한 바가 있었다.

"땅을 파서 식구들 먹여 살릴지언정 월급쟁이는 안 한다."

이런 각오였다.

왜냐고 물어도 구구절절 둘러댈 말은 마땅치 않지만, 어쨌거나 월급이나 받으며 지낸다는 사실에 회의감을 가졌던 건 사실이다. 그래서 학창 시절에 같은 동아리 소속이었던 대학 1년 선배를 찾아갔다.

"형, 나 봉급쟁이 생활 그만하고 장사할 참이니 좀 도와주세요."

당시 선배는 접착제 제조업을 하고 있었는데, 그동안 사업하면서 세무 관계로 어려움이 있으면 나에게 뒤치다꺼리를 부탁했고, 그때마다 원하는 방향으로 해결해 준 사연이 있어 부담 없이 찾아갔던 것이다.

"야, 무웅아! 테프론 테이프를 제조할 계획인데, 네가 한번 해볼래? 필요한 자금은 내가 투자할 테니 네가 직접 운영해 봐."

선배 사무실에서 며칠 지내고 있을 때, 어느 날인가 하루는 긴히 상의할 일이 있다며 꺼낸 말이었다.

당시 신소재에 속하는 테프론은 나를 포함하여 일반인들은 전혀 모르는 제품이었다. 테프론 테이프는 수도관 이음새의 누수 또는 가스 누출 방지를 위해 감는 용도로 개발된 제품인데, 당시만 해도 누수나 가스 누출에는 실이나 삼[麻] 등으로 감아서 조치할 때였다.

그러니 선진국에서만 사용되던 신제품이었는데, 1974년경 일본을 통해 우리나라에도 소개되어 테프론 테이프 제조 초기 단계였다.

"테프론 테이프인지 뭔지 생산하려면 기술자도 필요하고, 기계도 필요할 텐데, 그런 건 준비되어 있어요?”

“너 있잖아.”

선배는 느닷없이 손가락으로 나를 가리키더니 “너 있잖아.”라고 했다.

“아니 내가, 세금쟁이 노릇하던 내가 어떻게…?”

한 마디로 어이가 없었다.

애당초 예상은 테이프 생산에 필요한 모든 공정과 기계가 준비되어 있고, 나는 그냥 운영자로 참가하는 역할을 기대하였는데, 선배는 나의 예상과는 달리 나더러 직접 해보라는 것이었다.

“제조업 현장에서 근무한 경험도 없고, 세무 관계만 다루던 내가 어떻게 제품 생산을 할 수 있겠어요? 잘못하면 투자한 자금만 다 날릴 수도 있으니까, 꿈도 꾸지 마세요.”

내가 완강히 반대했더니, 닥치고 시작하라며 등을 떠밀었다.

“원료 수입상 아무개를 찾아가 제조 매뉴얼(manual) 달라고 해서 읽어보고 무조건 시작해. 이건 기회라니까.”

좀 어처구니가 없긴 했지만, 기껏 일거리 소개해 달라고 찾아갔던 선배 말씀을 더 이상 반대할 입장도 아니었다.

생전 처음 ‘테프론 테이프’라는 말만 듣고, 그게 뭔지 아무것도 모르는 상태에서 선배가 소개해 준 사람을 만났다.

“테프론 테이프를 생산하는 사업을 하고 싶은데요?”

“지금 시작하면 막차 타는 셈이니까 안 하는 게 좋을 텐데요?”

원료 수입상의 담당자가 나에게 한 말이었다. 은근히 하지 말라고 충고하던 그 담당자는 나보다 서너 살 아래인데, 내가 사업하는 과정에서 여러모로 도움을 주었고, 몇 년 전에 타계했다.

당시에 그 친구가 그런 얘기를 하는 의도는 실제로 막차를 타면 손해 보니까 하지 말라는 의미보다는 기존의 제조업자 보호 차원에서 하는 소리라는 생각이 들어서 나는 다시 그에게 부탁했다.

"막차든 첫차든, 매뉴얼이라도 좀 주시면 좋겠습니다."

내가 쉬 물러가지 않을 작정으로 매달려 부탁하였더니 멈칫거리며 매뉴얼을 건네주었다.

영문으로 되어 있는 10페이지 분량의 복사본이었다.

원료가 어떻게 생겼는지도 모르고, 기계가 어떻게 작동하는 줄도 모르고, 제품을 어떻게 생산하는지도 모르고, 그야말로 아무것도 모르는 상태에서 달랑 생산 매뉴얼 청사진 복사본 10장 가지고 '사업'이라고 시작한 셈이었다.

시작은 참으로 초라했다.

공장이랍시고 선배가 구매한 건물은 공장 형태의 구조가 아니고, 건축한 지 30년도 넘은 개인 주택이었다.

입구는 한 사람이 겨우 지나갈 정도의 좁은 골목인데, 입구에서 10미터 정도 더 들어가서 있는 낡은 기역자집이다.

이곳에 압출기(Extruder)와 캘린더(Calender)를 설치하고, 이 기계로 테프론 테이프를 만들어야 했다. 유일한 직원인 김실근과 함께 우선 개인 주택의 벽을 허물고 바닥을 시멘트로 편편하게 만든 다음 압출기와 캘린더를 설치하였다.

지금도 이름을 기억하는 김실근은 지금 어디서 무엇을 하는지 궁금하지만, 알 길이 없다. 더욱이 반세기의 세월마저 가로놓여 있다.

'무슨 놈의 용어가 이렇게 어려워?'

나는 이공계가 아닌 인문계 출신이다. 영문으로 된 제조용 매뉴얼을 읽자니, 용어의 생소함 때문에 문장을 해독하는 데 어려움을 겪어야 했다.

예를 들면, ‘die’라는 단어만 해도 그렇다. 영어책을 읽으면서 지금까지 ‘die’는 죽다, 또는 죽음이라는 의미로 해석했다. 그런데 왜 생산 공정상에 ‘죽음’이란 말이 나온단 말인가?

사전에서 ‘die’ 항목을 찾아 처음부터 끝까지 읽으면서 대입해 봤지만, 적당한 뜻을 찾지 못하니 전후 문맥을 해독할 수 없고, 생산 공정의 흐름도 이해할 수 없으니까, 정작 전체의 의미는 알 수가 없었다.

이공계 공부를 하였다면 그 ‘die’의 의미를 알았겠지만, 인문계에서는 ‘죽다’, ‘죽음’ 말고 다른 의미를 모르는 게 당연했다. ‘die’가 기계의 한 부품을 의미한다는 사실은 그때는 몰랐다.

‘Room Temperature’도 나를 헷갈리게 했다. 나는 ‘방 온도’로 해석했다. 생산 매뉴얼에는 입구가 넓은 유리병(과일주 담는 병)에 원료를 넣고 석유를 부은 다음 Room Temperature가 유지되는 장소에 하룻밤을 재우라고 해서 나는 집의 안방에 이불을 덮어서 하룻밤을 보관하였다. ‘상온(24도~26도)’이라는 전문용어를 모르는 지식수준에서 나름대로 최고의 방법이라고 생각해서 찾아낸 방법이었다.

‘Calender.’ 웬 달력? 사전을 찾아보니 달력은 Calendar이고 Calender는 종이, 피륙 등에 윤내는 기계라는 의미이다. 두 단어 철자를 혼동한 것이다. 반짝반짝하게 윤내는 기계?

도저히 나로서는 이해가 되지 않는 기계이다. 단순히 Roller라고 했으면 이해가 쉬웠을 텐데, 더구나 다른 자료에서는 Roller로 되어 있었다. Calender는 Roller의 일종이다.

첫 번째 압출 시도 실패

생산 매뉴얼에 따르면, 따스한 방에서 하루 보관한 원료를 실린더에 넣고 가압하면 다이(die)를 통해서 압출물(bead)이 압출된다.

그런데 아무리 해도 압출물이 나오지 않는다. 실린더와 다이를 분해하여 확인해 보았다.

실린더(Cylinder)와 연결되어 있는 고깔콘 같이 생긴 부분 안에다, 압력을 받고 나올 수 있는 양 이상의 원료를 넣고 압력을 가하여야 하는데, 투입된 원료의 양이 너무 적어서 압력을 가해도 압출물이 나오지 않았던 것이었다.

아무리 자료를 꼼꼼히 읽었다 하더라도 그런 설명까지는 자료에 없었다. 다음 날, 같은 방법으로 원료를 배합하고 실린더에 넣고 압력을 가했더니 라면 형태의 압출물이 나왔다.

압출물이 잘 나온다고 생각하고는, 이것을 맞물려 돌아가는 캘린더에 넣었더니 직선의 테이프가 아니고 꼬불꼬불한 형태의 압착물이다. 이것은 테이프가 아니다. 자료를 읽어보니 압출물(bead)은 국수 같이 straight여야 한다는 것이다. 그래야 직선의 테이프가 되는 것이다.

기계와 원료만 있으면 제품은 저절로 생산되는 것이라고 막연하게 생각했는데, 결과는 그렇지 않다는 사실을 뼈저리게 느낄 수 있었다. 우선 꼬불꼬불한 라면 형태의 압출물을 국수 형태의 직선 압출물로 생산하는 것이 목표였다.

만드는 과정을 혼자서 해결하려고 하니 정말 쉽지가 않았다. 나는 어떻게 하면 직선의 압출물을 생산할 것인가를 알 만한 사람에게 닥치는 대로 물어보고, 또 그 사람이 소개해 준 사람에게 가서 일일이 조언을 들었다. 그러면서 나는 직선의 압출물 생산을 백방으로 시도했으나 결과는 나아지지 않았다.

첫 작업 이후 숱한 실험과 여러 사람으로부터의 조언에도 불구하고 완전한 직선의 국수는 생산되지 않았다.

'나는 왜 안 되지?' 하는 절망감마저 들었다.

8월 삼복더위에 기계 앞에 쭈그리고 앉아 정상적인 물건은 만들지도 못하면서 잘 알지도 못하는 기계를 붙잡고 씨름하자니, '내가 왜 이 짓을 하고 있나?' 하며 한심하다는 생각과 함께 회의를 느끼기도 했다.

회사에 취직했더라면 그저 서류에 도장만 찍으며 매달 편하게 월급을 받아 가족을 부양할 텐데, 매출은커녕 가족의 생활비도 제대로 챙겨주지 못하는 처지가 처량하고 한스러워서 하루에도 몇 번씩 포기하려고 하는 마음을 먹기도 했다.

그때마다 처음 사업을 시작할 때 모질게 다짐했던 생각이 흐트러지려는 마음을 다잡아주었다.

'퇴근(?)'할 때는 그만두어야지 하는 마음을 먹었다가 아침에 일어나서는 다시 해보자고 날마다 조령모개(朝令暮改)의 변덕을 부린 셈이었다. 종일 매달려도 결과가 마찬가지일 때는 그야말로 맥이 빠지고 또 허탈해진다. 사실 '퇴근(?)'이라고 운을 뗐지만, 아예 출퇴근이 따로 없었다. 공장에 나오는 시간이 출근이고 공장에서 나가는 시간이 퇴근이었다.

서울공대 출신 '고수'이자 '임자'를 만나다

한 번은 어떤 분의 소개로 평생 잊을 수 없는 분을 찾아갔다.

서울대학교 공과대학을 졸업했고 기계를 전문으로 다루는 분이라고 하였다. 이분으로부터 나는 평생 잊을 수 없는 값진 조언을 들었다.

"생산 공정에서의 문제는 어렵거나 복잡한 데서 발생하는 것이 아니라, 모두가 쉽게 지나치거나 간단하게 생각하는 부분에서 발생하는 경우가 많지요. 그런 관점에서도 한 번 재검토해 보세요."

이 조언은 당장의 라면 압출물 문제뿐만 아니라 이후 어떤 문제가 발생하였을 때 해결의 실마리를 찾는 출발점이 되었다.

그렇게 해서 나는 생산 공정상의 문제를 해결하고 첫 번째 압출 실패라는 위기를 간신히 넘겼다.

그 이후로 만날 기회가 없었지만, 기계 제조 공정의 '고수'이자 '임자'라고 할 만한 그분에게 지금도 감사하게 생각한다.

나는 당시 원료 생산업체인 듀퐁(DuPont)사에서 발간한 매뉴얼을 주로 읽었다. 혹시나 해서 영국 ICI사의 매뉴얼을 읽어봤는데, 듀퐁의 자료에서 못 보던 문장 하나가 눈에 들어왔다.

'실린더와 다이를 꽉 결합(結合)시켜라.'

완전한 직선의 국수를 만들 수 있는 비결이었다. 지금까지 실린더와 다이가 느슨하게 결합이 된 상태로 기계를 작동시킨 것이었다.

그야말로 "책에 길이 있다."라는 말을 실감한 셈이다. 이런 자료, 저런 자료를 찾아서 읽다 보니까, 고민 중의 고민이 해결이 된 것이다. 그렇게 조립하고 가압하였더니 Straight 형태의 압출물이 나오지 않는가?

몇 달 동안 노심초사했던 문제가 단지 실린더와 다이를 꽉 조이도록 타이트하게 연결하지 않았다는 데서 비롯된 것이었다.

그렇게 어려운 조립도 아니었다. 단지 부주의한 조립으로 인해서 라면 형태의 압출물(bead)이 나와서 그간 여러 사람에게 지향 없는 의견을 구하고 마음고생한 생각을 하니 눈물이 핑 돌 정도였다. 라면 형태의 비드를 국수 형태의 비드로 바꾸는 데 약 3개월이 걸렸다.

알면 쉬운데 모르면 어렵다.

이 국수 형태의 비드를 맞물려 돌아가는 캘린더에 넣으니, 직선의 테이프가 생산되어 이제는 이 제품을 시중에 판매하게 되었다고 생각했는데 또 다른 고비가 나를 힘들게 했다.

시중에서 판매되는 테이프는 부드러운데, 내가 생산한 테이프는 비닐 테이프처럼 뻣뻣했다. 뻣뻣한 테이프를 부드러운 테이프로 품질을 바꾸는 데 또다시 4개월 정도 걸렸다.

옆에서 누가 친절하게 가르쳐 주지도 않는 데다, 순전히 나 혼자서 이렇게 해보고 저렇게 해보면서 품질을 바꾸는 데 성공하였다. 그러면서 '주먹구구'가 얼마나 소중한 셈법인지를 새삼 깨닫기도 했다.

그 해가 다음 해로 넘어가기 전에, 국내에서 생산되는 제품 중에서 최고 품질에 버금가는 제품을 생산할 수 있었다. 순전히 독학으로 제품을 생산하였고, 제품의 품질 향상에 적용한 기술은 특별한 것이 아니라, 상식선에서 사고한 것을 실행한 결과일 뿐이다.

당시 업계 선두 주자였던 회사에서는 자사 내의 기술자가 나에게 기술을 가르쳐 주었다고 예측하고는 암암리에 기술 유출자를 색출하는, 웃지 못할 소동까지 있었다는 소리도 들었다. 그만큼 내가 독학으로 생산한 제품의 품질이 우수했던 셈이다.

우리 회사 제품의 품질이 좋다는 사실은 내가 판단한 것이 아니고 동종 업계 영업부장이 회사에 와서 자기네 제품보다 훨씬 좋다고 해서 양질의 제품이라는 확신을 갖게 되었다.

개업식과 수출(輸出)의 시작

마침내 시중에서 판매할 수 있는 제품을 생산한 후에 나는 개업식을

문래동의 회사 앞에서

가졌다. 예전 직장인 세무서 몇몇 직원들과 함께 가졌던 조촐한 자리였다. 후일담이지만, '공장이라고 해서 큰 줄 알았는데 자그마하고 어두컴컴한 그곳이 무슨 공장이라고…' 하며 그들끼리 쑥덕거렸다고 했다.

일반적인 공장과는 거리가 먼 초라한 곳이니까, 그렇게 얘기할 수도 있었겠다. 그래도 나는 스스로 떳떳했고, 자부심을 가졌다. 사람 가리지 않고 조언은 구했지만, 누구의 도움도 없이 제품을 생산했다는 사실에 누가 뭐라고 하든 그런 마음을 가질 수 있었다.

제품을 생산한다는 것, 그 의미는 정말 남다르다.

그것이 복잡하건 간단하건, 공장의 규모가 크든 작든 제품 생산은 결단코 쉬운 일이 아니다. 열정을 바친 노력(努力)과 인고(忍苦)의 시간이 지난 후에 거두는 결실이다.

제품 품질에 자신이 생기자, 국내 시판보다는 해외 판매가 매출에 더 큰 도움이 될 것 같았다.

현대건설을 통해 중동 지역에 납품을 시도하고, 자재과 담당 직원과 협의하여 현장으로부터 승인을 받은 후 수출을 시작했다.

처음에는 소량으로 시작하였으나 현장에서 필요한 양이 점점 증가하여 매출에 크게 도움이 되었다. 당시 수입 원료를 사용하여 생산한 제품을 다시 수출할 때는 수입할 때 부담했던 관세를 환급받을 수 있는 제도가 있었다. 큰 금액은 아니었지만, 서울시로부터 소요량 증명을 받아 관세환급까지 받았다.

그런데 이런 거래에 갑자기 제동이 걸렸다.

다른 회사가 저렴한 가격으로 견적서를 제출하여 자재과 담당자가 견적서의 가격을 보여 주면서 이 가격에 맞출 수 있느냐고 묻기에 나는 그 자리에서 거절해 버렸다.

"나는 수출을 위해 여러 가지 필요한 서류와 샘플을 보내 승인을 받았는데, 얌체처럼 끼어든 회사는 이런 귀찮은 일을 하나도 하지 않고 그냥 가격을 제시하는 것이니 나보다 싸게 낼 수밖에 없지 않겠어요? 동의할 수 없습니다."라고 딱 잘라 거절하고 회사를 나왔다. 거래를 안 하겠다는 의사 표시였다.

그러던 차에 새치기로 견적서를 제출한 회사의 영업 담당이 나를 찾아와서 가격을 본래의 가격대로 하고 발주량을 절반씩 나누어 받아 공급하자고 제안했다.

나는 일언지하(一言之下)로 거절해 버렸다.

"나는 그런 치사한 방법으로 사업할 생각 없다. 당신네 회사가 전량 발주를 받고 납품하시오."

이후로 나는 현대건설에 출입하지 않았다. 그러면서 공정하지 않은 대기업과는 거래하지 않겠다는 마음을 먹었고, 그런 거래 방침은 지금도 마찬가지이다. 당시 나를 곤혹스럽게 했던 그 회사는 부도가 나서 지금은 흔적도 없다.

성형 제품을 생산하다

테이프 판매가 성업 중일 때 거래처 사장이 테이프만 만들지 말고 성형 제품도 생산해 보면 어떻겠느냐고 권유했다.

"성형 제품이 뭐요?"

거래처 사장은 '이런 숫보기가 있나?' 하는 표정으로 웃으며 대답했다.

"같은 재료로 만드는 봉, 파이프, 시트, 그리고 각종 패킹이 테프론 성형 제품이지요."

설명을 듣고도 어떤 제품인지 형상이 제대로 떠오르지 않는다. 거래처 사장이 이런 제품을 전문적으로 생산 중인 회사에 근무하다가 퇴직한 사람을 알고 있으니 만나서 사업 얘기를 나누어 보라고 해서 만났다.

내가 만난 분은 테프론 제품 생산의 선두 주자인 한발테프론공업(주)에 근무하던 중 좋지 못한 일로 퇴사한 사람이었다.

물론 이런 사실은 나중에야 알았다. 근무하며서 알게 되었지만, 이분은 선반도 잘 조작하고 금형 제작에 탁월한 재능을 갖고 있는, 소위 말해서 눈썰미가 있는 근로자였다.

이분이 성형 제품 생산에 관한 얘기를 하는데, 사실 나는 그가 얘기하는 내용을 전혀 이해할 수 없었다.

성형 제품 생산에는 유압프레스, 오븐, 그리고 선반이 필요하다고 한다. 유압프레스와 오븐은 어떤 기계인지 알 수 있겠는데, 선반이 왜 필요한지는 이해가 안 되었다. 당연히 이해가 안 될 수밖에 없었던 데는 까닭이 있었다.

그분이 얘기하는 선반은 Lathe이고, 내가 알고 있는 선반은 Shelf이다. 나는 그때까지 그분이 얘기하는 선반(Lathe)은 구경한 적도 없었고, 그래서 엉뚱한 질문을 하게 되었다.

"무슨 물건을 올려놓으려고 선반이 필요해요?"

나의 어처구니없는 질문에 그분은 얼마나 한심하게 생각했을까?

'공장 사장이 선반도 모르니, 공장 운영 제대로 할 수 있겠나?'

그는 이렇게 생각했을 게 뻔하다.

앞으로 내가 성형 제품을 생산하려면 그분이 구세주 같은 존재일 수밖에 없었다. 이분과의 악연에 대해서는 후에 상술하겠다. 나와 고용관계를 맺게 되었으니, 이제부터는 '분'이라는 말 대신 직원이라고 표현한다.

그 직원이 권하는 대로 나는 선반, 유압프레스, 오븐, 그리고 여기에 필요한 각종 공구를 사들이면서 새로운 분야를 접하게 되었다.

나는 그 직원이 하라는 대로 했다. 뭔가를 알아야 이의를 제기하거나, 어떤 것이 어떻다고 할 수 있을 테니까.

성형 제품을 생산하는 과정은, 수요자가 원하는 제품 원료의 양을 계산하는 일부터 예비성형물(preform)을 압축시키는 압력을 계산하고, 오븐에서 소성시키는 등 일련의 작업을 그 직원이 도맡아 했다. 나는 그야말로 곁다리였다.

원리를 알아야겠다는 의도를 가지고, 그 직원이 퇴근한 다음에 그 직원이 노트에 작성하여 놓은 일련의 계산 과정을 역산하면서 왜 이런 수식이 필요한지 확인하면서 하나하나 터득해 나갔다.

이러한 성형 제품 생산에는 원료의 비중, 원료별 수축률(예비성형물은 열처리 후 수축한다), 예비성형물 압력(preform pressure, 원료를 적절한 성형물로 변형시키기 위한 압력), 오븐에서 예비성형물을 딱

딱한 형태의 성형물로 변형시키는 열처리 과정(sintering, heating과 cooling)의 온도 등의 데이터가 필요하다.

이것을 모르면 성형 제품 생산은 불가능하다.

내가 이런 데이터를 전혀 모르니 그 직원이 하는 대로 따라갈 수밖에 없었다. 어느 정도 터득하였을 때, 원료 생산업체의 자료를 검토해 보니 그 직원이 적용한 데이터에는 여러 가지 잘못 적용한 내용이 있었다. 원료별 비중, 예비성형물 압력, 수축률, 열처리 과정의 heating과 cooling 시간 등 생산 전반적인 데이터가 외국 자료와 맞지 않았다.

그 직원과 나의 차이라면 그 직원은 전에 근무했던 회사에서 알게 된 데이터이고, 나는 자료에 의한 정확한 데이터라는 점이다. 품질이 좋은 제품을 생산하기 위해서는 정확한 데이터가 필요한 것이다.

성형 제품 생산 과정에서 나는 원료 생산업체인 미국의 DuPont, 일본의 Daikin, 영국의 ICI, 독일의 Hoechst(나중에 3M으로 바뀜)의 Brochure를 탐독했다. 각 회사가 생산하는 원료의 성분에 따라서 비중, 수축률, 예비성형물 압력, 소성온도의 cycle이 다르기 때문이다.

그리고 원료 공급처에서 제공한 각종 brochure를 읽고 원론적인 지식을 차곡차곡 축적해 나갔다.

나는 일련의 성형 제품 생산과정을 테이프 생산 때처럼 처음부터 독학으로 터득하였다.

사장이 생산 업무를 총괄하다

내가 생산 업무에 관한 과정을 알게 되면서부터 업무에 간섭하기 시작하니 그 기술자는 불만족스러운 모양이었다.

그러다가 회사 운영 방침상 자기가 불이익을 받는다고 생각했던지,

종업원들이 있는 장소에서 나에게 욕하고 소란을 일으켜서 앞으로 도저히 함께 근무할 수 없겠다는 생각이 들어 그 자리에서 해고하게 되었다.

나하고 견해 차이가 있다면 대화를 통해 합의점을 도출하는 게 바람직한 방법인데, 내가 생산에 관해 너무 모른다는 생각으로 나를 깔보고 그랬는지는 몰라도 인격 모독적인 언사를 사용하기에 해고해 버렸다.

그 직원은 자신을 해고하면 생산 업무가 마비될 것이라 예상해서 큰소리를 쳤겠지만, 그때는 이미 모든 업무를 터득한 상태였고, 혼자서 하더라도 차질 없이 생산 업무를 처리할 수 있었다.

오히려 그 직원이 모르는 정확한 각종 데이터를 원료 생산업체의 기술 자료를 통하여 알고 있었다.

내가 취급하는 원료는 여러 가지 특성이 있다.

화학명 Poly Tetra Fluoro Ethylene(P.T.F.E.) 4불화수지. 이 원료를 최초로 발명한 회사가 미국의 DuPont이고, 원료 명칭이 테프론(TEFLON)이다.

물론 다른 회사가 생산한 불소수지 원료도 테프론으로 통했다.

내열성이 높고(섭씨 260도에서 계속 사용 가능), 내약품성(산, 알카리에도 용해가 되지 않음)이 양호하며, 전기절연성(일부 충전제가 함유된 원료는 전기절연성이 없음)이 우수하고, 낮은 마찰계수는 제품을 오래 사용하여도 마모율이 낮아서 부품 교체 기간을 늘려주었다.

이런 특성을 활용하여 생산한 제품, 다시 말해서 테이프, 호스, 봉, 파이프, 쉬트, 각종 팩킹은 산업 전 부문에서 사용되고, 내가 사업을 시작할 당시에는 신소재에 속하는 엔지니어링 플라스틱이다. 다양한 제품 중에서 나는 사업 초기에 테이프 생산에 성공하여 판매한 것에 불과하다.

테프론 테이프 생산 공정은 단순하다.

원료에 조압출제(석유)를 일정 비율로 배합하고, room temperature 에서 보관하여 실린더에 투입, 압(壓)을 가하면 bead가 생산되고 이를 calender에 끼워서 압착하고 그런 과정에서 테이프를 stretching 하면 부드러워진 테이프가 생산된다. 지금은 이 공정이 모두 자동화되어 있어서 내가 초기에 생산했던 방법보다 더 단순하다.

그러나 성형 제품을 생산하기 위해서는 고려하여야 사항이 원료에 따라 제각기 다르다.

성형 제품 생산 직원과의 악연

성형 제품 생산 업무를 총괄하던 직원을 해고한 이후, 출근해서는 안 될 사람이 회사에 나와서 분란을 일으켰다. 술을 마시고 와서는 어디선가 조언을 들었는지 육체적인 접촉은 피하면서 견디기 힘든 여러 가지 행패를 부린다. 달래고 달래서 퇴직금과 위로금 등을 합의하여 지급하고 마무리를 지었다.

그런데 어느 날 노동청에서 들어오라고 한다.

이유는 그 직원이 초과 근로 수당을 지급하여 달라는 진정서를 제출하였단다. 당시에는 첫째와 셋째 일요일만 쉬고 나머지 둘째, 넷째 일요일은 정상 근무하는 것이 영세 공장의 상례였던 시절이었다. 자신이 정상 근무한 일요일을 특근한 것으로 계상하여 수당을 지급하라는 것이었다.

그는 대법원 판례를 수당 청구 근거로 삼았다. 그러니까 일요일 또는 공휴일 근무에 대한 특근 수당을 받지 않기로 노사 간에 합의하였다 하더라도 퇴직한 후에 근로자가 청구하면 사용자는 지급하여야 한다는 내용이다. 꼼짝없이 지급하여야 할 사항이다.

그 근로자가 전에 근무했던 회사에서 좋지 못한 이유로 해고당한 사실을 안 이후, 앞으로 함께 근무하는 동안 나중에 어떤 해코지를 할지도 모른다는 생각이 들어서 예비군 훈련 참가증을 차곡차곡 모아서 보관하고 있었다.

퇴직금과 위로금을 주는 자리에서 내 손을 잡고는 "사장님! 대단히 고맙습니다." 하고 감지덕지하던 사람이 갑자기 돌변해서 면종복배(面從腹背)하며 특근 수당을 달라고 하는 꼴이 너무 괘씸한 마음에 예비군 훈련 참가증을 확인하면 혹 부조리한 사항이 나오지 않을까 하는 생각에 그가 소속된 예비군 중대에 가서 확인하려고 했다.

그러나 민간인의 신분으로는 확인해 줄 사항이 아닐 것 같아, 당시 어느 경찰서 정보과 형사로 근무하고 있던 고교 동창에게 사정을 설명하고 협조를 부탁하여 확인했더니 실제로는 훈련이 없는데도 훈련 참가증을 제출한 것이 두 건이나 있었다.

이것은 당사자는 물론 중대장, 소대장에게도 문제가 발생할 수 있는 소지가 있었다.

이것을 가지고 협상을 시작했다. 노동청에 제출한 진정서를 철회하든가 당신이 요구하는 돈을 다 받았다고 진술하든가 2가지 중에 하나를 선택해서 진술하라고 하며, 만약에 그렇게 하지 않으면 나는 세 사람을 경찰서에 고발하겠다고 하였더니 이 근로자는 그제야 마지못해 잘못했다고 사과하며 노동청에 가서 전액 다 수령(受領)했다는 진술을 하는 것으로 이 문제는 해결되었다.

동창이 그런 사실을 확인해 주지 않았더라면 나는 꼼짝 없이 근로감독관으로부터 조사를 받았을 테고, 판례대로 특근 수당을 지급해야 했을 것이다. 금전 부담보다도 자존심 상하는 일이 더 곤혹스러웠을 텐데, 동창 덕분에 불쾌한 상황을 피할 수 있었다.

나에게 시비를 걸어 돈을 뜯어내려다 실패한 그 근로자는 그 후에도 제 버릇 개 못 준다고 동종 업계의 두 회사에서 근무하며 근로자로서 착실하게 근무하기는커녕 회사마다 상처를 입혔던 것으로 알고 있다.

쇠가 담금질을 받으면 강해지듯이 성분이 좋지 못한 근로자로부터 시달림을 받음으로써 나 또한 아주 강해져서 마음속으로 "대한민국에서 가장 악질인 근로자가 오더라도 난 다스릴 수 있다."라는 자신감도 생겼다. 어떻게 보면 나를 정신적으로 단련시켜 강하게 만들어 준 고마운(?) 사람이라고 해야 할까?

오토바이 타고 씽씽

영세 공장을 운영하면서 모든 업무를 혼자서 도맡아 관장하지 않고도 공장을 가동할 방법을 고심해 보았다.

주요 업무는 영업과 생산의 두 부분이었다. 지원 업무인 경리와 총무는 규모가 작은 회사에서는 크게 문제 되지 않으니까 크게 관심을 가지지 않아도 되겠다고 생각했다.

생산은 내가 담당하면 되겠지만, 영업은 외부로 다녀야 하고 신규 거래처를 확보하려면 활동 범위도 넓어서 내가 도맡아 처리하기에는 불가능하여 사원을 채용하고 업무를 맡겼다.

담당 직원이 업무에 숙달하다 보니 신규 거래선 확보도 소홀히 하는 듯하고, 기존 거래처와 관계가 돈독해지다 보니 본래의 업무보다는 거래선 직원들과 즐기는 일로 시간을 때우는 모습이 빈번하게 보였다. 수주받은 제품을 장부에는 올리지 않고 현장에 작업을 지시하여 그 제품을 거래처에 납품하고 그 대금을 착복하는 일까지 드러났다.

그 직원을 퇴사시킨 이후 생산과 영업은 물론 경리와 총무 등 회사의 모든 업무를 혼자서 총괄하게 되었다. 이렇게 하다 보니 하루가 어떻게 지나가는지 모르고 지낼 때였다.

업무용 차를 구매하기에는 자금이 뜻대로 되지 않아서 대안으로 125cc 오토바이를 업무용으로 사서 타고 다녔다. 이런 말이 있다.

"오토바이는 잘 타도 병신, 못 타도 병신."

잘 타면 사고 나서 병신 되고, 못 타면 그렇게밖에 속도를 내지 못하느냐고 병신 소리를 듣는다는 것.

출근할 때, 납품할 때, 수주받으러 갈 때, 수금하러 갈 때, 영업 활동하러 갈 때 나는 이 오토바이를 분신처럼 이용했고, 그러다 보니 업무 처리가 신속하고, 시간 절약되고, 유지비 적게 들이면서 아주 요긴하게 일을 볼 수 있었다. 적은 돈이지만, 차곡차곡 쌓이는 느낌이 들었다.

짐받이에 납품할 제품을 싣고 광화문을 거쳐 예전의 화신 백화점 네거리 방향으로 가는데 앞에서 달리는 택시 뒷좌석에 앉은 승객이 뒤돌아본다. 눈이 마주쳤는데, 동종 업계의 아는 회사에 근무하는 영업부장이다. 오토바이 뒤의 짐받이에 실은 상자의 표면에 '구진산업사'라는 상표가 보이자 확인차 뒤돌아보았던 것이었다.

다른 회사의 직원은 택시를 타고, 구진산업사 사장은 오토바이 타고…. 기분이 씁쓰름하지만, '개 같이 벌면 어떠랴. 번 돈을 정승같이 쓰면 되지.' 하며 그 일은 잊어버렸다.

청계천 거래처에 납품한 다음, 종로, 마포, 여의도, 영등포를 거쳐서 공장에 들어왔는데, 잊은 얘기가 있어서 그 회사에 전화를 걸었더니, "사장님! 지금 어디에 계십니까?" 하고 되묻는다.

"공장인데요."

"아니… 사장님! 가신 후 담배 한 대 태우고 있는 참인데, 언제 그새 공장까지 가셨습니까?"

125cc 오토바이를 엄청 빠른 속도로 몰긴 했다. 여의도 광장을 가로지를 때의 속도는 시속 80 내지 100킬로로 달렸다. 죽지 않은 게 다행이라고 할까.

사고를 당했던 적도 있다.

구로 공구상가 앞의 횡단보도를 건너가다 타이탄 트럭과 부딪친 것이다. 트럭에 받히면서 나는 바닥에 쓰러졌고, 순간 이런 생각이 떠올랐다.

'어디가 부러졌을까? 일어서다가 다리가 아프면 다리가 부러졌을 것이고, 차체 밑에 깔린 오토바이를 끄집어내려고 할 때 팔이 아프면 팔이 부러졌겠지.'

일어서는데, 다리에 통증은 없다. 또 오토바이를 끄집어내는데, 팔에도 아무런 통증이 없다. 부러진 데는 없구나 하고 내가 먼저 안도했다.

기사가 내려오는데 예기치 못한 사고로 많이 놀랐나 보다. 얼굴색이 하얗다. 지금 내가 비록 오토바이를 타고 있지만, 트럭 기사보다는 형편이 낫지 않겠는가 하는 생각에 교통순경이 오기 전에 차를 다른 곳으로 이동시켰다.

그러고는 오토바이 수리비가 100,000원 정도 들 것이라는 오토바이 센터의 말을 전하면서 수리비를 요구하였더니 20,000원밖에 없다고 하여, 그것만 받고 보냈다.

오토바이 수리비는 그 이상으로 들었고, 다음날 목을 제대로 돌리지 못하는 후유증까지 겪으며 일주일간 불편하게 지내야 했다.

내가 사고를 낸 적도 있었다.

문래동 로터리에서 영등포역 방향의 대로를 가던 중 무단 횡단하는 젊은이를 치었다. 차량 통행을 확인하지도 않고 횡단하는 행인을 발견하고 브레이크 밟았지만, 그 젊은 친구를 치고 말았다.

인근 병원에 가서 x-ray 찍고 검사한 후 아무 이상이 없는데도 불구하고 자꾸 성가시게 해서 돈을 요구하는 것 같아 얼마간의 돈을 줘서 보냈다. 술 냄새를 풍기는 젊은이였는데, 사고가 그만하기 다행이었다.

오토바이를 타보면 별의별 일도 다 있다.

여름에는 버스의 매연에 숨쉬기가 힘들고, 겨울에는 추위에 온몸이 동태가 되는 느낌이 든다.

공장이 협소하여 원료를 공장에 보관하지 못하고 살고 있는 연립주택의 개인 지하 창고에 보관하고 있던 시절이라, 그날그날 사용할 원료를 오토바이 짐받이에 싣고 출근하였다.

비 오는 여름에는 우의를 입고 원료 통 2개(드럼통 크기의 절반, 한 개 25kg)를 싣고 올 때는 시야가 좋지 않은 데다 바닥이 미끄러워서 조심하여야 했다. 겨울에는, 특히 눈이 온 날에는 4발(오토바이 바퀴 2개와 나의 두 발)로 벌벌 기면서 출근해야 했다.

참으로 125cc 오토바이와 함께 억세게 일을 했다고 생각한다.

어느 해 겨울, 대구의 거래처에서 제품을 고속버스 첫 차편으로 보내 달라고 요청하여 거주하고 있던 화곡동에서 출발하여 김포가도를 거쳐 올림픽대로를 달릴 때는 겨울의 찬바람에 몸이 얼어버렸다. 몸이 굳으면 신체의 반응 속도가 늦어서 위험한 상황이 일어날 수도 있었다.

지금 생각하면 무모하기 짝이 없는 짓인데, 당시에는 그런 마음이 조금도 생기지 않았다. 오직 거래처의 요구를 들어주어야겠다는 생각뿐이었으니까.

이후 경제적으로 조금 여유가 생기면서 포니 픽업을 마련하게 되어 오토바이 신세를 면했다.

금형의 개발과 도난

"사업에는 영원한 적도, 영원한 동지도 없다."

한 선배의 이런 경험담은 지금도 적용이 된다. 다른 회사의 거래처를 뺏어 오기도 하고 또, 나의 거래처를 뺏기기도 하니까….

거래처를 스스로 확보하여 개척하려면 인력과 시간이 많이 소요되니까, 다른 회사가 확보한 거래처를 접대 또는 다른 방법으로 회유하여 나의 거래처로 만드는 것이 직접 개척하는 방법보다 쉽다.

그런데 다른 회사에서 내가 제시한 방법보다 더 확실한 수단을 동원하면 도로 빼앗기게 마련이다.

이런 방법은 치사한 방식이라 나는 선호하지 않는 편이다. 그보다는 내 제품을 사용한 업체가 다른 업체에 소개하는 방식의 거래처 확보를 선호했다. 소위 구전(口傳) 광고에 의한 방법으로 거래처를 확보하는 것이다. 이 방법은 인력과 시간이 절약되는 대신 제품의 품질이 절대 기준이 되어야 가능하다.

이런 경우로 해서 소개받은 업체를 방문하였더니 사장이 조그마한 파이프를 꺼내 보여 주었다. 어른 둘째손가락 굵기와 길이 정도였다.

'이거 돈 안 되는 제품이네.'

속으로 대뜸 이런 생각이 들었다.

"이거 한 달에 3~4천 개씩 사용하는데 공급해 줄 수 있겠어요?"

그 회사 사장이 묻는다. 마음속으로 가늠해 본다.

'가능하기야 하겠지만, 생산 완료에는 약 20일 정도 소요되고, 개당 단가가 적으니 절대 금액이 적을 테고, 따라서 이윤도 적을 것이다.'

한마디로 말해서 회사의 이익에는 크게 득이 안 되는 제품이다. 제조

업자로서는 이 제품 생산으로 인한 득이 별로 없으니 생산 일정에서 타회사 주문 제품에 밀리게 마련이고, 그렇다고 수요자는 독촉을 빈번하게 할 수 없으니 공급처의 처분만 기다려야만 하는 그런 별 볼 일 없는 제품인 셈이다.

"한 달만 여유를 주십시오. 금형을 개발해서 오늘 발주하면 내일 납품할 수 있도록 재고를 확보하겠습니다."

그랬더니 그 자리에서 1,000개의 수량을 발주한다. 이 수량의 제품을 생산하는 데 근로자 한 명이 일주일 소요되었다. 기존의 방식으로는 인건비도 충당되지 않는 금액이다.

나는 다른 관점에서 돌파구를 찾아보았다.

원료 공급회사에서 제공하는 Brochure에서 소개하는 생산 방법은 1회전에 1개 생산되는 금형 구조로 되어있고, 각 회사가 동일하다. 나는 1회전에 다량의 제품을 생산할 수 있는 금형을 구상해 본 것이었다.

나는 기능공 출신이 아니었기에 원론에 충실한 제품을 생산하기 위해 일본, 미국, 영국, 독일의 원료 생산업체에서 제공한 Brochure를 거의 다 읽어서 나름으로 탄탄한 생산의 이론적 지식을 갖고 있었고, 또 현장에서 직접 제품을 생산해 본 경험이 있어서 이를 바탕으로 금형의 구조를 구상(構想)하였다.

금형 설계(設計)를 완성하기까지 나는 회사에 있건, 집에 있건, 버스를 타고 어디를 가건 항상 금형의 구조를 어떻게 설계하면 다량의 제품을 생산할 것인가 하는 것만 골똘히 생각하였다.

금형의 형태는 19공탄 연탄을 연상하면 된다.

나는 19개 구멍이 아니라 31개의 구멍을 뚫어서 1회전(回轉)에 31개가 생산되는 금형을 완성하였다. 계량된 원료가 금형의 31개 구멍에 똑같이 충전되도록 하였다.

원료는 백색이다. 첫 시험 생산을 할 때 백색의 조그마한 파이프 31개가 쑤욱 솟아오르는 것을 보자, 가슴이 벅차서 뭐라 표현할 수 없는 격한 감정이 마음 밑바닥에서 올라온다.

내가 설계한 금형이 성공한 것이다.

기계의 '기역(ㄱ)'자도 몰랐고, 선반을 물건 올려놓는 선반으로 알았고, 도면에서 직선은 선이고 동그라미는 원이라는 것만을 알던 내가 생산성을 획기적으로 개선한 금형을 스스로 도면을 그려서 만들고, 그것을 기초로 하여 제작에 성공하고 이를 사용하여 동일 규격의 제품을 대량 생산하는 데 성공한 것이다. 이후 이런 원리를 이용하여 다른 제품의 대량 생산에도 활용하였다.

1회전에 31개, 하루에 80회전 하면 2,500개 정도. 그 회사의 1개월 소요량을 생산하는 데는 이틀이면 충분하다. 최초 1,000개 주문을 일주일에 완료한 것과 비교하면 엄청난 성과이다.

금형을 완성한 후 그 회사를 방문하여 요청하였다.

"이제부터 귀사가 필요로 하는 수요량을 책임지고 공급할 테니, 필요한 양을 얼마든지 주문해 주세요."

그랬더니 4,000개를 발주한다.

"이 물량은 5일 안에 납품하겠습니다. 다음 발주분부터는 오늘 얘기하면 내일 납품하도록 하지요."

우리 회사로서는 생산성 향상으로 단기간에 상당량의 제품이 생산되니 자연 절대액이 커져서 이윤도 괜찮고, 수요처 입장에서는 원자재 수급에 차질이 없고, 요즈음 흔히 하는 말로 바꾸자면 win-win 관계, 상생의 관계가 되었다.

그 회사가 테프론 제품을 다량으로 소비한다는 소문을 듣고 방문한 제조 회사마다 우리 회사의 공급시스템을 알고는 거래선 뺏기를 포기하였다고 한다.

어느 날 그 회사 사장이 이런 제안을 했다.

"직원을 구진산업사 공장에 상주시켜서 자사에서 필요한 부품을 가공하면 굳이 구진에서 납품하지 않아도 되지 않겠어요?"

그럴싸하게 들리는 제안이라 상대방을 믿고 받아들였다. 그런데 이 직원이 약 6개월간 나의 공장에서 일하며 그 금형의 구조를 머릿속에 입력시키는 행위를 하는 줄 몰랐다. 모든 것이 갖추어진 다음, 스스로 생산이 가능하다고 생각한 시점에서 예전과 같이 자기네 공장에서 가공하겠다며 직원을 철수시켰다.

이때만 해도 상대방의 선의만 믿었지, 내가 개발한 금형의 모형을 그대로 카피하여 스스로 제품을 생산하리라고는 상상도 하지 못했다. 그 사장이 그런 상도에 어긋나는 파렴치한 행위를 할 사람인 줄은 생각하지 못했기 때문이다.

내가 자신의 어려움을 해결해 준 사람인데, 나에게 그런 몰상식한 처신을 할 사람이라고는 생각하지 않았다. 사람인 이상 그럴 가능성이 있을 수 있다고는 추호도 생각하지 않았다.

이런 도둑질을 '정글의 법칙'이라고 해야 하나? 잘못이 있다면 철저하게 장사꾼이 되지 않은 시점에서 내가 상대방을 곧이곧대로 믿었던 일이 불찰이라면 불찰이었다.

그 사장 또한 나에게 하나의 교훈을 남겨 주었다.

'사업 세계에서는 누구도 믿지 마라!'

내가 개발한 금형은 이론적인 근거를 바탕으로 실무가 가미된 금형이다. 어느 한 부분이 충족되지 않으면 구상할 수 없는 구조의 금형이라고 생각한다. 어느 brochure에서도 못 보았던 새로운 형태의 금형이라고 자부한다. 그런 창의적인 구조의 금형을 도둑맞았던 셈이다.

나중에 그 사장이 갖고 있는 금형이 내가 개발한 금형과 완전히 동일하다는 얘기를 들었다. 소위 말해서 짝퉁인 것이다.

당시에는 실용신안 특허를 내겠다는 생각은 미처 해보지 않았다.

나의 머리를 도둑맞은 일로 일주일 동안 배신감에 가슴이 두근거려서 애를 먹었다.

참으로 지저분한 인간이었다. 그렇게 도둑질까지 해서 몇 푼 되지도 않는 돈을 벌어야 했는지….

실용신안 특허 획득

대량 생산을 위해 개발한 금형을 도둑맞은 후 특허에 관심을 가지게 되었다. 특허라고 하면 나는 발명 특허 정도만 알고 있었다. 변리사에게 확인하니 내가 개발한 금형은 발명 특허가 아니라 의장 등록에 해당하는 사항이라고 했다.

또 배웠다.

차제에 회사가 생산하는 제품의 고유 상표도 등록해야겠다는 생각에 'GULON'이라고 작명했다. 상호 앞 글자 Gujin의 GU와 원료 생산업체가 생산하는 원료의 제품 명칭 끝이 대부분 LON으로 표기되어 있어서 이것을 원용하여 작명하였다.

특허청에 출원하여 1993년 5월 4일 'GULON'을 상표등록 번호 제261995호로 등록하였다. 이제부터는 자사에서 생산한 제품의 고유 명칭이 생긴 것이다.

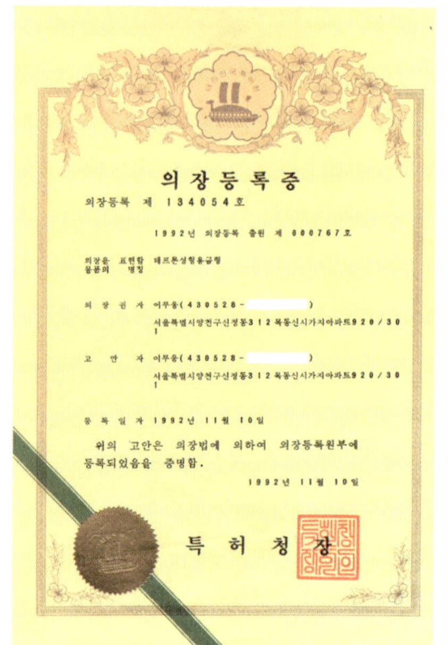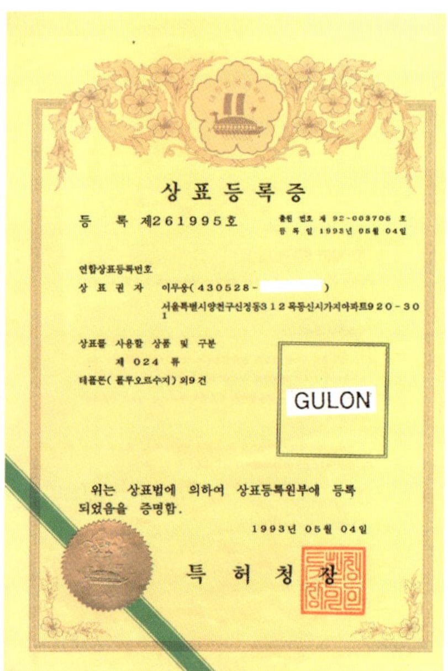

1992년과 1993년의 의장등록

　　이후부터 나는 제품 생산 과정에서 새로운 방법을 고안하면 꼬박꼬박 특허를 받았다. 소 잃고 외양간 고치는 격이지만 두 번 다시 억울한 피해를 보지 않기 위해서였다.

　　1992년 11월 10일 '테프론 성형용 금형'이라는 의장 명칭의 의장 등록(번호 134054)을 시작으로, 1995년 8월 8일 테프론 봉 성형기의 성형 장치(실용신안등록 번호 089392호), 테프론 성형기의 성형 장치(실용신안등록 번호 089393호), 파이프 성형기의 피스톤 링 구조(실용신안등록 번호 090345호) 등 네 건의 특허 등록을 마쳤다.

　　1995년 9월 15일 다이아프램 밸프 성형 장치(실용신안등록 번호 090345호)를 등록하였다. 이 특허 등록들을 존속시키다가 회사 영업에 크게 도움이 되지 않아서 폐기하였다.

166

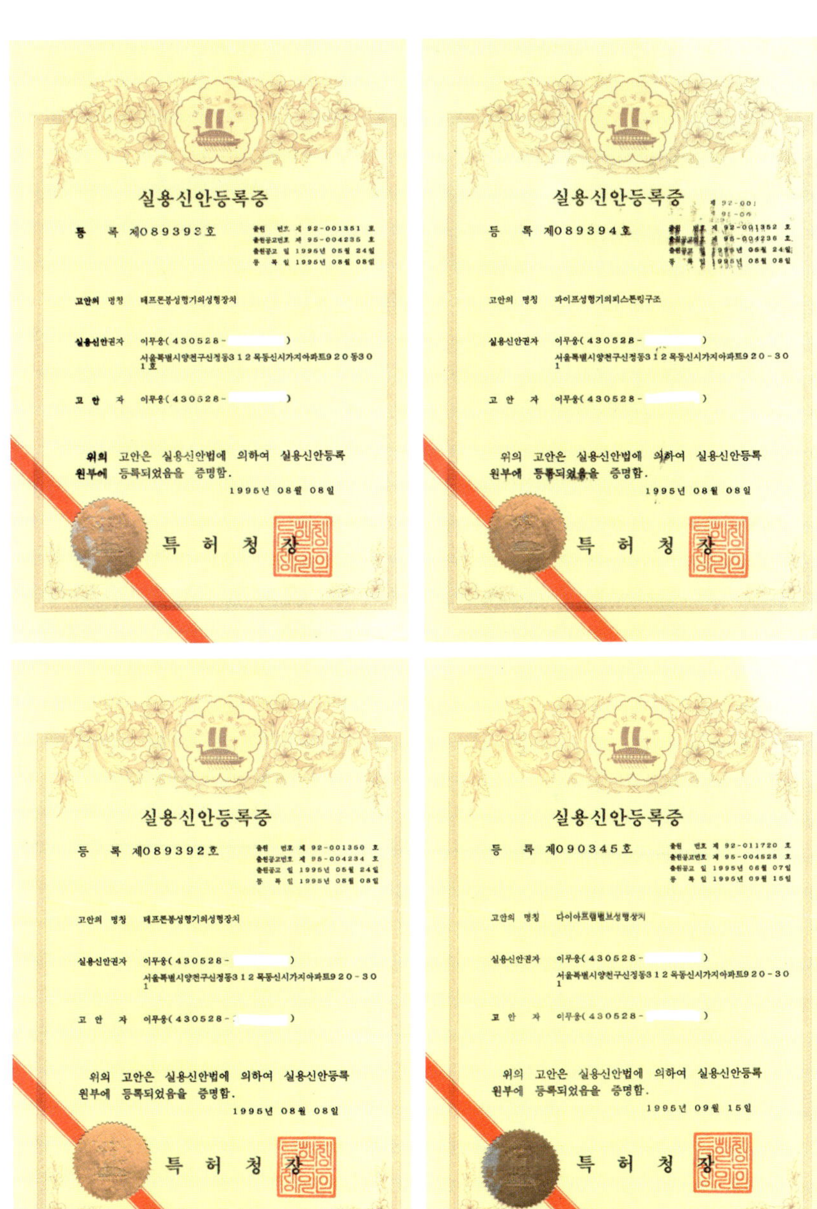

1995년의 의장등록

최근에 와서 은행 대출 심사하는 데 특허가 있으면 유리하다고 하면서 특허 있느냐고 하기에 예전에는 있었는데 전부 다 없앴다고 했다. 이런 면에서는 내가 너무 앞서 나간 것 같다.

유압프레스를 자체 제작하다

1981년경으로 기억한다.

당시 회사가 보유하고 있는 생산시설로는 유압프레스(1대), 건조로(1대), 선반(2대)이 전부였다. 초기에는 1대의 유압프레스를 이용하는 것만으로도 주문량 생산에 큰 어려움이 없었으나, 차츰 인지도가 알려지면서 기존의 시설로는 주문량 해결에 어려움을 겪게 되었다.

새로운 기계의 도입을 생각하지 않을 수 없었으나 투자 초기여서 재정적 여유가 없었고, 기계(유압프레스)의 구조가 단순하여 자체 제작이 가능할 것 같다는 생각이 들었다. 공장 책임자에게 내 구상을 밝히고 의견을 물어봤다.

"유압프레스를 자체 제작하면 어떻겠소?"

"우리 회사에서 어떻게 그런 기계를 만듭니까?"

대뜸 부정적이다. 나는 그 직원에게 이렇게 제안했다.

"그러면 내가 도면을 그려줄 테니, 가공 중에 치수 오류가 있을 때는 상의해서 수정하기로 합시다."

기계 도면을 그리자면 내부 구조가 어떻게 되어있는지 확인할 필요가 있었다. 그래서 나는 보유하고 있는 유압프레스를 분해했다. 그리고 혼자서 분해한 후 재조립할 때 착오가 있을 것 같아 직원들이 지켜보는 앞에서 분해했다.

공장의 장비들

　기존의 기계와 동일한 형태의 기계를 제작하는 것은 순전히 모방에 불과하다. 그래서 나는 테프론 제품 성형에 적합하고 생산성을 높이면서 작업자의 편리성을 고려한 기계를 만들기 위해 내부와 외부 구조에 변형을 시도한 도면을 새롭게 그렸다.

　제작하고자 하는 기계의 전체 도면과 각 부품 도면을 확정한 후, 이를 바탕으로 필요한 자재를 구매하여 가공하면서 서로 맞물리는 부분에서 약간의 치수에 오차가 있으면 수정하였다.

　한편　자체 제작이 불가능한 유압펌프, 모터, 체인지 레버, 유압호스, 압력계기 등등의 부품은 구입(購入)하였다.

　가공한 몸체와 구입한 부품을 유압프레스의 작동 원리에　맞도록 조립한 후 가동하니 신기하게도 이상 없이 작동한다.

과연 제대로 작동할 것인지 회의적이고 부정적이었던 책임자는 오히려 어이없어한다. 그러면서도 자신이 직접 가공하고 조립한 것에 대해서 자부심을 가지는 눈치였다. 나 또한 마찬가지였다.

그 후 책임자는 제2, 제3의 기계를 만들어서 증가한 주문량 소화에 차질 없이 대처하였다.

그래서 우리 회사가 보유하고 있는 유압프레스에는 제작회사 상호가 부착되어 있지 않다. 지금도 40여 년 고장 없이 잘 움직이고 있다. 그런 얘기를 기계업자에게 했더니 이렇게 농담으로 되받았다.

"그런 식으로 하면 기계업자 다 굶어 죽지요."

이공계도 아니고 인문계 학과를 졸업한 데다 기계의 '기역(ㄱ)'자도 모르던 내가 도면을 그리고 직접 제작하다니, 난 그런 부문에서 잠재력이 있었던가?

내가 중학교 다니던 시절, 선친께서 가내 수공업을 하신 적이 있었다. 그때 선친께서는 지퍼의 하단에 있는 조그마한 부품을 직접 개발하셨던 것으로 기억한다.

국내 최초로 만드신 물건이었고, 필요한 분들이 그 제품을 구매하려고 아침 일찍 우리 집에 와서 기다리던 모습을 본 기억이 있다.

당시 나는 공부보다는 제품 만드는 게 더 재미있었던지 책상 앞에 앉아 있는 시간보다는 작업장에 머무는 시간이 길었던 기억도 있다. 아마도 선친의 이런 유전자를 물려받지 않았을까 혼자 추측해 본다.

최근의 일이다.

"기계의 원조가 여기군요."

원료를 공급하는 업자가 우리 회사의 공장을 들러보더니 대뜸 이런 소리를 했다. 무슨 소리냐고 물었더니, 동종 업체의 다른 공장에 가면 기계가 다 이런 스타일이란다.

최초로 유압프레스를 만들었던 책임자도 퇴직 후 자립하여 동종업에 종사하고 있으니 자기 공장의 기계도 그런 식으로 만들었을 테고, 또 이를 본 다른 업자도 비슷하게 기계를 만들지 않았을까. 그래서 그런 얘기를 한 것 같다.

자체 제작하였으니, 기계업자에게 발주하는 경우보다 당연히 비용이 적게 든다. 또 구조를 완전히 알고 있으니, 고장이 났을 때 수리하기가 쉽다. 지금은 유압프레스가 8대로 늘어났다. 유압프레스 8대 중에서 3대는 용량이 커서 기계업자에게 의뢰하여 제작한 것이다.

안전사고가 발생하다

기계가 작동하는 공장에서는 어느 때 어떤 안전사고가 발생할지 예측할 수 없고 그런 사고의 위험은 상존한다. 특히 소규모 사업장에서는 그런 사고 발생의 빈도가 높다. 그리고 고참 근로자보다는 신규로 입사한 근로자의 사고 가능성이 높게 마련이다.

그래서 나는 신규 입사 직원에게는 어느 정도 공장 분위기에 익숙하기 전에는 기계를 맡기지 않고 조수 역할만 시킨다. 기계 조작에 대해 충분한 기능을 갖추고 있는 고참 근로자에게도 가끔 주의를 준다.

"종전과 동일한 매뉴얼대로 작업하고 있으니, 나에게는 어떠한 안전사고도 일어나지 않으리라는 믿음을 갖지 말고, 기계를 조작할 때는 항상 긴장을 풀지 말고 조심하게."

100% 안전한 기계라 하더라도 작업자의 실수로 사고는 발생할 수 있다. 다만 그 위험을 최소화하기 위해 안전장치를 마련하고 안전교육을

주기적으로 실시한다. 이런 얘기는 안전의식을 사용자나 근로자가 함께 인식하고 있는 지금의 얘기이지 70년대에는 안전보다는 일이 우선시되던 시절이었다.

회사가 보유하고 있는 유압프레스의 상하 왕복 작동은 아주 느리다. 하부 플레이트가 1분 동안에 10cm 정도 상승하도록 설계되어서 올라가는 과정이 눈에 보인다.

주의를 기울이면 사고 날 위험이 전혀 없다. 다만 금형이 플레이트 위에서 조작 실수(미스)로 떨어질 때 발등을 찍을 수가 있다.

그런데 이런 기계에서 사고가 났다.

퇴근 시간 임박해서 거래처에서 급하게 요청한 제품을 공장 책임자가 성형 처리하다가 성형물과 금형 사이에 손가락 여덟 개가 협착한 사고였다. 그런 상황을 눈으로 보는 즉시 하부 플레이트를 상승시키는 조작판 위의 발을 이탈시켜서 상승을 정지시켜야 하는데, 당황해서인지 조작판 위에 발을 올려놓은 상태에서 고함만 질러댔다.

주위의 동료 직원이 기계 작동을 정지시키려고 하는 사이에 성형품이 상승하는 압력에 견디지 못하고 부서지면서 그 사이에 끼었던 손가락이 겨우 빠졌다. 손가락의 살이 터지면서 피가 철철 흐른다. 급히 인근 정형외과에 가서 봉합수술을 하고는 입원 조치하였다.

그 근로자는 생산 총책임자로서 모든 기계를 능숙하게 조작하는 숙련공으로 평상시 기계 조작 실수로 인한 사고가 발생하리라고는 상상하지 못했던 경우다. 본인이 생각해 봐도 사고 발생이 도무지 이해되지 않는지 심한 통증을 견디면서도 나를 보고는 거듭 죄송하다고 한다.

입원 조치 후 나는 공장 운영하면서 사람 하나 병신 만들었다는 죄책

감 때문에 집에서 대성통곡을 하였다. 양손의 여덟 손가락을 다쳤으니, 이제는 완전히 병신이 되어서 앞으로 공장에서의 직장생활이건 집에서의 일상생활이건 얼마나 불편할 것인가. 세수, 식사, 목욕, 화장실 출입 문제 등 어느 하나 정상적으로 처리할 수 없을 테니 그 불편함이란 말로 표현할 수 없을 것이라는 생각에 더욱 그런 마음이 든다.

나는 하루에 세 번, 출근하면서, 근무 중에, 퇴근하면서 부상 상태를 확인하였다. 그리고 뼈를 조속하게 아물게 하는 약을 한약방에서 조제(調劑)하여 복용하게 하였다. 뼈에는 아무런 이상이 없다고 하니 그나마 다행이었다. 봉합한 수술 부위가 완쾌되면 큰 문제는 없다고 한다.

하지만 실밥을 뽑은 다음의 재활 훈련이 무척 고통스럽고 정상화되기까지에는 상당한 시일이 걸린단다. 기브스를 하고 지내는 동안 굳어진 관절을 유연하게 하느라 관절을 꺾을 때의 고통을 참기가 힘들었고, 평시에도 연식 정구공을 손가락으로 주물럭거리곤 했다.

기브스하고 있는 동안에는 아들을 대동하고 다니는 것도 안쓰러웠다. 수행비서인 셈이다. 두 손을 사용하지 못하니 아들이 대신하는 것이다.

완쾌가 되어 손가락에는 아무런 장애가 없어 정말 다행이라고 생각한다. 오래전에 자립하여 동종 업계에서 사업을 하는데, 회사 규모는 나보다 크다.

그 후 그런 유형의 사고가 한 번 더 발생했다.

공고 졸업생이 취업한 후 발생한 사고이다. 경험한 바가 있어 당황하지 않았고, 완쾌된 후 입대하였으니 아무런 장애가 없는 셈이다. 그 이후에는 기억에 남는 안전사고가 발생하지 않았다.

나는 근로자에게 안전교육을 실시할 때 이렇게 말한다.

"다치면 당사자만 손해다. 아파서 손해, 일 못 해 손해, 식구들에게 불편을 주어서 손해. 대신 사용자에게는 큰 손실이 없다. 산재보험료를 납부하니 나라에서는 다친 근로자에게 봉급 주고, 밥 먹여주고, 고쳐주고, 장애가 있으면 정도에 따라 장애 보상금도 지급한다. 다만 도의적인 책임만 지면 된다."

이렇게 강조하면서 안전사고가 발생하지 않도록 주의를 준다.

기회 있을 때마다 똑같은 주의를 당부하는 까닭은 안전사고는 예고가 없기 때문이다.

지금은 1년에 산재보험료를 약 5백만 원 정도 납부한다. 어쨌든 안전사고는 발생하지 않기를 항상 염원한다.

1979년, 비즈니스 위해 일본으로 건너가다

누구나 스스로 결정하여 외국 여행을 자유롭게 하고 싶은 소망이 있을 것이다. 나뿐만이 아니라 대부분이 가진 소망 또는 '버킷리스트'라고 할 수도 있으리라고 생각된다.

하지만 직장생활의 경우에는 여러 가지 제약조건 때문에 외국 여행이 쉽지가 않다. 특히 1983년의 단계적 해외여행 자유화나 1989년의 전면 자유화 이전에는 해외여행 자체가 하나의 로망이었다.

나 또한 봉급 받는 생활을 하는 동안에는 꿈도 못 꾸어보던 해외여행인데, 테프론 사업을 하면서 그 꿈을 실현할 수 있겠다는 마음을 갖게 되었다.

오퍼상을 통해 일본산 원료를 구입하고 있지만, 회사가 성장한 후에는 원료 생산업체를 직접 방문할 수도 있겠다 싶어서 이때를 대비하

1979년, 처음으로 일본 원료 공급업체를 방문하다.

여 일어(日語) 회화 공부를 시작했는데, 6개월 정도 계속한 후 한문이 등장하면서 콱 막히는 바람에 중단하고 말았다.

생각해 보니 일어는 일본 이외의 나라에서는 사용할 수 없는 언어니까 일어 회화를 접는다고 핑계로 삼을 만했다.

그러면서 영어 회화는 세계 어느 나라에서나 통용될 수 있는 언어이기에 영어 실력이 젬병인 나이지만 훗날의 해외여행에 대비하여 영어 회화 공부를 시작하기로 방향을 틀었다.

최초로 잡은 책이 민병철 씨의 『Living English』였다.

자동차를 운전할 때는 카세트테이프를 틀어서 듣고, 버스를 타고 다닐 때는 워크맨을 이용하여 들으면서 회화에 필요한 문장을 암기하려고 노력하였으나 영어 문장은 외우지 못하고 우리말 해설 내용만 기억하게 되는 결과가 나타났다.

그래서 영어는 내 체질에 안 맞는 듯하다고 생각했으나, 영어 회화 공부는 중단하지 않고 계속하였다.

　내가 처음 사업에 뛰어들었을 당시, 테프론 업계 선발 3회사가 시장을 거의 100% 점유하고 있었는데, 후발 주자인 내가 등장하였으나 규모도 작은 데다 특히 스스로 제품을 생산한다고 하니 뭐 제대로 된 제품이나 나오겠나 싶어서 별로 관심을 가지지 않았다.

　그러다가 품질이 차츰 개선되고 시장도 조금씩 잠식한다는 사실을 의식하였던지, 세 회사가 나에게 원료를 공급하지 말라고 오퍼상에 압력을 넣고 있다는 소식을 오퍼상 직원이 전해 주면서 의견을 제시했다.

　"이들의 압력을 제가 막을 입장은 되지 못하니까, 이를 막으려면 사장님이 직접 원료 공급업체를 방문해 보는 것이 좋겠네요."

　오퍼상 직원의 조언에 따라 일본의 원료 공급업체를 방문하기로 했다. 방문의 목적은 '불소수지 원료를 사용하여 각종 제품을 생산하는 방법을 교육받고 싶다.'라는 것이었으나 속내는 우리나라에는 기존의 3사 이외에도 나도 있다는 것을 알려서 오퍼상에 대한 원료 공급 압력을 사전에 차단하여 안정적인 원료 공급의 확보가 주목적이었다.

　기존의 동종 업계 3사가 일본의 원료 공급업체를 방문할 때는 통역사를 대동하였는데, 30대였던 나는 통역사를 대동하는 대신 부족한 영어 실력이나마 혼자서 방문하여 모든 일정을 소화했다. 그것이 일본의 원료업체에 젊은이가 의욕을 가지고 열심히 사업을 하고 있다는 인상을 심어 주지 않았나 싶다. 특히 스스로 개발한 'Multi Cavity Mold' 형태를 설명하여 원료업체로부터 칭찬까지 들었다.

　일본 방문 결과에 대해서는 의도한 바의 성과가 있었다고 자평하거니와, 이후 원료 공급업체에서 우리나라를 방문할 때는 초라하고 규모도 보잘것없는 나의 공장도 꼬박꼬박 방문하였다.

'공장 규모가 뭔 대수냐? 품질 향상을 위해 열심히 노력하는 모습을 보여 주면 되지.'

나는 이런 마음가짐으로 당찬 자신감을 그들에게 보여 주었다. 세월이 흐른 후 나에게 원료를 공급하지 말라고 압력을 넣던 세 회사는 역사 속으로 사라졌고, 나는 살아남아 지금도 생산 활동을 계속하고 있다.

일본의 원료 공급회사 2곳을 방문하기로 했다.

한 곳은 오사카에 있고, 다른 한 곳은 시즈오카라는 곳에 있었다. 오사카에 있는 회사에는 방문 날짜와 시간을 통지하고, 뒤의 회사는 내가 오사카에 있을 때 동경의 본사에 전화하기로 한 다음 대망의 첫 해외여행을 떠나게 되었다.

첫 해외여행이라는 긴장감에다 부족한 영어 실력이 내내 마음을 무겁게 했다. 지금 같으면야 출발 전에 호텔 예약(booking)하고 공항에서 호텔까지의 교통편까지 준비한 후 출발하겠지만, 당시 나는 첫 해외여행이라 이런저런 사전 절차를 전부 생략한 채 달랑 비행기 표만 산 다음, 김포공항에서 일본행 비행기에 탑승하였다.

첫 해외여행의 흥분도 잠시, 앞으로 전개될 상황이 온통 걱정거리였다. 잠자리는 어디서 해결하며, 그곳은 어떻게 찾아가며, 식사는 어떻게 해결해야 할까? 이런저런 일들을 생각하니 걱정이 안 될 수가 없었다.

비행기에서 옆의 승객에게 도움을 요청하였더니, 첫 질문으로 '공항에 마중 나오는 사람이 있느냐?'라고 묻는다.

"마중 나오는 사람 없는데요."

어이없어하는 표정이다. 그러면서 마지못한 듯 알려준다.

"공항의 Information Desk에 가서 부탁하면 호텔을 예약할 수 있고, 공항에서 택시나 리무진 버스를 타면 호텔까지 갈 수 있을 겁니다."

이런 조언을 받고도 사실 한 번도 겪어보지 못한 일이라 어떤 일이 벌어질지 긴가민가했다.

1시간 30분 정도 비행 후 오사카 공항에 도착했다.

입국심사와 세관통관을 할 때, 세관 직원이 선물로 준비했던 김 상자를 가리키며 물었다.

"고레와 난 데스까?"

"고래와 레이버(laver) 데스."

"난 데스까?"

뭔가 내가 말한 일본어 말귀를 못 알아들은 것 같았다.

"촛또마때 구다사이."

그러면서 가져간 한일(韓日)사전을 들춰본 다음 대답했다.

"고래와 노리 데스."

그러자 세관 직원이 웃는다. 물론 그때 처음 알았다. 김을 일본어로는 '노리'라고 한다는 것을.

기내(機內)에서 옆자리 손님이 알려준 대로, Information Desk에 가서 도움을 받아 호텔 예약을 했고, 그 호텔에도 무사히 도착하였다.

호텔까지 정하고 나자 그냥 방에 있을 수가 없어서 간편한 복장으로 밖에 나와서는 길을 잃어버릴까 봐 걱정되어 좌회전, 우회전 등의 방향을 머릿속에 입력시키면서 돌아다녔다.

그런데 식당에 들어가서 밥을 사 먹을 줄 알아야, 밥을 사 먹지. 길거리에 포장마차가 있기에 들어가서 일본 라면을 사 먹었다. 그리고 호텔로 돌아가는 도중에 상점, 그러니까 지금의 편의점이 있어서 다음 날 아침 먹거리로 빵과 우유를 샀다. 호텔에서 조식(朝食) 제공되는지, 어떤지 알 수가 없으니 그렇게 해서 아침거리를 준비한 것이다.

다음 날 아침, 정확한 시간에 첫 방문 회사에 도착하였다. 직원이 기다리고 있다가 함께 신칸센 고속 열차를 타고 공장으로 갔다. 이때 처음으로 신칸센 고속 열차를 타보았다. 무척 빨랐다. 우리나라에서 KTX를 운행하기 훨씬 전이었으니 더 빠르게 느꼈을지도 모르겠다.

원료 판매를 담당하는 직원과 상견례를 하는 자리에서 약간 당황스러운 일이 생겼다. 선물로 준비해 간 담배와 김을 내놓았는데, 직원이 담배를 보더니 이게 뭐냐고 묻는다. 나는 당시 제일 고급 담배였던 솔인 줄 알고 샀는데, 동급의 거북선 담배였다. 그 직원이 담뱃갑의 거북선 그림을 보고 묻는 순간, 갑자기 바짝 긴장되면서 당황스러웠다.

어떻게 설명하여야 하나? 영어도 제대로 못 하는데….

당시 나는 습관처럼 영어 회화를 공부하면서, 카터 대통령이 한국을 방문하였을 때의 연설 대목을 공부하던 중이었는데, 내용 중에 나온 거북선 얘기가 떠올라서 이것을 대충 설명하였다. 부족한 영어로 더듬거리면서 설명하는데도 상대방이 이해하는 눈치라서 거우 마음이 놓였다.

이 회사에서 일을 마치고는 전화 걸기로 약속한 동경(東京)의 두 번째 회사 직원에게 전화를 걸었다.

내일 오사카역에서 오전 8시 12분에 출발하는 신칸센 열차를 타고 시즈오카에서 내리면 공장에서 나온 직원이 기다리고 있을 거란다.

그런데 여기서 혼선이 생겼다. 짧은 영어 실력으로 전화 통화를 하다 보니 8시 12분을 20분으로 알아들었다. 그래도 좀 여유 있게 일찍 나간다고 역에 갔더니 내가 타야 할 기차의 발차 시각이 8시 12분으로 모니터에 나타나 있었다. 생각하고 자시고 할 겨를도 없었다.

냅다 뛰어서 그 기차에 올라탔는데, 역무원이 부르는 것 같아서 내렸더니 그 순간 8시 12분발 기차의 문이 닫히면서 출발해 버린다. 역무원이 내 기차표를 보더니 미안해했다. 다음 열차는 30분에 출발한단다.

귀국한 다음에 회사 직원에게 듣자니, 오사카역에서 내가 기차를 놓치는 바람에 엉뚱한 난리가 벌어졌던 모양이었다.

시즈오카역에서 나를 기다리던 사람은 내가 내리지 않았다는 사실을 알고는 이 일을 공장에 연락했고, 그 내용이 시즈오카-동경-서울 그리고 회사로 연결되며 확인하기에 바빴으며, 다시 역순(逆順)으로, '이무응 사장이 정말로 일본에 갔느냐?'라고 확인하는 국제전화가 왔다 갔다 했단다.

도착해야 할 사람이 나타나지 않았으니 그럴 만도 했다.

대신 나는 느긋하게 마음먹고 '일단 역에 도착하면 역 구내에 있어야지, 밖으로 나가서는 안 된다.'라는 생각으로 나 때문에 기다리는 그분에게 미안하다는 말을 영어로 해야겠기에 관계되는 문장을 달달 외웠다.

'I am very sorry to have kept you waiting so long.'

적어 보니 대략 이랬다. 정확하게 맞는지는 모르지만, 이 문장을 상대방이 알아들을 수 있을 법한 발음을 고려하며 외웠다.

역에 도착하였더니 어떤 분이 곁에 오면서 말을 건다.

"리상?"

""하이! I am very sorry to have kept you waiting so long."

0.5초나 걸렸을까? 순식간에 총알같이 말했더니 그분이 나를 멍하니 쳐다본다. 그래서 아주 천천히 얘기했더니 고개를 끄덕한다.

그러고는 수첩을 꺼내면서 자신이 적어 놓은 나의 인적 사항을 보여주면서, 영어가 'a little'로 되어 있는데, 지금 보니 'Excellent' 하단다.

얼마나 낯이 뜨겁던지….

두 번째 방문한 회사의 공장 기술연구소에서는 그야말로 실전(實戰)이었다. 소장 이하 기술자들이 나 하나를 놓고 테프론의 특성과 제조 방법은 물론 내가 궁금해하는 것에 관해서 친절하게 가르쳐주었다.

교육받은 내용은 이후 제조 활동에서 크게 도움이 되었던 것은 두말할 나위도 없다. 휴식 시간에 내가 개발한 'Multi Cavity Mould'에 대해서 설명하였더니, 소장이 나를 가리키면서 "You are excellent."라고 칭찬해 주었다.

'내가 excellent한 것이 아니라, 대한민국 국민이 Excellent한 거지.'

저들의 칭찬에 나는 속으로 이런 생각을 했다.

일본에 머무는 동안, 머리의 뒷부분에 계속 두통이 있어 불편했다. 그런데 그 두통은 김포공항에 도착하여 우리말을 쓰는 순간 씻은 듯이 사라졌다. 국가가 있고 내 나라의 말이 있다는 사실이 얼마나 고마운가 하는 것은 스스로 이런 경우를 당하면 깨우치게 되는 모양이다.

그 후에 또 비즈니스로 일본에 갈 일이 한 번 더 있었다.

그때는 어떤 이유에서인지, 호텔 예약(booking)을 하지 않아서 숙소 찾기가 어려웠다. 그래서 출장이 잦은 일본 샐러리맨을 위해 기차역에만 마련되어 있다는 'capsule hotel'에서 하룻밤 잤던 일도 있었다.

본고장 일본에 제품을 수출하다

원료 공급회사 국내 오퍼상에서 일본 수출의 길을 열어 주겠다고 하여 미래의 바이어(Buyer)와 만나 명함을 주고받았다.

그러고는 서로 쳐다보며 웃었다.

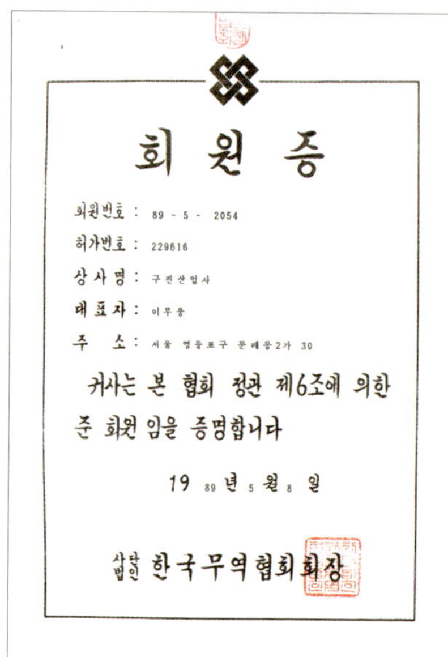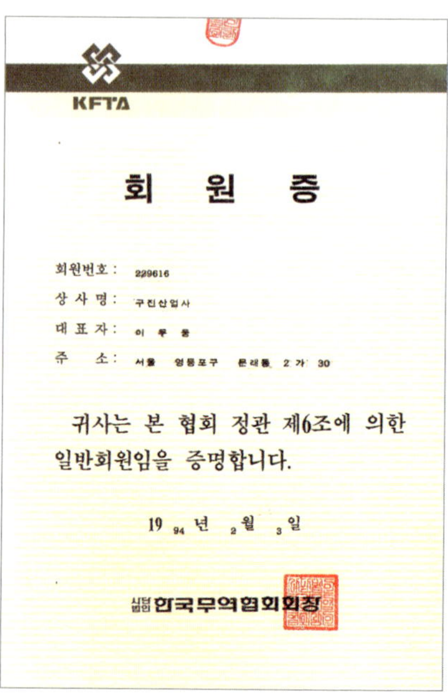

무역협회 회원증

이름이 같다. 그분은 금천무웅(今泉武雄). 나는 이무웅(李武雄).

상담하는 과정에서 그분은 나에게 외경*내경*기장이 각각 16.5mm*8.0mm*120mm와 18.0mm*9.5mm*120mm 두 종류로, 1,000개 내지 2,000개의 수량을 공급해 달라고 한다.

당시 회사에는 이렇게 작은 사이즈 제품의 생산에 필요한 금형(金型)이 구비(具備)되어 있지 않았고, 따라서 생산 경험도 없었다. 하지만 성형품 생산업자가 금형이 없고 경험이 없으니까, 공급이 곤란하다고 답할 수는 없어서 공급하겠다고 약속했다.

더욱이 일본에서 수입한 원료를 사용하여 생산한 제품을 일본으로 역수출하는 경우, 적절한 단가를 받을 수 없는 것은 자명한 일이다. 그럼에도 공급을 약속한 이유는 두 가지였다.

첫째는 평소의 소신. 그러니까 우리나라는 자원이 부족하므로 먹고 살기 위해서는 수출하여야 한다는 생각 때문이었다.

둘째는 가능성. 일본 바이어(Buyer)가 원하는 제품을 생산하기 위해서는 현행의 제품 생산 관행과는 다른 정신자세가 필요할 것이고, 이러한 새로운 패턴이 내수용 제품 생산에까지 이어진다면 자연 내수용 제품의 품질 향상이라는 부수의 이익을 얻을 수 있다는 가능성 때문이다.

그리고 내수용 제품의 품질이 향상되면 국내 업자와의 경쟁력에서도 우위를 점할 수 있다고 생각했다.

두 가지 사이즈의 첫 번째 공급량 3,000개의 생산 완료를 통보하였더니 사장이 직접 공장에서 검사를 하는데 전량 불합격이다.

충격이었다. 얼굴이 화끈거렸다.

솔직히 말해서 당시 우리 회사의 생산 수준은 아주 유치한 단계였다. 생산시설, 작업 환경, 근로자의 정신자세, 작업 조건 등 양질의 제품 생산에 적합한 상황이 아니었다. 그저 수출하겠다는 일념에서 준비가 안 된 상태에서 불쑥 발주를 받았고, 그 결과는 전량 불합격이라는 비참한 판결로 나타난 것이었다.

창피를 무릅쓰고 불량 원인을 물었다. 편심이 있고, 기장이 휘고, 외경의 규격이 균일하지 않다는 것이다.

재생산에 들어갔다. 제품 하나하나에 온갖 정성을 다 들여 완성한 다음 바이어에게 발송하고, 이번에는 내가 그 회사를 방문했다. 그 회사 직원들과 상견례하는 자리에서 나의 명함을 보고는 웃는다. 자기네 사장 이름과 같아서다.

생산 책임자와 미팅을 갖는 자리에서 이번 제품은 종전보다는 좀 향상되었지만, 자신들이 요구하는 수준에는 못 미친다고 한다. 이 자리에서 나는 그들이 필요로 하는 제품의 규격과 형상을 자세히 알았다. 그리고 그곳의 시설도 구경했는데, 아주 중요한 부분은 관람 불가다.

회사로 돌아와서 나는 그 회사가 요구하는 제품을 만들기 위해 새로운 생산 패턴을 찾아내는 데 온 정성을 쏟았다. 금형도 새로 만들고, 새로운 장치도 만들고, 가압 방법에서도 변화를 주었다. 그 결과 차츰 제품의 품질이 좋아지는 것을 느낄 수 있었다.

품질이 향상되니 발주량도 증가한다. 가격이 내수용 가격에 비해 상당히 저렴하여 발주량 증가가 반갑지만은 않았다.

발주처에서 새로운 규격의 제품, 30mm*20mm*100mm의 공급을 요구한다. 종전의 두 가지 제품에 비해 절대 단가가 높아서 공급하기로 하고 5,000개 수주량 전량을 생산하여 발송한 후 다시 방문했다.

직원과의 미팅에서 이번에 입고된 제품 중에 기장이 짧은 것이 있다는 말을 들었다. 얼마나 짧으냐고 물었더니 0.5mm 짧다고 한다. 몇 개 있느냐고 물었더니 5개 있단다. 공급 수량 5,000개에서 5개라면 0.1%에 해당한다. '이 정도라면 국내에서는 말도 꺼내지 않을 텐데' 하고 생각하면서 속으로 감탄했다.

'이런 정도로 제품의 검사에 철저하니 일본 제품이 세계를 석권하고 기술력이 최고 아니겠는가.'

이 회사에서 요구하는 제품을 아무런 하자 없이 공급하면 자연 나도 최고의 품질을 생산하는 제조업자라고 자부할 수 있겠다는 생각에서 연구에 연구를 거듭하면서 양질의 제품을 공급하기 위해 총력을 쏟았다.

그 결과 마침내 그 회사로부터 '제품이 perfect하다.'라는 얘기를 듣게 되는 수준에까지 도달하게 된다.

그런데 갑자기 변수가 생겼다.

양산 체제를 갖추기 위해 특수 성형기를 만들어 실용신안특허까지 획득하는 상황에까지 이르렀으나, 어찌 된 영문인지 그 회사의 발주가 뚝 끊겼다.

아무런 통보도 받지 못했고, 이후 실용신안특허까지 받았던 기계는 한정된 제품의 전용기(專用機)라 다른 용도로는 전용(轉用)이 불가하여 무용지물의 고철 덩어리로 변했다.

그래도 애당초의 의도, 일본 회사에서 요구하는 제품을 생산하는 노력이 내수용 제품의 품질 향상에 이바지할 수 있다는 예상은 적중했다. 이후 우리 회사의 제품은 다른 회사 제품보다 품질이 좋다는 평을 듣게 되었고, 지금도 그 품질은 계속 유지되고 있으나 이제는 어느 회사의 제품이든 품질의 차이는 별로 없어진 셈이다.

우리 회사의 성형 방법이 이런저런 경로를 통해 다른 회사에 소개되면서 품질의 차이가 없어진 것이다.

음주 운전, 만용과 치기

어느 해 연말, 예전 직장 동료와 함께 영등포에서 생선회를 안주 삼아 청하를 마시고 난 후 음주 운전 단속에 걸렸다.

공장 근처에 주차해 두었던, 프라이드 첫 모델인 자동차를 몰고는 음주 운전 단속을 피해 가려는 얄팍한 꼼수를 가지고 뒷골목으로 운행하다가 순찰차의 검문을 받게 되었다.

선임 탑승자가 차에 다가오더니 음주 측정기를 대고는 불라고 한다. 평소 음주 측정기란 것에 궁금증을 갖고 있었고, 또 어쩌다 걸리면 한 번 불고 싶었던 호기심도 있어서 힘차게 불었다.

0.13이라는 수치가 나온다.

지금 이런 수치는 구속감일 것이다. 나는 이런 음주 운전의 수치가 어떤 벌칙을 받는지에 대한 정보가 전혀 없었다. 단속 경관이 이런 수치라면 면허 취소에 해당하고… 하며 알려주었다.

교육 차원의 규정을 설명하기에 훈방 조치하려나 보다 하고 마음을 놓았는데, 자인서를 작성하더니 서명하라고 했다. 서명하지 않고 넘어가기 위해 애써 버티다가 할 수 없이 서명하였다.

그리고 단속 경관에게 명함을 주면서 부탁했다.

"내일 아침에 서(署)로 찾아갈 테니 자인서는 제발 보고하지 말아 주세요. 지금 여기서는 대중교통을 탈 수가 없으니 오목교 근처까지만 데려다주시고요."

단속 경관은 그렇게 해 주었다.

그런데 오목교 근처에 번쩍번쩍 경광등 돌리고 있는 순찰차가 여러 대 있는 것으로 봐서 음주 운전 단속 중이라 생각하고는 미리 단속에 걸린 게 다행이라며 속으로 웃고 있는데, 어떤 사복 입은 사람이 곁에 오더니 묻는다.

"방금 순찰차에서 내리던데 어인 일입니까?"

솔직히 대답했다.

"친구하고 영등포에서 약주 한잔하고 운전하다가 순찰차에 적발되었는데, 집에 급한 일이 있어서 단속 경관에게 버스 정류장까지 태워 달래서 여기까지 와서 내린 것입니다."

그랬더니 자기 차로 영등포 경찰서로 가잔다. 그 사람이 누구인지 모르는 상황에서 차를 타고 가는데, "단속 경관에게 명함 주었습니까?" 하고 묻는다.

"명함은 안 주었는데요?"

실제로는 명함을 건네주었지만, 왠지 명함을 주었다고 하면 좋지 않을 것 같아서 거짓말한 것이다.

그 사람하고 나는 그때부터 신경전을 벌인다.

"경관에게 돈 주었습니까?"

"아니, 명함도 주지 않았는데 돈을 주다니요? 그리고 나는 자인서를 작성하여 서명까지 한 처지인데, 돈은 무슨 돈입니까?"

강하게 항의하였다.

경찰서에 도착하여 조사과 사무실로 들어가는데 몇몇 경관들이 인사를 한다. 속으로 직위가 꽤 높은 사람인 것으로 생각되었다.

나를 의자에 앉히더니 음주 운전하게 된 경위를 육하원칙에 따라 작성하라고 요구하기에 '이 사람이 누구인가?' 무척이나 궁금하면서도 묻지는 않고 사실대로 작성하였다.

내가 쓴 경위서를 읽어보더니 순찰차를 타게 된 경위를 한 장 더 작성하란다. 그때야 경위서를 작성하라는 의도를 눈치채고, 이 사람이 단속 경관으로부터 뭔가 꼬투리를 잡으려고 하는 것 같다는 생각이 들어 먼저 작성한 경위서를 찢으면서 그 사람을 빤히 쳐다보고는 들이댔다.

"나는 이미 자인서를 작성하였으니 이를 근거로 해서 벌칙을 받으면 됩니다. 그러면 됐지, 왜 불필요하게 경위서를 작성하여야 합니까? 그리고 내가 작성한 이 경위서로 인해 나를 오목교까지 태워다 준 단속 경관의 신상에 해가 간다면 내가 바라는 바는 아닙니다. 작성할 수 없습니다."

그러면서 돌아앉았다.

그랬더니 "어! 이 양반 봐." 하고는 나를 조사계 형사에게 인계하고는 그 자리를 떠났다. 그 형사가 나를 바로 앉히더니 웃으면서 말했다.

"잘하셨는데, 그래도 선생님 때문에 우리 직원 징계 먹게 되었습니다.”

“아니 왜요? 나를 순찰차에 태워 준 것이 문제가 됩니까?”

“그게 아니고요. 음주 운전 단속에 적발된 사람을 서로 연행해서 경위를 조사하고, 경미(輕微)한 사항이라고 판단될 때 귀가시키는 게 업무 지침인데 이를 수행하지 않고 바로 귀가(歸家)시키면 직무 유기입니다.”

‘아! 그렇구나.’

“그런데 지금 나를 서로 연행한 사람은 누구입니까?”

“시경 감찰반입니다.”

그날 영등포서와 시경 감찰반 합동 음주 운전 단속에 내가 걸려들었던 것이었다. 제대로 걸려든 셈이다.

그런데 내가 걱정한 내용은 자인서의 음주 측정치 0.13을 단속 경관에게 사정하여 0.13 수치의 1을 0으로 3을 8로, 측정치를 볼펜으로 고쳐 0.08로 수정한 것이다. 자세히 보면 수정한 흔적이 보인다.

이것이 탄로 나면 정말 곤란하지 않은가?

다음 날 출근하였더니 교통반 반장이라고 하면서 어제 일에 대해 자초지종을 알고 싶으니 만나잔다. 약속 장소에 나가서 명함 준 얘기는 빼고 사실대로 얘기하였다.

“어제 사장님 태워줬던 그 경관은 시경 감찰반 조사를 받게 되고, 음주 운전한 사장님도 출석하여 심문을 받으셔야 합니다. 이 과정에서 그 경관의 신분상 문제는 사장님의 진술 내용에 따라 달라집니다. 사장님의 진술 내용 중에서 경관에게 금전을 주었다든가 사후에 금전을 주기로 약속했다든가 하는 얘기가 있으면 그 경관은 옷 벗어야 합니다. 또 그 경관은 이번 연말 승진 대상에도 포함돼 있습니다. 그리 아시고 그 경관에게 해가 되지 않도록 좋은 방향으로 진술 바랍니다.”

“돈을 준 적도 없고 나의 편리를 보아준 경관에게 해가 되는 그런 진술은 상상할 수도 없으니 걱정하지 마세요.”

“꼭 그렇게만 해 주세요. 혹시라도 영등포 관내에서 면허증 없이 운전하다가 문제가 있으면 즉시 저에게 연락해 주시고요.”

그 후 나는 면허정지 상태에서 방어 운전하면서 영등포 관내에서만 가끔 운행했다. 그리고 얼마 후 영등포 경찰서 감찰반에 출두하여 조사받을 때도 약속대로 진술했다.

“단속 경관에게는 하등의 잘못도 없고 잘못은 나한테 있습니다. 혹 그 경관이 이번 일로 신분상 불이익을 받는다면 그것으로 해서 나는 그 경관에게 평생 빚을 지고 사는 폭이 되니 제발 그런 일이 없도록 선처를 바랍니다.”

물론 이런 부탁까지 빠뜨리지 않았다.

그 경관이 나에게 취한 직무 유기의 징계 수위가 승진에 영향을 미칠 정도는 아니었는지, 아니면 교통과 차원에서 감찰반에 부탁하였는지 연말에 정상적으로 승진하였다는 소식을 들었다.

그 경관의 승진 소식으로 나는 마음의 짐을 덜었다.

당시의 음주 운전 벌칙은 지금처럼 아주 엄격하지는 않았고, 금전으로도 해결이 되던 그런 시기였는데, 합동 단속이 아니었다면 나도 금전으로 문제를 해결했을 것이다.

그 사건 이후 음주 운전은 한 번도 안 한 것이 아니라, 운 좋게 한 번도 단속에 걸리지는 않았다.

물론 음주 운전은 절대로 해서는 안 되는데….

당시 벌칙은 운전면허 정지 100일에 벌금 30만 원. 지금의 수준으로 보면 상당히 싸게(?) 해결된 셈이었다.

이무웅의 길
구진 59년과
인생 여정

제7장

가치를 창출하는 기업을 지향하여

장애 근로자와의 애틋한 인연

누구 소개로 장애 근로자와 인연이 시작되었는지는 기억이 없고, 1987년 무렵에 입사하였다.

척추 장애, 거칠게 표현하면 앞뒤 꼽추로 당시 나이 28세의 젊은 친구인데, 키 150cm 조금 넘을까 말까 하는 단신이었다.

'과연 저 몸으로 일을 할 수 있을까?'

첫눈에도 이런 의심이 갈 정도로 나약한 몸을 갖고 있었다. 체격도 크고 힘도 쓸 줄 알아야 공장에서 제대로 작업을 시킬 수 있는데, 너무 왜소해서 한정된 일밖에 맡길 수 없겠다는 생각이 들기도 했다.

우선 '벤치 레스(Bench Lathe, 탁상 선반)'라는 조그만 기계를 조작하여 가공품을 생산하는 업무를 담당하게 하였다. 마지못해 소개받아 채용은 했지만, 일을 시켜봐서 공장일에 적응하지 못하면 그때 가서 해고하려고 마음먹었다.

공장 책임자에게 체격의 핸디캡을 감안(勘案)하여 시간외 근무는 절대 시키지 말고, 또 힘쓰는 일에는 아예 근처에도 가지 못하도록 주의를 주라고 특별히 지시했다. 혹 작업 도중에 사고라도 나면 정상인보다 저항력이 약해서 회복에 시간이 더 소요될 것을 우려해서이다.

우리 회사에 오기 전에는 전자 조립 공장에서 일했다고 하는데, 왜 퇴사했는지는 모르겠다. 그곳보다 조금 힘들기는 하지만, 스스로 제품을 만든다는 데 흥미를 느끼는 것 같았다.

미숙련공이라 제품 가공에 서투르기는 했지만, 꾀를 부리지 않고 열심히 배워서 한두 달 지나면서 점차 제품 가공에 익숙해졌다. 그리고 한 1년 지나니까 완전히 혼자 능력으로 제품 가공하는 단계에까지 이르렀다.

직원에 대한 진심

　　좀 더 세월이 지나자, 오히려 다른 기능공들이 가공에 대해서 문의할 정도가 되었다. 그 근로자가 가공한 제품은 불량품 발생이 제로 상태이고, 발주처로부터 하자가 있다는 얘기는 전혀 듣지 못할 정도였다.

　　한 마디로 우리나라에서 가장 정확하게 제품을 가공하는 숙련공(熟練工)이라고 해도 무방할 정도의 수준에 까지 도달하였다.

　　근무 때문은 아니더라도 아쉬운 점이 있었다.

　　체력적인 문제가 있어 전 직원의 야유회 행사 때는 자신으로 해서 행사에 지장을 주지 않을까 하는 염려 때문인지 한 번도 참가하지 않았다. 그것조차 남을 배려하는 마음 때문이라고 생각하니 가슴이 아릿했다.

　　직원들과 함께 동남아로 여름휴가를 갈 때도 동행하자고 했더니 같은 이유로 사양하는 것이었다. 그렇지만 이번에는 애써 참가하도록 했다.

　　그 직원의 신체적 핸디캡으로는 여행사에서 주선하는 패키지 해외여행은 꿈도 꿀 수 없겠지만, 이번 여행은 종전의 야유회와는 성격이 다르고 또 우리는 한 식구이니 이동할 때는 너를 기준으로 해서 이동할 테니 동행하자고 설득해서 처음으로 함께 동남아 여행을 가게 되었다.

실제로 버스를 장시간 타고 갈 때 육체적으로 힘들어하는 것을 보고 걱정이 되기도 했다.

다행히 어느 휴게소에서 박카스를 팔기에 국내보다도 훨씬 비싼 값이었지만, 2병을 사서 마시게 한 후 회복된 적도 있었다.

회사 운영이나 작업 환경에는 불평 한마디 하지 않고, 항상 정확하게 근무하던 근로자였다. 출근한 모습이 보이지 않을 때는 혹 몸에 무슨 문제가 있나 전화를 걸어서 확인하곤 했다.

그런 근로자가 2004년 5월 6일 출근하지 않았다.

어린이날 유급휴일인 5월 5일은 쉬고, 다음 날인 5월 6일은 정상적으로 출근하는 날이었다. 전화를 걸었더니 '세상에!', 유가족이 어제 갑자기 세상을 떠났다는 슬픈 소식을 전해 준다.

너무 놀라서 이런 사실을 직원들에게 알린 다음, 나는 바로 병원에 달려가서 그 근로자의 영정을 바라보며 한참을 울었다.

의사 소견은 뇌에 이상이 있어서 사망하게 되었다는 것이었다. 회사에서 근무할 때도 머리가 가끔 아프다는 얘기는 했지만, 이것에 대해서는 크게 관심을 가지지 않고 다른 부분에 이상이 있으면 검사를 받고는 했다고 한다.

총각으로 사는 것이 안타까워 결혼시키려고 장애인 단체에 근무하는 고등학교 동창에게 부탁하여 맞선 모임을 주선하기도 했으나, 부부생활을 원활히 할 수 없어 결혼은 아예 포기한다는 말을 들은 후로 그런 제안은 하지 않았다.

사후에 동료 근로자들에게 들은 얘기는 더욱 애틋하다.

구진에서 근무하며 인간적인 대우를 받을 수 있어서 행복했다는 것. 장애인에 대한 편견이 없고, 정상인과 동일한 대우를 받으면서 근무할 수 있어서 직장생활이 아주 즐거웠다는 것. 그리고 자기가 가공한 제품에 대해 무한한 자부심을 가지고 있었다는 것.

지금도 그 근로자에 대한 추억을 얘기하면 꼭 나오는 얘기다.

총각으로 살다가 45살의 나이로 세상을 떠났다.

1987년에 입사하여 2004년에 세상을 하직하였으니 17년 동안 근무했다. 17년이란 세월 동안 그 근로자가 조작하던 기계는 그 자리에 그대로 있고, 사용하던 치공구도 예전 그래도 보존하고 있다.

이후 다른 장애 근로자의 고용을 시도하였지만, 적성에 맞는 사람을 만나지 못했고, 그 근로자가 주로 가공하던 제품은 이제 CNC 선반에서 처리하고 있다. 그래도 그가 작동하던 기계를 볼 때마다 그 직원의 작업 모습이 떠오른다.

'아마 하늘나라에 가서라도 우리 회사가 잘되기를 바라고 있겠지.'

가끔 그가 떠오를 때마다 이런 생각도 한다.

반나절 짜리 노동쟁의

노사 간에 영원히 해결되지 않는 문제는 급여 수준이 아닐까. 근로자는 높은 임금을 받고 싶어 하고, 사용자는 어떻게 하면 적은 임금으로 근로자에게 일을 시킬 수 있을까 하는 문제. 평행선으로 깔아 놓은 철로 같다는 생각이다.

그래서 대부분의 사업장에서 파업 원인의 1순위가 급여 수준이다. 지금이야 단순한 급여 수준보다는 복지에 더 많은 근로자의 요구가 있지

작업지시서(생산 시스템)의 전산화 계기가 되었던 노동쟁의

만, 당시에는 복지보다는 매달 받는 급여 수준이 관심 1순위였다.

88 서울올림픽 이후 노동권의 목소리가 커지면서 급여 수준은 가파르게 상승하였다. 우리 공장에서 일하던 근로자가 이 회사 저 회사로 약 1년간 옮겨 다니면 급여 수준이 2곱으로 뛸 정도였다. 당시 근로자와의 임금협상은 골치 아프고 어려운 과제였다.

어렵사리 근로자 개개인의 임금이 결정되면 한시름 놓았고, 이 문제에 대해서 다음 결정 시기가 올 때까지는 마음 편히 지내던 시절이었다.

1989년도 임금 결정이 마무리되었고, 걱정 없이 지내고 있던 그해 가을쯤이었다. 급여 지급을 지시하고 이업종(異業種) 교류 모임이 있어서 일찍 퇴근하였다. 모임 도중에 급여가 제대로 지급되었는지 물어보았더니 수령 거부하였다는 직원의 얘기를 듣고는 의아스럽게 생각하였지만, 이유를 추측할 수 없었다.

196

공장 근처의 다른 회사에서 꽹과리 치고 북 치며 파업하는 현상을 본 터여서 '혹시 우리 회사에서도 그런 일이 벌어지려고 하는 건가?' 하는 생각이 얼핏 스치기도 했다. 파업이 유행처럼 번지던 시절이었다.

우선 급여 수령 거부의 이유와 주동자를 알아야 적절한 대처를 할 수 있겠다는 생각이 들어 누구에게 연락할까 하다가, 앞에서 소개한 장애 근로자에게 연락하여 물어봤다.

"급여 수령을 거부하는 이유가 뭐고, 누가 주도를 했나?"

"같은 직원의 입장에서 제가 어떻게 말씀드릴 수 있겠어요?"

이런 대답이 돌아왔다.

"그런 입장을 모르는 바는 아니지만, 그래도 문제는 풀어야 하지 않겠나? 그리고 이런 얘기를 자네가 나에게 해 주었다고 절대로 발설하지 않을 테니, 걱정하지 않아도 돼."

내가 그렇게 이야기해도 멈칫거리기만 했다.

"문제를 알고 대처하는 것이 모르고 대처하는 것보다 해결이 쉽지 않겠나?"

진심으로 설득하였더니 간신히 알려주었다. 급여가 낮다는 이유로 현장 책임자가 주도하였다는 것이다.

다음날 출근하였더니 주동했다는 직원은 빠지고 다른 직원 3명이 와서 면담을 요청했다. 직원 대표냐고 물었더니 그렇다고 한다.

출근해서야 급여를 수령(受領)하지 않았다는 사실을 안 것처럼 표정을 지으면서 그 이유를 물었더니 급여가 낮다는 것이다.

"알았네. 전 직원들을 모이라고 하게."

그렇게 지시한 후 현장에 내려갔더니 모두가 얼굴을 빳빳이 들고 쳐다본다. 직원들에게 물었다.

"금년도 급여 결정할 때 여러분이 요청한 급여액 중에서 단 일원이라도 삭감당한 직원 있으면 손들어 보세요."

그해의 급여는 직원이 요구하는 금액대로 책정하였기 때문에 이런 질문을 던진 것이었다.

"근로계약을 맺었으면 계약기간 내에는 이의를 제기해서는 안 되지 않겠나? 문제를 제기한다면 애초에 급여를 낮게 요구한 것이 잘못 아닌가?"

그렇게 따졌더니 빳빳하던 고개가 수그러든다.

"이런 이유로 수령 거부는 정당하지 않고, 납득(納得)하기 어려우니 오늘 중으로 수령하기 바라네. 그리고 급여를 수령하지 않는 직원은 회사를 그만두는 것으로 이해하겠네."

협박 비슷하게 들었을지 모르겠지만, 한마디 더 보탰다.

"근로자가 급여가 적은 회사에서 일하기 싫어 그만둘 권리가 있다면 사용자에게는 근로자와의 문제로 사업하기 싫으면 직원들 퇴직금을 일시에 지급한 후 공장 문 닫을 권한도 있다고 본다. 내가 사업하기 싫은데 누가 사업하라고 강요하겠나? 그리고 군이 골치 아프면서 공장 돌릴 이유를 어디 있겠냐?"

곁들여서 일갈했던 셈이다. 억지가 아니고 부당한 처사가 아니라면 때에 따라서는 강압적인 언사도 필요하지 않을까 싶다. 오전에 모든 문제를 해결하고 그날로 직원들은 모두 봉급을 수령하였다.

급여를 결정할 때 직원들의 요구액을 100% 수용함으로써 이번의 위기를 넘겼다. 비용을 절약하기 위해 얼마간 삭감하였다면 큰소리칠 형편이 아니었을지도 모르겠다. 이런 불상사가 있을 줄 알고 예상해서 수용하지는 않았더라도, 결과적으로 직원들 요구대로 받아들인 급여 협상은 잘된 일이었다.

당시 주동자는 생산 업무를 전반적으로 담당하고 있었는데, 그중에서도 생산의 시발점인 작업지시서 작성 업무를 담당하고 있었다. 지시서 작성에는 원료의 수축률, 예비 성형압, 비중, 그리고 기계의 용량 등의 데이터가 필수적으로 활용되는데, 이 직원이 그 데이터를 암기 또는 보관하고 있다.

자신이 처리하지 않으면 생산 업무가 원활하지 않다고 생각해서인지 좀 건방을 떠는 것 같고, 다른 직원을 대하는 태도에도 거만스러운 점을 느낄 때가 있었다. 소위 말해서 어깨에 힘이 들어간 것이다.

차제에 나는 그 직원 어깨에서 힘 빼는 작업에 착수하였다.

수기로 작성하던 작업지시서도 PC를 활용하여 출력하려는 것이다. 이 쟁의가 있기 전에 나는 이미 영업과 생산 업무의 전산화 프로그램을 완료하여 놓은 상태였고, 영업 업무에는 활용하고 있었다. 지시서 작성은 수기로 잘하고 있기에 뚜껑을 덮어 놓고 있었는데, 그 뚜껑을 열게 된 것이었다.

당장 PC를 통해 작업지시서를 출력하도록 교육했다. 수기로 작성할 때는 필요한 데이터가 한 사람의 머릿속에 입력되어 있어서 그 직원의 위치가 막강했으나 전산화한 다음에는 각종 데이터가 전부 PC에 입력되어 있어서 수요자가 주문하는 품명, 규격, 원료명을 PC에 입력하면 PC가 이를 참고하여 작업지시서를 자동으로 출력하여 주니까 담당 직원은 예전의 막강한 위치가 아니다. 언제든지 대체 인력을 투입하여 작업지시서를 만들어 낼 수 있기 때문이다. '

급여 수령 거부가 생산 시스템의 전산화를 일찍 실시하는 계기가 되었고, 주동자는 얼마 후에 회사를 그만두었다.

이후 노사 간에는 특별한 마찰 없이 현재까지, 근로자는 일하고 사용자는 뒷바라지하며, 부드럽게 협력하는 관계가 이어지고 있다.

사소한 차이, 결과는 크다

사업이 점차 성장하여 공장에 사무실을 두기보다 영등포 기계공구상가에 제품 판매를 하기 위해 영등포 시장에 사무실을 임차했던 1980년대 중반의 연말에 있었던 일이다. 제품 생산은 문래동 공장에서, 영업과 일반 업무는 영등포 사무실에서 담당하며 떨어져 있을 때였다.

매년 연말은 해 넘기지 말고 납품하라는 거래처의 요구에 따라 항상 바쁘다. 어느 날 오전, 공장에서 연락이 왔다. 기계를 동작시키는 모터가 돌지를 않아 생산 업무가 중단되었단다. 전기 부분에 고장이 있는 것 같다고 하기에 한전에 연락하여 수리를 부탁하라고 하였다.

오후에 다시 연락이 왔다. 한전에서 수리차 내사하여 점검한 바로, 다른 부분에는 이상이 없고 다운 트랜스(380볼트를 220볼트로 다운시키는 장치)가 탔다고 한다.

이 장치를 교체하거나, 아니면 수리한 후에 사용하여야 정상적으로 기계가 작동할 거라고 진단 결과를 말한 후 철수하였단다.

신규 제작이나 수리에는 최소한 일주일 정도 예상되는데, 연말에 수요자들의 납품 성화를 어떻게 견딜 것인지 걱정이 태산이다. 나보다 전기에 대해 더 잘 아는 직원과 한전에서 확인한 것이니 진단 결과가 틀림없기는 하겠지만, 그래도 나 스스로 그것을 확인하고 싶어서 전기 흐름 체계의 어느 부분부터 점검할 것인지 생각하면서 공장에 갔다.

그때 머리에 떠오르는 충고, "모든 기계의 고장은 아주 쉬운 부분에서 발생하니 기초적인 부분을 먼저 점검하라."라는 서울공대 기계 고수의 말이었다.

　이미 전 직원은 퇴근한 후였고, 공장에서 숙식을 해결하는 직원에게 문을 열게 하고는 제일 먼저 확인한 사항은 전기 입력 메인 박스 퓨즈 3개의 상태였다. 정상적으로 붙어 있는 것을 보고는 무심코 드라이버로 살짝 건드렸다. 그랬더니 3개 중에서 한 개가 톡 떨어진다.

　육안(肉眼)으로 볼 때는 정상적으로 붙어 있는 것처럼 보였지만, 실제로는 살짝 붙어 있어서 조그마한 충격에도 끊어진 것이었다. 끊어진 퓨즈를 새것으로 교체한 후 가동하였더니 모터와 기계가 이상 없이 작동한다.

　옆에 있는 직원이 감탄하면서도 어이없어하는 눈치다.

　생산 책임자도, 한전 기술자도 찾지 못한 고장원인을 전기에는 문외한인 사장이 찾아냈고, 더욱이 단순히 퓨즈 한 개를 교체했을 뿐인데 모든 것이 정상화되었기 때문에 그리 생각하나보다.

　다음날 출근한 후 들은 자초지종은 이렇다.

　정상적으로 작동하던 기계가 갑자기 멈췄다고 한다. 전기 지식을 갖고 있는 직원이 퓨즈를 비롯하여 이곳저곳을 테스타로 확인하여도 고장원인을 찾지 못하니 직원들의 수준에서는 해결할 수 없다고 생각하여 한전에 연락하여 수리를 부탁하였는데, 그 기술자들도 같은 방법으로 고장원인을 확인하고는 다운 트랜스가 탔으니 교체하든가 수리해서 사용하라고 하고는 철수한 것이란다.

　나는 전기에 대해 전문 지식을 갖고 있지 않아 테스터 사용 방법을 모른다. 아마 사용 방법을 알고 있었다면, 나도 그들과 같은 방법으로 확인하지 않았을까 한다. 그래서 드라이버로 퓨즈의 연결 여부를 건드려서 확인한 것뿐이다. 직원이나 한전 기술자도 육안과 테스터 확인 이후 그 퓨즈를 건드려 보았다면 문제는 쉽게 해결되었을 것이다.

이런 사소한 차이… 결과는 크다.

추론해 보면 퓨즈가 살짝 붙어 있어서 전류는 흐르지만, 모터를 작동시킬 만한 용량의 전력이 공급되지 않아 모터가 작동하지 않은 것 같다. 정상적인 퓨즈로 교체한 후에는 모터를 돌릴 수 있는 충분한 전력이 공급되어 모든 기계가 정상화되지 않았을까 생각된다.

아주 사소한 부분의 고장이 공장 전체의 업무를 마비시키는 상황으로 확대되었는데, 다행히 원만히 수습되어서 그해 연말을 무사히 넘길 수 있었다.

퓨즈에 이상 없다고 보고한 직원이 쑥스러워서 얼굴을 못 드는데, 그렇다면 직원들보다 전기에 대해서는 한 수를 넘어서 서너 수 앞서 있는 한전 기술자는 또 뭐란 말인가?

해결하지 못한 문제를 내가 해결하였다고 하는 마음에 어깨가 으쓱해질 일만도 아니다. 전기에 대해서 아는 바가 없다는 이유로 사장으로서 생산이 멈춰 있는 상황을 강 건너 불구경하는 마음으로 기다리고만 있을 수 있겠는가?

그냥 무심코 해본 점검이 잘 맞아떨어져서 자칫하면 곤란을 겪을 상황이 원만하게 수습되어 다행스럽게 생각했다.

이런 자세가 사용자와 근로자와의 차이점을 보인 한 가지 사례라고 본다. 근로자는 자신이 갖고 있는 역량과 능력을 발휘해서도 해결이 안 되면 상급자에게 문제 해결을 떠넘길 수 있지만, 사용자는 누구에게도 해결의 책임을 떠넘길 수 없는 마지막 존재라는 것이다.

근로자에게는 책임에 한계가 있지만, 사용자는 무한 책임이다.

고령자를 기능공으로, 방송까지 타다

'100세 시대'라는 말이 회자(膾炙)하면서 고령자(高齡者)에 대한 인식도 가파르게 변화하고 있다. 이제는 나이 들었다고 뒷방 늙은이 취급하는 경우는 아예 찾아보기 어렵지만, 고령자의 일자리 문제가 사회의 현안으로 떠오르고 있다는 사실도 간과할 수 없다.

일하고 싶어 하고, 또 일할 수 있는 능력과 체력이 있음에도 불구하고 사회의 분위기상 어쩔 수 없이 명퇴, 은퇴 등의 형식으로 직장에서 밀려나와 할 일 없이 파고다 공원에서 소일하는 분들이 있는가 하면, 평일에도 등산 배낭 메고 도봉산 또는 북한산으로 오르는 분들도 있다.

거기에 비하면 나는 참으로 운이 좋고 행복한 사람이라고 생각한다. 지금도 열심히 일하고 있으니까.

고령자와 관련한 일자리 문제에 관한 이야기다.

88 올림픽 이후 우리나라 근로자의 권익이 급격히 신장되고, 인건비가 가파르게 상승할 때였다. 과도한 힘이 요구되지 않거나, 반복적이어서 지루하게 느껴지는 그런 조건의 직업은 젊은 근로지에게는 적합하지 않고 대신 느긋한 성격을 갖고 있는 고령자에게 더 적합하지 않을까 하는 막연한 생각도 해보았다.

어느 은퇴한 은행 지점장 출신이 할 일 없다는 이유로 우울증에 시달리다가 자살한 기사를 우연히 보게 되었다.

'사회에는 60대에도 일하고 싶은 분들이 꽤 있구나. 그러면 그런 분들을 찾아서 채용하면, 그분들에게는 일자리를 제공하고, 회사에서는 인건비의 절감이라는 이득이 생기니까 상생의 기회가 되겠다.'

이런 생각을 가지고 수소문하였더니 고령자 취업을 알선해 주는 기관

방송 취재가 시작되다

인 '은초록'이라는 사회복지단체가 있었다. 그리고 은초록을 통해서 고령자 한 분을 채용하였다.

사회에서 어느 정도의 위치에서 활동하셨고, 또 안정된 가정에서 어렵지 않게 생활하시던 분이 조그마한 공장에서의 근로자 생활을 과연 견딜 수 있을까, 또 창피하게 생각하시지 않을까 걱정했는데, 그야말로 기우였다.

출근이 그렇게 즐거울 수가 없다고 한다. 급여는 별개 문제란다. 생활이 불편한 정도로 여유가 없는 분이 아니므로 하루를 즐겁게 일한다는 것 자체가 행복이라고 한다. 생산성은 젊은 근로자보다 떨어지지만, 꼭 그렇지만도 않다. 지루하고 반복적인 작업에서는 오히려 젊은 근로자들보다 생산성이 높다.

예상외로 반응이 좋아서 한 분이 두 분 되고, 두 분이 세 분 되었다. 전직(前職)으로는 경찰공무원, 구청 직원, 체신부 직원, 회사원 등인데, 이

204

분들이 매달 받는 연금은 회사에서 지급하는 급여보다 많다.

연로한 분들이 현장에서 일하고 계시니까 젊은 근로자들의 작업 태도도 건실해지고, 또 말씨도 예전과 달리 부드러워지며, 어른들을 대하는 태도에서 예의범절이 좋아지는 과외의 소득까지 생겼다.

이런 일화도 있었다.

명절 때 친척 아저씨에게 인사를 드렸더니 대뜸 물었다.

"자네 XXX 씨라고 아냐?"

"예? 아니 어떻게 아저씨께서 그분을 아세요? 우리 회사 직원인데요."

"바로 내 자형이다."

아니 세상이 좁다기로 이렇게 좁을 수가 있을까?

"어떻게 아셨어요?"

"가족 일로 상의할 일이 있어 만날 일이 있었는데, 그 자리에서 근황을 물었더니 문래동에 있는 테프론 공장에 출근하고 있다고 하더라. 그 공장이 네가 운영하는 공장이지 싶어서 물어보게 된 거다."

명절 휴가 끝나고 출근하자마자, 나는 그분에게 회사 직원이기도 하지만, 아저씨뻘 되는 분의 자형이라는 신분에 맞춰 대우해야 했다.

평소 예의에 벗어나는 행동을 하지 않았기에 망정이지 혹 실수라도 하였다면 그분 뵙기에 무척 민망스럽지 않았을까 하는 아슬아슬한 경우였다.

고령자 채용으로 해서 뜻밖에 TV에도 소개가 되었다.

대학 동기 모임에서 당시 MBC 사회부장으로 일하던 친구가 물었다.

"요즘 사업하는 데 어려움 없냐?"

"뭐, 그럭저럭 넘어가."

久彰TEFLON産業社
634-5885-0646

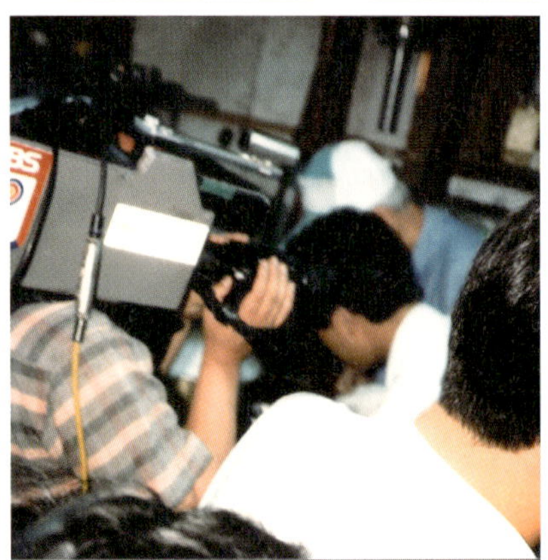
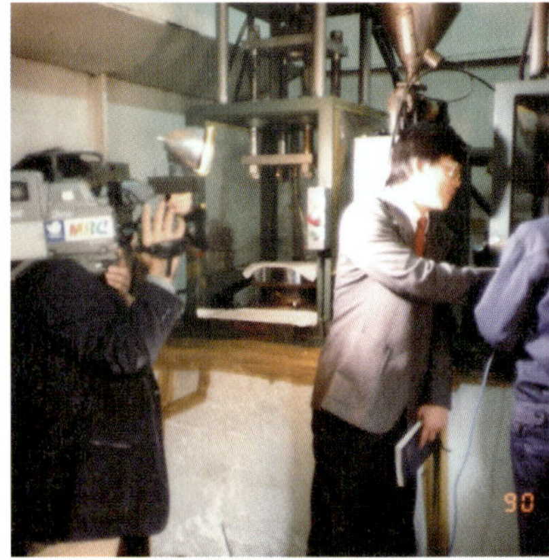

"인건비 상승이 가파른데 노임 문제는 어떻고?"

이 물음에 나는 고령자 채용에 관한 얘기와 이들이 아주 열심히 일해서 서로 도움이 된다고 얘기했다. 그랬더니 사회부장 친구가 새로운 취잿거리라며 바로 기자를 보내겠다고 한다.

"기자 보내지 마. 괜히 방송에서 쑤석거리는 건 싫거든."

"그건 네 생각이고 이런 내용은 사회에 알려서 다른 회사에서도 관심을 가지게 해야지. 이런 보도가 방송의 사명 아니겠어."

나의 반대 의견 따위는 고려 대상도 아니었다.

2~3일 후에 기자와 카메라맨이 공장을 방문했다. 작업 중인 고령자분들의 모습을 촬영하고, 인터뷰도 했다.

또 나까지 간단한 인터뷰를 하였다.

당시에는 신문이나 TV에 기사화되면 회사 차원에서 사례를 해야 하는 것으로 알고 있었던지라 기자에게 그런 뜻을 넌지시 던졌더니 펄쩍 뛴다.

"오히려 언론매체에서 이런 사례를 적극적으로 홍보하여 고령자 채용이 일반화되도록 해야지요."

그래서 본의 아니게 고령자 채용과 취업에 관한 내용이 2분 정도의 MBC 뉴스데스크 기사로 방송을 탔다. 방송을 본 분들로부터 인사도 많이 받았다.

황인용 씨가 사회를 봤던 KBS 2TV의 〈장수 만세〉라는 프로에서도 취재해 갔다.

사업을 하다 보니 생각지도 않게 방송에까지 출연하게 되었다.

초기에 고령자로 근무하던 분들 가운데 작고하셨다는 소식을 간접적으로 듣기도 했다. 지금은 내가 이미 고령자이고, 올해 일흔 되는 분과

환갑 나이의 젊은이(?) 두 분이 근무 중이다. 물론 아주 열심히 일하고 계시며, 우리 회사에는 정년도 없다. 그분들이 그만두시겠다고 할 때까지 일하시도록 할 것이다. 다만 급여 수준은 임금 피크제를 적용하고 있다.

송사(訟事)에 얽히다

한평생 살아가면서 민사건 형사건, 송사(訟事)에 얽히지 않고 살아가면 좋으련만, 어디 그게 뜻대로 되나.

제품 구매 후 일정 기간이 지난 후에는 당연히 대금을 지급해야 하는데도 이런 핑계 저런 이유를 들먹이면서 지연하거나, 지급을 약속하고서도 지키지 않는 업자가 간혹 있다.

1981년 이런 업자를 상대로 소액 재판을 청구한 것이 나의 첫 번째 민사 소송이었다. 그 이후 악질적인 업자에게는 굳이 언성을 높이면서 대금 지급을 독촉하는 대신, 소액 재판을 청구하여 문제를 해결하였다. 이런 경우는 항상 내가 원고의 입장이었다.

그런데 내가 거꾸로 피고의 입장이 되어 원고와 다툼을 벌이게 되었다. 지금 그 이야기를 해볼까 한다.

공장 이전을 목적으로 반월공단의 공장용지 600평을 분양받고, 이를 담보로 은행에서 융자를 받아 등기 이전을 완료하였으나 박정희 대통령 서거로 반월공단 입주 업체에 주어지는 각종 혜택이 백지화되어 이전을 포기하게 된다.

산업기지개발공사 내부 규정에 따르면 나대지 상태로 양도하는 것은 불가능하고, 공장 건물을 준공한 후에는 등기 이전이 가능했다.

이런 규정 때문에 공장용지 원매자에게 나대지를 양도할 수 없고, 회사 명의로 공장을 신축·준공한 이후에 토지와 건물의 등기 이전을 조건으로 원매자와 합의하여 양도 양수를 체결하였다.

그러기 위해서는 공장 신축 및 은행 융자 등 행정상 주체의 명의가 내가 되어야 하는 조건이 필수적이었다. 다만 융자에 필요한 담보는 양수자가 제공하는 것으로 하였다.

공장 신축에 필요한 자금을 은행이 융자하여 줄 때 지점장이 이상한 낌새를 느꼈는지 나에게 '당신이 정말로 당신 공장 짓느냐?'라고 묻기에 아니라고 대답하면 융자를 거절할 것 같아서 그렇다고 했다. 이 대답 하나 때문에 나중에 지점장으로부터 인신 모욕까지 당한다.

1984년, 공장 건물 신축이 거의 마무리되는 단계에서 양수자의 회사가 부도났다. 융자금에 대한 이자 지불의 책임을 진 회사의 부도로 이자는 자연 연체가 되고 이것이 누적되자 지점장이 나를 불러 물었다.

"이자가 왜 연체됩니까?"

그간의 진행 관계를 사실대로 얘기했다.

그랬더니 지점장은 얼굴을 붉히면서 막말을 해댔다.

"당신이 당신 입으로 당신 공장 짓는다고 분명히 내 앞에서 얘기하지 않았느냐? 그런 사람이 이제 와서 아니라고 거짓말을 하는 것을 보니 당신 사기꾼 아냐? 그런 사람이 무슨 사업을 한다고… 당장 나가시오."

심한 모욕을 느꼈지만, 입이 열 개라도 변명의 여지가 없으니 아무 대꾸도 하지 못하고 죄인의 심정으로 지점장실을 나왔다. 당시의 복잡한 분위기는 지금도 생생히 기억한다.

이후 담보물의 경매 절차를 밟아서 원리금과 연체이자는 전액 상환이 되어 은행 대출 문제에서의 무거운 짐은 벗었다.

양수자가 공장 신축을 위해 시공업자와 공사도급계약을 체결하는 과정에서 나는 양도자로서 계약 내용에 관여할 입장도 아니라 굳이 관심을 두지 않았다.

따라서 내용뿐만 아니라 기성고에 따른 공사대금의 지불 관계 등에 대해서 전혀 아는 바가 없고, 또 부도가 났다 하더라도 그 양자 간의 문제이지 나하고는 관계가 없다고 생각해서 무관심하였다.

그런데 1986년 4월, 공사 업자로부터 13,000,000원 정도의 공사대금 지불을 요구하는 민사 소송을 받는다. 변호사에게 의뢰하였더니 명의신탁에 의한 소송이니 걱정하지 말란다.

나중에야 알게 된 사실이지만, 나는 민사 소송에서 변호사가 사건을 수임하면 다 알아서 처리해 주는 줄 알았는데, 그게 아니었다.

부도난 회사로부터 공사에 관한 일체의 서류를 받아서 검토해 보니 공사 계약서상의 발주자(갑)가 전부 내 이름으로 되어 있다. 공판장에서 비록 명의가 나로 되어 있으나 양도자인 입장에서 공장 신축공사에 관여한 적이 없고 따라서 공사대금 청구가 부당하다는 나의 주장은 설득력이 없었다. 그리고 오직 증빙서류에 의해서만 사실을 판단하는 판사로서는 내가 공사를 발주한 것으로 믿을 수밖에 없다는 생각이 든다.

이런 판단 기준, 즉 '증빙서류가 우선'이라는 기준에 따르면 공사대금이 도급 금액을 초과하여 지불된 것으로 증빙서류 검토 후 확인되었다. 시공업자가 발주자에게 기성고에 따른 공사비 청구를 하면 시공업자는 대금 수령 후 영수증을 발행하고 이후 발주자가 증액된 세금계산서 발행을 요구하면 마지못해 발행하여 주었을 것이다.

이 두 개의 서류는 발행일이 다를 뿐만 아니라 금액에서도 차이가 있어 상호 관련성이 없어 보인다. 이중 계산이 된 것이라 추정은 할 수 있지만, 이를 해명할 수가 없다.

원고가 공사대금을 계약서상의 도급 금액보다 많이 수령하고서 공사

대금 청구 소송을 제기한다는 것은 상식적으로 이해할 수 없다고 생각해서인지 공판이 연기가 되곤 하였다.

나는 이점에 착안하여 원고에게 만나자고 제의했다.

만나보니 그 원고라는 회사도 명의를 빌려준 경우이다. 명의 빌려준 사람끼리 다투는 것이다. 그 사장에게 이야기했다.

"명의 빌려준 사람끼리 싸울 필요가 뭐 있겠소? 그리고 증빙 서류상으로 보면 공사계약 금액보다 공사대금이 초과 지불되었어요. 이중 계상된 것으로 추정은 되지만, 원고는 해명할 수 없지 않아요? 판사가 판결 내리기 어렵게 되어 있다. 원고가 승소할 확률도 희박하다. 그러니 내가 사례금을 드릴 테니 청구를 포기하는 것이 어떻겠소?"

내가 이렇게 설득하였더니 그렇게 하겠다고 하여 1987년 10월경 원고는 청구를 포기하는 서류를 법원에 제출하여 이 사건은 해결을 보았다. 이 와중에 다른 공사 업자가 또 소송을 제기하기도 하였다.

두 번째 소송 이야기

두 번째 소송의 1심에서는 패소했다.

'변호사가 알아서 처리해 주겠지.' 하는 안이한 생각으로 있다가 진 것이다. 이 사건도 다른 건(件)과 같이 나하고는 전혀 관계가 없는 일인데, 오직 부지(敷地)의 명의가 내 이름으로 되어있어서 공사 발주자와 시공 업자 간에 계약서를 체결할 때 나를 발주자로 세웠던 것이었다.

승소한 원고 쪽은 법 절차에 따라서 나의 공장 재산에 압류 딱지를 부치고, 피고가 소송 금액을 지불(支拂)하지 않으면 경매 조치한 다음, 소송 금액을 찾으면 원고는 그것으로 목적한 바를 이룬다. 설혹 내가 고법에 항소하여 승소하였다 하더라도 원고의 재산이 없으면 나는 재산을 잃게 된다. 그래서 공탁금(供託金)을 법원에 예탁하고 압류를 정지시켰다.

고등법원에 항소한 나는 승소하기 위해서 내가 이 건에 아무런 관련이 없다는 각종 증빙 서류를 법원에 제출하고, 증인을 찾아가서 나의 무관함을 증언하여 주기를 간청하여 실행했다. 원고 쪽의 증인, 이분이 1심에서 증언한 내용이 채택되어 나는 패소한 것이었다. 나는 이분을 찾아가서 이 건이 나하고는 아무런 관련이 없다는 사실을 알고 있으면서 거짓 증언으로 인해 내가 패소하게 되었다고 항변(抗辯)했다.

그러던 차에 그분의 아내 되시는 분이 중풍으로 불편한 것을 보고는 '내가 침을 잘 놓는 분을 알고 있는데, 그분에게 침(鍼) 맞아보시렵니까?' 하고 권유했더니, 그렇게 하여 달라고 해서 그 침술사에게 부탁하여 침을 놓아드렸다. 침 치료가 끝난 후 '앞으로 일주일 내에 손가락이 움직이면 회복이 가능하답니다.'라고 이야기했는데, 오후에 바로 손가락이 움직인다고 연락하면서 나에게 "한 번 더 침 치료를 받을 수 있을까요?" 라고 부탁하여 그분의 집을 다시 방문하게 되었다.

침 치료를 끝냈더니 고맙다고 인사하더니, '이번 공판에 또 증언하게 되어있어요.' 하면서 원고 쪽 변호사가 심문할 증언 질문서까지 보여 주었다.

"이번 공판 증언하는 자리에서 사장님에게 유리한 증언, 거짓말이 아니라 실제로 당시에 있었던 사실을 증언하기로 하겠습니다."

고법에서 원고 쪽 변호사가 증인에게 질문하는 과정에서 1심과 다른 증언을 하니까 변호사가 몹시 화를 내는 것을 보았다. 그 결과 판사는 원심 파기의 판결을 내렸다.

나는 1심에서 패소한 재판을 고법에서 승소하는 결과를 얻었다. 판결을 듣는 순간 그동안의 고초가 생각나서 눈물이 핑 돌았다. 원고는 대법원에 상고하였으나 기각되었다.

반월공단 공장(工場) 부지(敷地) 건으로 인한 두 건의 소송은 바람직한 방향으로 결론이 났지만, 나는 소송에 시달리는 동안 정신적, 육체적, 경제적 시달림을 많이 받았다. 소송이 진행되는 과정에서 이런저런 비용이 들었다.

패소해서 지불(支拂)해야 할 금액은 살을 에는 아픔을 주고 억울하기 짝이 없지만, 승소하는 과정에서 설혹 더 비용은 많이 든다고 하더라도 결단코 아깝다는 느낌은 들지 않았다.

송사(訟事)에 얽히지 않는 게 최선이지만, 뜻대로만 되지 않는 것이 인생사(人生事)다. 하지만 정직하게 살면 혹시 송사에 얽혀든다고 하더라도 승소할 수 있다는 믿음을 갖게 되었다.

진상 거래처의 미수금 해결

사업 초기, 테프론 제품을 판매할 곳은 청계천 공구상가, 구로 공구상가, 그리고 영등포 공구상가에 있는 합성수지 판매상이나 가공한 테프론 부품을 사용하는 업체였다.

나는 이런 수요처를 발굴하여 사용을 권유하는 판촉사원의 역할을 하였다. 사업을 시작하기 전, 세무공무원인 나에게는 법인체나 상인들은 납세의무자 위치에 있어 상대하는 데 심적 부담을 갖지 않았으나 사업 이후에는 그 양상이 크게 달라졌다.

판촉하기 위해 공장을 출입하려면 담당자와의 연락이 선행되어야 가능했고, 기계공구상가에 자리 잡은 합성수지 판매상 대표들에게 판촉 활동을 하기에는 장사의 생리를 잘 몰랐던 나로서는 그들이 장사의 고수라는 지레짐작에 상대하기가 껄끄러웠다. 모두가 나보다 한 수 위의 사람들로 여겨졌다.

내가 세무공무원으로 어깨에 힘주고 어떤 회사든 아무런 제지도 받지 않고 거리낌 없이 출입했던 이유는 세무공무원 조직의 일원이었기 때문이지, 내가 유능하다거나 잘나서 그런 것이 아니었다.

퇴직한 후 시장 테두리에서 판촉사원으로 활동하면서 그 사실을 절실하게 느꼈고, 그동안 힘주었던 시절을 돌이켜보니 그야말로 일장춘몽이었다. 세월이 흐르면서 공연히 힘주었던 과거의 마음은 사라지고 거래 업체를 대하는 태도에도 변화가 생겼다.

제품을 구매한 거래 업체는 적당한 시일이 지나면 대금을 지불(支拂)해야 한다. 대부분 정상적으로 결제를 하는데, 개중에는 질질 끄는 거래 업체도 있었다. 청계천의 어느 대표는 대금의 전액을 정리하지 않고, 꼭 얼마만큼의 잔액을 남겨두었다. 잔액의 액수가 크다면 이해할 수 있는데 충분히 지불할 수 있는 액수여서 그냥 넘어가기에는 개운치 않았다.

습관성이 있는 사람이라는 생각이 들었다. 어느 달 말일경 종전과 같이 전액을 지불하지 않기에, 심한 표현을 써서 물었다.

"사장님은 대변보시고 뒤처리는 하시지 않습니까?"

그의 표정이 일그러졌던 것은 당연하다. 나는 거래하지 않을 각오로 그렇게 얘기했던 셈이다. 기분이 상해서 그런지 그 자리에서 잔액을 전부 주기에 받고 나서, 그다음부터는 거래가 끊겼다.

어떤 대표는 지불한다는 약속을 하고는 그 날짜가 되면 약속을 지키는 대신 다음 약속을 또 잡는다. 2~3차례 약속을 지키지 않기에 그 사람에게 이렇게 물었다.

"이제는 나에게 약속하지 말고, 당신이 믿고 있는 하나님에게 약속할 수 있습니까?"

쓸쓸한 표정으로 그렇게 하겠다고 한 후 약속 날짜에 대금을 지불하였다. 이 분과도 다음 거래는 없었다.

다른 곳에서도 이런 수법을 사용하였는데, 나에게는 약속할 수 있어도 하나님에게는 약속할 수 없다고 했다. 그러더니 그는 약속한 날 종전과 같이 지키지 않았다.

어떤 회사가 약속을 미루고 미루기에, 월요일 출근 시간에 맞추어서 그 회사의 사무실에 나도 출근하여 대표가 오기를 기다렸다. 대표가 나를 보더니 놀라는 눈치였다. 형식적인 인사를 끝낸 후 사무적으로 말했다.

"결제받으러 왔으니 해결하여 주시면 바로 가겠습니다."

그 대표는 당장 결제하지 않으면 계속 출근 시간에 맞추어서 올 것으로 생각했던지, 아니면 이런 징그러운 놈에게는 빨리 결제해야겠다고 생각했던지 즉시 결제하여 주기에 고맙다고 인사한 다음 사무실을 나왔다. 이 회사 역시 추후의 거래는 없었다.

이런 사례보다 더 질긴 진상 거래 업체는 소액 재판 소송의 방법으로 미수금을 해결하기도 했다. 이런 진상 거래 업체를 상대하면서 나는 조금씩 단단한 상인으로 변해갔다.

열심히 하면 기회가 온다

수주량이 증가하면서 기계시설이 부족하면 기계를 구입하였고, 공장 면적이 좁으면 인근의 공장을 임차하여 사용했다. 그 결과 공장이 세 군데로 분산되어서 생산과 인력 관리가 불편하였다.

재정에 여유가 있다면 넓은 곳으로 이전하면 좋겠지만, 그럴 형편이 아니니 불편을 감수할 수밖에 없었다. 거기에다 공장 이전에 징크스가 있어서 확장 이전을 꺼리고 있었다.

반월공단에 부지(敷地) 매입 후 공장 건물은 착공도 하지 못하고, 매각

공장 이전 이전 문래동 공장

한 다음 이것으로 인해서 민사 소송 2건으로 어려움을 겪었다. 김포 대곶면 거물대리에 임야 1,000평을 매입하였는데, 군부대 동의가 필요하다는 사실을 몰랐고, 또 그 임야에는 타인의 묘 3기가 있어서 이것 때문에 타인에게 양도하는데도 적잖은 지장을 주었다.

이런 징크스 때문에 공장 확장 이전은 생각하지도 않았고, 인근의 공장을 임차하는 방법으로 키워나갔다. 현장이 세 군데나 되니 생산성이 떨어지고 관리도 어려웠다. 심지어 어떤 직원은 공장 구석진 곳에서 낮잠을 자곤 했다는 소리도 들었다.

그러던 차에 옆의 공장 주인이 불법으로 공장을 증설하는 공사를 보고 그 사장에 부탁하였다.

"나의 공장도 확장하고 싶지만, 입구가 좁아서 공사에 필요한 자재를 운반하기 어려우니 이 공장 시설을 임시로 그곳에 옮겨 놓고 확장 끝난

216

문래동 공장의 증축

후 사장님의 공장을 확장하는 것이 어떻겠습니까?”

그랬더니 흔쾌히 승낙하여 확장 공사를 하게 되었다. 공사하는 분과 옆 공장의 주인과는 친구 사이라고 했다.

이곳은 준공업지역이라서 공장을 증축하겠다고 신고하더라도 허가가 나지 않는 곳이다. 공장을 확장하기 위해서는 불법 증축 이외에는 다른 방법이 없었다. 이런 증축 공사를 전문으로 하는 업자들이 있었고, 내 공장을 증축하고자 하는 업자도 그런 계통의 전문 공사 업자였다.

불법으로 증축하는 방법이 놀라웠다.

공장 여러 곳에 H-BEAM을 박아 놓고 그 위에 지붕을 씌운 다음, 그 안에서 기존의 건물을 해체하고 내부공사를 하는 식이었다. 불법으로 건축 도중 구청에서 발각되면 허물어야 하지만, 완공된 후에는 허무는 대신 증축분에 대한 재산세만 납부하면 되던 시절이었다.

내 공장도 그런 식으로 불법 증축하는 과정에서 옆 공장 사장의 부지(敷地)와 내 소유의 부지(敷地)를 상호 교환하면 세 군데로 분산되어 있는 공장을 한데로 모을 수가 있고, 그렇게 되면 생산성도 높아지고 관리도 수월하겠다는 생각이 얼핏 떠올랐다.

옆 공장 사장에게 부지를 교환하자고 하면 자신이 모르는 공장용지의 어떤 이익이 있나 하는 의구심을 가질 것 같아 생산 책임자에게 맞바꾸는 이유를 설명하도록 했다.

다시 말해 공장이 세 군데로 떨어져 있어서 물건이 원하는 날짜에 생산되지 않고, 사장은 그런 고충을 모르면서 늦는다고 질책을 하니 우리 사장님 공장과 교환하면 직원으로서 일하는 데 크게 도움이 되겠으니 바꾸시는 게 어떠냐고 의사를 물어보라고 했다.

"우리 사장님 부지는 길가에 있고, 사장님의 공장은 한 블록 뒤에 있으니까, 땅값으로 얘기하면 평당 백만 원의 차이가 나니 사장님은 손해날 게 전혀 없지 않겠습니까?"

이렇게 그 사장에게 얘기하라고 일렀다. 그 얘기를 실제로 그 사장에게 얘기했더니, '이런 조건을 너의 사장이 알고 있느냐?'라고 묻기에 '사장님은 모르고 있다.'라고 대답했다고 한다.

"저는 땅값에서 우리 사장님이 손해나는 건 모르겠고, 오직 근로자의 입장에서 수월하게 일하고 싶어서 그런 겁니다."

그랬더니 '그러면 너희 사장님의 승낙을 받아오라.'라고 하였단다. 그건 애당초 나의 복안이니 승낙이고 자시고 할 것 없이 그쪽 사장과 만나서 맞바꾸기로 합의하였다.

공교롭게도 이 지역이 공유지분의 땅이고 그러니 소유자가 갖고 있는 부지의 위치가 정해진 것이 아니고 소유자가 있는 곳이 그의 소유가 되는 것이다. 그러니 맞바꾼다고 해서 등기부상 번지가 바뀌는 것이 아니었다. 거기에다가 평수가 또 같았다.

서로 교환한다고 해서 양도소득세를 부담하는 것도 아니고, 다만 집은 등기부상 위치가 확정되어 있으니 집은 서로 교환해서 이로 인한 약간의 양도소득세를 부담하면 되었다.

교환 후 공장 면적이 배로 늘었고, 이곳저곳에 산재해 있던 공장 시설을 한 군데로 몰아서 설치할 수 있었으며, 이로써 생산성이 높아지고 관리도 수월해졌다.

나중에 알았지만, 이렇게 하는 것이 구조조정의 한 방법이라고 한다. 종전에는 고비용 저효율의 생산 시스템이었지만, 이제는 저비용 고효율의 시스템으로 전환하게 되었다.

'공장을 한 군데로 몰아서 설치하기 전에 IMF가 왔다면 나는 공장문을 닫아야 하지 않았을까?'

가끔 이런 생각이 든다.

IMF 시절에도 나는 큰 어려움 없이 공장을 운영할 수 있었다. 공장을 제때 구조조정을 했던 일이 약이 되었다고 할 수 있지 않을까. 열심히 노력하니까 그런 기회가 왔다고 생각한다.

구조조정, 고비용 저효율, 저비용 고효율이라는 경영 정상화에 필요한 회사 내부의 변화에 필요한 방법은 사실 IMF 이전에는 없었고, 그 이후에야 알게 되었다.

나는 이 경영상의 방법을 IMF 오기 전에 처리한 격이 되었다.

척추관 협착증 수술을 받다

마라톤의 기록이 60대 후반으로 가면서 힘도 들고 기록도 많이 떨어져서 '나이 때문에 그렇겠구나.'라고 당연한 듯이 받아들였다. 기록 단축을 위해서 달리지는 않더라도, 달리기를 꾸준히 하는데도 불구하고 기록이 실망스럽게 나오고 하니 뛰는 것에 예전 같은 열정을 갖지 않게 되었다. 물론 달리기의 목적이 건강 유지이기는 하지만.

어느 날 무거운 것을 들었는데 그 순간 허리 밑으로 '찌릿'한 느낌이 들어 '아! 허리에 문제가 있구나. 그래서 뛰는 데 힘들고 기록도 나쁘게 나왔구나.'라는 생각이 들었다.

그런 생각이 들어서 오목교 근처에 있는 자생병원에서 진찰한 결과, 퇴행성 디스크 진단을 받고 그곳에서 침도 맞고 약도 먹었다. 2개월이 지났는데도 차도가 없어서 지인이 알려준 한방병원에서 다시 침을 맞았다. 처음에는 호전되는 느낌이 들었는데, 그 이상은 좋아지지 않았다.

달리는 의사 중에서 고려대 후배인 정형외과 전문의 김학윤에게 가서 진찰을 받았다. 후배는 디스크가 아니라 척추관 협착증이라는 진단을 내리고, '고대 구로병원 서승우 박사에게 재진단을 받는 것이 좋겠다.'라고 해서 서 박사로부터 척추관협착증 진단을 받았다. 서승우 박사 역시 달리는 의사로 고려대 후배이자 척추 전문의이다.

고치는 방법은 척추 사이에 철심을 박아서 척추 간격 넓히는 수술을 하면 회복된다고 해서, '수술 후에도 달릴 수 있나?'라고 했더니 가능하다고 했다. 그러면 당장 수술하자고 했더니, 현재는 그 단계까지는 아니라고 해서 차후에 수술하는 게 좋겠다는 의견에 따르기로 했다.

그런데 통증은 계속 악화하고 있었다. 증상이 심해질 때는 집에서 양천구청 지하철역까지 걸어가는 데도 5분 걸어가면 다리에 통증이 심해서 앉았다가 통증이 사라지면 다시 걸어가곤 했다.

이런 증상은 반복되었다. 속으로 많은 돈이 들더라도 이 통증이 사라졌으면 좋겠다고 생각할 정도였다. 지하철을 타면 의자부터 찾게 되었고, 앉을 의자가 없으면 좌우의 팔로 손잡이 두 개를 잡고 몸을 당겨서 허리에 부담을 주지 않도록 해서 통증을 느끼지 못하게 하였다.

혹시 누가 도보 여행을 가자고 할까 봐 겁도 났다. 못 간다고 하면 사막을 휘젓고 다니던 놈이 걷는 것을 두려워하다니 말이 되느냐고 할 테고, 이런 사정을 누가 믿어 주겠는가?

신문 광고에 척추관 협착증 시술하는 병원의 광고가 자주 눈에 띄었다. 광고에는 시술하는 시간도 오래 걸리지 않고(2~3시간), 시술 후 정상적인 일상생활을 할 수 있다고 하기에 어느 병원인가에 시술을 예약하고, 시술 일자 임박하여 서승우 박사에게 가서 그 사실을 이야기했다.

"그 시술은 처음에 잠시 통증이 없어졌다가 시일이 흐르면 통증이 재발(再發)합니다. 시술하지 않은 것이 좋겠습니다."

서 박사의 충고에 따라 예약을 취소한 것은 두말할 나위도 없다. 그러던 참에 '용달사모(용산고 달리기를 사랑하는 모임)'의 후배 홍현성이 디스크 전문병원을 소개해 줬다.

"용산고 31회 후배 중에 정형외과(整形外科) 의사가 있는데, 디스크 치료가 전문이에요. '시너지 정형외과'의 김원중 원장을 만나서 진찰을 받아봅시다."

"그렇게 하지."

신경 써서 소개해 주는 후배의 성의를 생각해서 그렇게 하기로 했지만, 솔직히 '그 의사도 오십보백보로 별반 다를 바가 없겠지.'라는 마음으로 '시너지 정형외과'를 찾아가 원장의 진찰을 받았다.

"척추관 협착증 맞네요. 걱정하지 마세요. 수술하면 즉시 일상생활을 정상적으로 할 수 있습니다."

김원중 원장이 시원스럽게 장담해서 '너무 뻥이 심한 거 아닌가?' 의심이 갈 정도였다. 그때 홍 후배가 김 원장에게 몇 마디 설명을 보탰다.

"모장(모임의 장, '용달사모'에서 나를 부르는 호칭)님은 정말 대단한 선배셔. 사막에서 마라톤하시는 분이거든."

"그럼 이 분이 그분이신가요?"

홍 후배의 말에 김 원장이 되물었다.

"이 분이 그분이라니, 무슨 얘기야?"

"어느 일요일이던가, 텔레비전에서 사하라 사막 마라톤(2014년) 녹화 방송을 시청하고 있었지요. 어느 배우의 '사막 마라톤' 도전을 KBS에서 다큐멘터리로 촬영하여 방영하는 프로그램이었지요. 화면에 나이 들어 보이는 한국 참가자의 걷는 모습을 비추면서 자막으로 '71세'라는 나이가 나와서 '와! 정말 대단하다.'라고 생각했는데, 얼마 후에 다시 '척추관 협착증 때문에 포기하게 되었다.'라는 자막을 보고는 '저 연세 많으신 분이 내게로 오면 완쾌하게 해 드릴 수 있겠는데…'라고 생각했지요."

"그래, 그런 일이 있었어?"

"텔레비전에서 봤던 그분이 바로 지금 여기 계신 분이라니요?"

김원중 원장은 그러면서 새삼 놀라워한다.

"텔레비전에 얼핏 얼굴이 비친 적이 있긴 했지."

"선배님, 걱정하지 마십시오, 제가 사막에서 마라톤하실 수 있도록 수술해 드리겠습니다."

너무나 자신만만했다. 그날 그 자리에서 아예 2014년 9월 17일로 수술 날짜까지 결정했다.

수술하기로 했지만, 내 마음은 변덕이 죽 끓듯 했다. 허리에 칼을 댈 것인가 말 것인가, 하루에도 마음이 여러 차례 바뀌었다.

그야말로 조석변(朝夕變)일 수밖에 없었던 것은 내가 겁이 많아서 그런 것만도 아닐 성싶다.

워낙 중요한 부위이다 보니, '수술하다 잘못돼서 휠체어라도 타면 어떻게 하나?' 하고 깊은 고민이 되었다. '의사를 믿자.' 하다가도, '잘못되면 어떻게 하지?' 하는 마음에 쉽게 결정을 내리지 못했다.

평소에는 내가 제법 결단력이 있는 줄 알았는데, 막상 닥치고 보니 걱정 앞에 장사 없다는 말을 실감할 수 있었다.

수술 전날, '그래, 김 원장을 믿자.' 하고는 갈아입을 내의를 챙겨서 집을 나섰다. 아내에게는 업무상 지방 출장 2박 3일 다녀오겠다고, 아들에게는 친구들하고 2박 3일 여행 갔다 오겠다고 한 다음 병원으로 갔다.

가족에게 수술을 숨긴 이유는 가장이면서 회사 대표가 허리 수술한다고 하면 주위 사람들이 모두 걱정할 테고, 또 병원으로 찾아올 것이며, 그때마다 일일이 증상을 설명하여야 하니까 그것이 귀찮아서 숨긴 것이었다.

수술 후 마취에서 깨어났다.

침대에 누워 있다가 일어나서 조심스럽게 세면대로 갔다. 몸을 구부리고 가볍게 세수하는데, 중전 같으면 허리와 왼쪽 디리에 '찌릿'한 동증이 있어야 하는데, 느끼지 못했다.

종전에 통증을 느끼던 자세들을 잡아 봤는데도 통증을 느끼지 못해서 참으로 신기하다고 생각했다. 아침에 지하철 타고 병원으로 올 때만 해도 통증으로 힘들어했는데, 불과 몇 시간 만에 나를 괴롭히던 통증이 사라져서 느끼지 못하다니, 이것이 사실인가 의심할 정도였다.

"통증을 느끼지 못하겠는데…!"

회진할 때 김 원장에게 이야기했더니 당연하다는 표정이다.

"이제는 걱정하지 않으셔도 됩니다."

퇴원 예정일 전날 김원중 원장이 일부러 와서 말했다.

“하루만 더 있다가 퇴원하세요.”

“왜, 뭐가 잘못된 거야?”

“잘못되긴요? 선배님이 어떤 분이십니까? 대단한 분이시니 완벽하게 고치고 나서 퇴원하시는 게 좋겠다 싶어서, 제가 마지막으로 확인까지 하려고요.”

2박 3일의 일정이 3박 4일로 변경되었으니, 아내와 아들에게는 사실을 얘기하지 않을 수가 없어서 수술 얘기를 했다.

나는 그동안 그런 통증을 가지고 있으면서도 아내와 아들에게는 내색조차 하지 않았다. 그런 얘기 해 봐야 걱정만 할 테니 혼자서 해결하려고 했던 것이었다.

가족에게 공연히 부담을 주거나 걱정을 끼치기 싫었고, 여기저기 수소문하다 보면 해결 방법이 있지 않을까 싶기도 해서였다.

어쨌든 병원 일정이 하루 늘어나는 바람에 아내와 아들에게 ‘이제 통증이 없으니 걱정하지 말라.’라는 말로 수술 사실을 알린 셈이었다.

다음 날 병원에서 나왔다. 그리고 지하철 타고 사무실에 가서 며칠 동안 밀린 일을 정리하고 귀가했다.

“어떻게 그럴 수가 있어요? 가장이 그런 대수술을 하면 식구들도 알아야 하는 것 아니에요? 어려움을 같이 나누어야 가족이잖아요?”

아내가 핀잔을 주기에 몇 마디 변명하는 수밖에 없었다.

그런 사실을 알려주었을 때 가족이 감당해야 할 걱정과, 지인들이 병문안이라도 오면 그간의 과정을 설명해야 하고, 병원 식사(食事)가 부실하니 집에서 밑반찬 등을 만들어 가져오는 불편함에다, 더러는 모르는 게 약이라는 속담도 있지 않느냐는 식으로 얼버무렸다.

“그간 모르고 편히 지냈으니 됐고, 이제는 완쾌하여 편안해졌으니 그렇게 이해해 주시게.”

설득이 되어 이해하게 되었는지는 몰라도 그렇게 마무리가 되었다. 이미 수술도 끝났으므로, 다 지나간 일이라서 매듭이 지어졌다고도 할 수 있었다.

이제 통증이 없으니 서서히 뛰어야겠다고 생각했다.

평소 운동하던 양천 공원을 천천히 뛰었다. 뛰는 과정에 아무런 통증도 느끼지 못했다. 그런데 정리 운동 중 까치발로 한 발을 올렸을 때 오른쪽 다리는 견디는데 왼쪽 다리는 무릎이 바로 꺾인다.

척추관 협착증 후유증으로 왼쪽 다리 근력(筋力)이 약해진 것이었다. 이때부터 나는 왼쪽 다리 근력을 키우기 위해 재활 훈련에 열중하였다. 지금은 오른쪽의 근력에 비해 90% 정도까지는 회복되었지만, 왼쪽 종아리의 굵기는 오른쪽보다 가늘다.

통증이 느껴지지 않아 마라톤 대회에 참가하기로 했다.

2014년 10월 12일 양천 마라톤 10km 부문에 고등학교 동창들과 함께 참가하여 1시간 20분 21초에 완주하였다,

뛰는 동안 통증은 느끼지 못하였다.

다음은 하프 마라톤. 2014년 12월 7일 시즌 마감 하프 마라톤 대회에 참가하여 2시간 41분 45초에 완주하였다.

뛰는 내내 통증은 없었다.

다음은 풀코스에 도전하기로 하였으나, 국내 대회의 제한 시간 5시간 내 완주는 불가능하여 2015년 2월 15일 일본의 교토 마라톤 풀코스에 참가하여 5시간 14분 41초(제한 시간 6시간)에 완주하였다.

이때도 통증은 없었다.

나는 완주 즉시 김원중 원장에게 ‘완벽하게 고쳐주어서 고맙다.’라는

쾌속 문자를 날렸다.

이것으로 마라톤 대회에서 통증의 유무는 확인한 셈이었다.

여기서 끝낼 것이 아니라 좀 더 장거리에서 확인하고 싶어서 참가한 2015년 3월 3일 스리랑카에서 있었던 5박 6일 210km 울트라 마라톤에서 완주하였다.

이때도 나는 김 원장에게 '고맙다.'라는 문자를 보냈다.

그리고 한 번 더, 정상적인 몸 상태로도 고통스럽다는 100km 울트라 마라톤 대회에 참가하기로 하였다. 2015년 4월 11일 청남대 100km 울트라 마라톤에서 15시간 19분에 완주하였다.

이 대회를 끝으로 나는 척추관 협착증 수술의 성공을 확신하였다. 이후 나는 이 증상으로 해서 김 원장을 다시 찾아가지는 않았다. 지금도 나는 척추관 협착증세의 고통 없이 정상적인 활동을 하고 있다. 이렇게 고질을 고쳐준 김 원장에게 항상 고마운 마음을 간직하고 있다.

사촌 형제들 사이의 우애

나의 아버지는 4형제이다.

첫째는 이영대 님. 슬하에 2남 3녀 5남매를 두셨는데, 두 형제는 6.25 전쟁 중에 행방불명되었고, 세 자매는 이미 고인이 되셨다. 다행인 것은 첫째 아들이 결혼해서 아들 하나를 두었다.

둘째는 이영준 님. 슬하에 4형제를 두셨는데, 첫째와 셋째 아들은 미국으로 이민(移民)을 갔고, 두 형제만 서울에 살고 있다.

셋째는 이영태 님. 슬하에 5형제를 두셨는데, 이 중에서 둘째 아들이 몇 년 전에 사망했다.

넷째는 이영만 님. 슬하에 4녀 3남, 현재 모두 생존해 있다. 현재 조카 포함해서 사촌 형제는 10명이다.

5~6년 전에는 조카 포함해서 12명이었는데, 서로 모래알같이 흩어져서 살다가 명절 때나 되어야 모이곤 해서 형제간의 우의라는 것을 실감하지 못했다.

그렇게 데면데면 지내기보다는 평소에도 서로 연락하여 안부를 묻고 만날 기회를 만들어 소주잔이라도 나누면서 살아가는 형편을 주고받는 끈끈한 형제 관계가 좋겠다고 생각되어 형제 단체 관광을 계획하였다.

당시에는 나의 어머니와 넷째 작은어머니께서 생존해 계실 때라, 모시고 가는 걸로 했다.

아우들에게 이런 계획을 얘기했더니, 대찬성이었다.

관광버스는 내가 제공하기로 했다. 점심은 관광지 인근 식당에서 단체로 매식(買食)하는 대신, 음식 장만이 성가시기는 하더라도 각 가정에서 알아서 준비해 오도록 했다.

이유인즉, 각 가정의 요리 솜씨가 다르니까 서로 나눠 먹으면 열두 가지의 맛을 볼 수 있는 장점이 있을 수 있으므로 그런 제안을 하였다. 이것도 아우들이 받아들였다.

관광지는 아산 현충사 인근으로 정했다.

거주 지역이 서로 달라서 어느 한 곳에 집합하여 승차하는 것은 불가능하여 서울에서 출발한 관광버스가 현충사 가는 도중에 거주 지역 인근에서 승차하기로 하고, 먼저 서울에 거주하는 식구들은 어느 지점에서 모여 승차하고 안양에 거주하는 조카에게도 편리한 승차 지점을 정하라고 했다.

이런 식으로 수원, 평택에서 전부 승차한 다음 아산 현충사로 갔다. 가는 동안 차 안에서 자기소개도 하고 장기 자랑도 하면서 즐겁게 시간을 보냈다. 도착해서는 '이색 보물찾기'를 했다.

보물(?)을 찾았다 하더라도 거기에는 상품만 숨겨져 있는 것이 아니라 익살스러운 행동의 벌칙도 숨겨져 있었다.

점심시간에는 모두 모여서 각 가정이 정성껏 만들어 온 도시락을 서로 나누어 먹었다. 처음 생각했던 대로 열두 가지 음식 맛을 보게 되었고, 이런 모임이 처음이긴 해도 모두가 즐거운 하루를 보냈다.

즐거운 관광을 끝내고 난 다음에는 역순(逆順)으로 해서 하차하여 저마다 귀가(歸家)하였다.

다음 해에도 또 모임을 가졌다.

이번에는 남이섬으로 정하고, 승차는 작년 순서의 반대로 평택에서 출발하여 수원, 안양, 그리고 서울에서 승차한 후 남이섬으로 향했다. 이번 모임에는 백부님의 막내딸 남편(나에게는 사촌 자형)이 합류하였다. 당시 그 자형은 암(癌) 투병 중이었는데, 참석하고 싶다고 하여 함께 가기로 했다.

행사 끝난 지 몇 달 후에 돌아가셨으니 뜻깊은 모임이었던 셈이다.

두 번 행사한 후 아우들에게 '앞으로는 너희들이 기획해서 행사를 진행했으면 좋겠다.'라고 했더니 그렇게 하겠다고 약속하고서는 이후 실행은 되지 않았다. 이후 형제 단체 관광 모임은 없었다.

그러다가 최근에는 제주도 2박 3일 여행을 기획했다.

8명이 참가했는데, 서로 마음을 열면 얼마든지 보람 있는 시간을 보낼 수 있다는 것을 느꼈다.

아버지 형제분들의 묘소가 있는 곳, 용이리는 경부고속도로 공도인터체인지에서 2km 정도 떨어진 곳이라 언젠가는 개발이 될 것으로 예상했다. 개발이 확정되어 그때 가서 이장하려면 비용이 꽤 들어가니까 미리 자금을 모아 두자고 해서 형제들끼리 갹출해서 2년간 4백만 원을 모앉다. 특별히 쓸 곳이 없어서 은행에 저축해 놓았다.

어느 날 KBS 남양 송신소에 근무하던 천규 아우로부터 고포리에서 임야 약 1,500평을 오백만 원에 팔려고 하는데 내가 백만 원을 더 마련해서 매입하는 것이 어떠냐는 연락이 왔다.

그 임야를 1980년 2월 27일 사들였다.

등기 명의는 아버지 4형제의 장자(長子) 네 명의 이름으로 하였다. 그렇게 해놓고는 잊어버리고 있었다.

'어느 날 천규 아우로부터 그 땅의 가격이 많이 올랐으니 파는 것에 어떠냐고 해서 2004년 3월 21일 팔았다.

파는 시점에서 정확한 면적을 측정하였더니 1,313평이었다. 일제 이후로는 측량하지 않아서 처음 측량해서 차이가 생겼다고 하였다.

매각 대금은 무려 196,950,000원. 투자한 자금에 비해서 자그마치 40배 정도 오른 금액이었다.

형제들끼리 모은 돈으로 부동산 투기(?)를 한 셈이 되었다.

이 돈을 합리적으로 배분해야 하는데, 우선 집사람과 계수씨들 해외여행 경비로 15,000,000원, 형제 기금으로 30,000,000원 그리고 각종 부대 경비를 제외한 잔액 약 1억 5천만 원을 안분 계산하여 형제들에게 지급하여 불만이 없도록 하였다.

모두가 본인이 갹출한 금액보다 더 큰돈을 갖게 되었으니 불만스럽지는 않았을 터였다. 그렇게 투자하지 않았다면, 그동안에 사용하고 없어졌겠지만, 종잣돈까지 마련할 수 있었다.

종잣돈 3천만 원은 증식되어 여기서 각종 세금을 내고, 아우들이 어려움에 있을 때는 찬조하였으며, 조상님들이 물려 준 토지의 복토 공사 대금으로도 지불하였다. 작년에는 함께 여행도 하였다.

매년 여행을 기획하고 있다.

모아 둔 돈을 후손에게 물려주기보다 형제들이 생존해 있을 때, 전부 사용하는 쪽으로 생각하고 있다.

나는 이렇게 해서 사촌 관계이지만, 돈독한 관계를 유지하면 함께 웃는 일만으로도 '돈값'을 하고도 남는다는 생각이 든다.

전 직원의 동반 해외여행

해마다 회사의 여름휴가 때는 직원 각자의 형편과 판단에 따라 가족 여행을 가든가 친구들과 함께 유원지로 놀러 가든가 자유롭게 휴가를 보냈다.

어느 해 연초에 '올해 여름휴가는 회사 직원 전원이 함께 해외로 나가서 보내면 어떨까?' 하는 생각을 했다. 직원들이 스스로 여행사를 통해 패키지여행을 갈 수도 있겠지만, 해외여행은 사실 이런저런 이유로 누구에게나 쉬운 일은 아니었다.

그런데 모든 여행 경비를 회사 부담으로 하여 전 직원이 함께 해외여행을 한다면 하지 못할 바도 아닐 성싶었다.

물론 자금에서 부담은 되겠지만, 직원들 사기 측면에서는 금액으로 환산할 수 없는 효과를 기대할 수 있을 것이다. 기간은 3박 4일이나 4박 5일로 생각해 보았다. 원하면 직원 당사자뿐만 아니라 가족까지 함께 갈 수 있도록 하되, 가족의 경우에는 항공료만 부담하게 하고, 현지에서 발생하는 비용은 회사가 책임지기로 하였다.

이런 나의 복안을 직원들에게 설명하니 대찬성이었다.

왜 아니겠는가? 여행지는 거래처가 있는 싱가포르와 인도네시아(발리 포함)로 정했다. 직원들은 모두 한껏 기분이 들떠서 신바람 나게 일하며, 생전 처음 맛보게 될 해외 여름휴가의 꿈에 부풀어 있었다.

전 직원이 함께 떠나는 해외여행

그런데 단 한 사람, 척추 장애가 있는 직원이 못 가겠다고 했다.

"나 때문에 단체로 이동하는 데 지장을 줄 것 같아서요."

마음씨가 고맙다. 그럴수록 더욱 제외할 수가 없었다.

"그 마음은 이해하지만, 자네는 우리 아니면 그 어떤 단체와도 해외여행을 하기 어려우니 이번에 함께 가세. 우리가 너의 활동에 맞추어서 움직일 테니, 걱정하지 말고 함께 가도록 하자고."

그렇게 설득해서 동참하기로 했다.

처음 시도하는 직원 단체 해외여행이라 안전사고 등의 문제가 생기지 않도록 계획을 꼼꼼히 세웠다. 출발 전날 전 직원에게 모이는 장소가 김포공항 2층 check-in 하는 곳이라며, 시간까지 자세하게 알려주었다.

그런데 당일 모이는 시간이 임박했는데도 직원 두 명이 나타나지 않았다. 찾아보라고 하였더니 3층 출국장에서 일행을 기다리던 두 사람을 데려왔다.

"2층이라고 했는데, 왜 3층에서 기다리고 있었어?"

"사장님이 2층으로 오라고 해서 택시 타고 내려서 2층으로 갔는데요."

건물 전체로 보아서는 출국장이 3층인데, 택시를 타고 와서 내렸을 때는 한 층 올라가면 2층이 아니라 3층인 셈이었다. 공항에 가 본 경험이 없는 직원들로서는 택시에서 내려 한 층 올라가 2층인 줄 알고 기다린 것이었다. 김포공항을 이용해 본 경험이 없어서 생긴 해프닝이었다.

"여기 들어오면 스낵바의 음료나 음식은 무료입니까?"

어떤 직원은 슬며시 다가오더니 이렇게 물었는데, 이것도 공항을 이용해 본 경험이 없어서 던진 질문이었다.

이런 단체 해외여행은 5년 주기로 실행했다.

싱가포르와 인도네시아를 처음 다녀온 이후, 지금까지 다녀온 나라는 괌, 중국(태산), 베트남(다낭), 태국(푸켓) 등이고, 올해는 우리 회사에 근무하는 외국인 근로자의 모국(母國)인 네팔로 단체여행을 가기로 잠정 결정했다가, 그 근로자의 반대로 행선지(行先地)를 바꿔야 했다.

"회사와의 근로계약이 종료되면 돌아가야 할 곳인데, 굳이 우리나라로 휴가를 가고 싶지는 않습니다."

듣고 보니 그럴 수도 있겠다 싶어 그들의 의견을 고려하여 일본 북해도로 결정해서 다녀왔다.

일본의 공항에서 입(入)·출국(出國) 과정에 네팔과 대한민국의 국력(

國力) 차이를 실감할 수 있는 일도 경험했다. '여권 파워'라고 해야 할까? 한국 근로자들은 별 이상 없이 금방 입국했는데, 네팔 근로자는 입국심사에서 거의 한 시간 정도 걸렸다.

세관을 통과할 때도 한국 국적인 우리는 그냥 통과하였는데, 네팔 등 외국 근로자의 캐리어는 일일이 열어서 확인하는 것을 보았다. 외국 근로자들도 '우리나라가 힘이 없으니까 이런 대우를 받네요.' 하며, 국력의 강약을 실감한다며 씁쓸한 표정을 감추지 못했다.

일본에서 출국하여 귀국할 때도 한국 국적의 임직원들 짐은 무사통과였는데, 외국인 근로자의 짐은 일일이 열어서 꼼꼼하게 검사를 했다.

어설픈 심폐소생술

2010년대 '이화'라는 골프 모임에서 총무 직책을 맡은 적이 있다. 매월 골프장 부킹하고, 차량 수배하고, 회원들의 참가 여부를 확인하고, 조를 편성하고, 모임이 끝나면 핸디를 고려하여 순위 결정하는 등등 모임의 원활한 진행을 위해 노력하였다.

어느 달 모임에서 회원들이 주로 출입하는 골프 연습장 앞에 차량을 대기시켜 놓고 회원들이 탑승하기를 기다리는데, 한 회원이 쓰러졌다는 전갈이 왔다.

단순히 넘어졌나 보다고 대수롭지 않게 생각하였으나, 총무로서 가만히 있을 수는 없고 그래도 가 봐야 할 것 같아서 연습장으로 들어갔다.

사람들이 웅성웅성하면서 '119에 연락부터 해라', '바늘 가지고 와라.' 등등의 말들이 들렸다. 골프 연습장 타석에서 스윙 연습하던 멀쩡한 사람이 갑자기 쓰러졌으니 주위 사람들이 모두 이런 상황에서 어떻게 할 줄 모르고 엉거주춤한 상황이었다. 심근경색 상태인 것이다.

당시에는 '심근경색'이란 용어를 들어 본 적도 없었다. 그런 경우 어떻게 해야 한다는 매뉴얼도 없던 시절이었다.

쓰러진 회원에게 다가갔더니 한 분이 쓰러진 분의 혀가 말려 들어가지 않도록 손가락으로 입을 잡고 있었고, 주위의 사람들은 모두가 멀끔히 내려다보고만 있었다.

나 또한 특별히 할 수 있는 일이 없어서 가만히 있었는데, 불현듯 어느 영화의 한 장면에서 두 손을 깍지 끼고 두 팔을 사용하여 쓰러진 사람의 가슴을 팍팍 누르는 것을 보았던 기억이 떠올랐다.

그런 행동이 어떤 결과를 가져올지는 알지도 못했고, 그저 나는 그 장면에서 본 것과 같은 자세로 무릎을 꿇고 손을 깍지 끼고는 어디를 누를지 몰라서 명치(정확한 위치는 젖꼭지와 젖꼭지 사이)에 대고 어떻게 누르는지도 몰라서 내 호흡과 맞추어서(정확하게는 1분간에 100회 정도) 팍팍이 아니라 꾹꾹 눌렀다.

계속해서 눌렀더니 누워 있던 회원분이 '큭' 하는 소리를 내기에 '지금 내가 하는 방법이 틀린 것은 아닌가 보다.'라는 생각에 계속하였더니. 또 '큭' 하는 소리를 냈다.

이러한 방법으로 119 대원이 오기 전까지 계속했다.

119 대원이 오더니 내가 누르던 속도보다 빠르게 팍팍 누르는 걸 보고 '저렇게 하는 거로구나.' 했다. 그분은 엠블런스에 실려서 병원으로 갔고 나머지 회원들은 버스 타고 골프장으로 갔다.

골프 치는 내내 나는 괜한 짓을 했다는 후회감이 들었다. 그 회원이 잘못되기라도 하면 나에게 책임을 물을 것이라는 걱정 때문이었다.

그분을 소생시킬 방법에 관한 지식을 갖고 있지 않으면 119 대원이 도착할 때까지 가만히나 있지 어떻게 할 줄도 모르면서 손을 대서 잘못될지도 모르는 상황을 만들었다는 생각이 들어서 그랬다.

걱정이 되니 골프는 엉망으로 치고 모임이 끝난 후 점심 식사 자리에서 그 회원의 친구분이 말했다.

"총무님은 마라톤만 잘하는 줄 알았는데, 사람 살릴 줄도 아네."

그러면서 응급실에 도착하여 심폐소생술 치료 후 일반 병실로 입원하였다는 소식을 곁들여 전했다.

나중에 그 회원에게 들으니, 뇌로 올라가는 혈관이 좁아져서 심장마비가 온 것인데 다행히 적기에 심폐소생술로 회복하게 되었다고 한다.

회복 후 그 회원의 부인이 '당신이 소속되어 있는 클럽에 마라톤하시는 분이 당신을 살렸다.'라고 알려주며 바로 나에게 전화하도록 했다며, 전말(顚末)을 자세하게 알려주었다.

의사 말로는 '좀 과장해서 만분의 일에 해당하는 소생입니다.'라고 했다. 당시에는 그런 상황에서는 골든타임이 지나기 전에 심폐소생술을 행하여 죽음에 이르지 않게 하는 방법을 모르던 시절이었다.

그 후 그 회원은 정상으로 회복하여 함께 골프도 치게 되었고, 나는 감사의 표시로 금 닷 돈에 해당하는 행운의 열쇠를 받았다. 이후로는 그분 소식을 모르는 채 '잘 지내고 있겠지.' 하는 희망으로 살아간다.

사람들은 대부분 위와 같은 사고가 내 앞에서 일어나리라고 생각하지 않으며 그냥 무심코 살아간다. 나 또한 마찬가지이다.

마라톤 대회에 참가하면 마네킹을 준비하여 놓고 심폐소생술 실습을 하도록 권유하지만, '내 앞에서 저런 일이 일어나겠어?' 하는 생각에 실습은 하지 않고 그냥 지나치곤 했다.

그런데 차제에 막상 닥치고 보니 얼마나 당황스러웠던가. 다행히 어설프게나마 사람을 살릴 수 있었으니 천만다행이었다. 당시에는 심폐소생술이라는 용어가 생소했고 어떻게 하는 줄도 모르는 사회 풍조였다.

지금은 대부분 그런 내용을 알고 있고, 그렇게 소생시킨 뉴스가 가끔 전파를 탄다. 확실히 정보화 사회가 되었나 보다.

혼이 담긴 제품에는 불량품이 없다

장인 정신에 관한 이야기다.

현재 우리 회사가 판매하고 있는 제품의 생산 초기, 선두 3사는 일본의 원료 생산업체로부터 기술 지원을 받아 생산하였기에 그 회사에 근무하는 근로자 이외에는 국내에 제품 제조 전문 기능공이 없는 상태였다.

우리 회사의 생산 책임자는 퇴직 전에 근무했던 회사의 동료 직원으로부터 제품 제조에 관한 방법을 설명 듣고 그대로 생산하였다. 나는 원료 공급업체로부터 입수한 각종 자료를 읽고 또 읽어서 '다른 회사가 이렇게 생산하더라.'가 아니라 제품 생산에 필요한 데이터를 적용해서 정확한 제품을 생산하기 위해 나름대로 노력하였다.

나름대로 기술 습득이 이루어지고 경험이 축적된 후에는 다른 회사의 제품보다 품질이 좋다는 평을 받았다.

어떤 경로를 통해 우리 회사를 알게 되었는지는 기억에 없는데, 사우디아라비아의 Bagababa Trading 회사로부터 85개의 압축 성형 봉 주문을 받았다. 이 중에는 직경(直徑) 250mm와 300mm, 높이는 똑같이 300mm, 각각 17개씩 34개가 포함되어 있었다.

문제는 이 두 규격의 성형 봉을 제조한 경험이 없다는 것이었다. 나는 원료 제조 회사로부터 입수한 자료를 재검토하여 제조 매뉴얼을 만들고 이에 준해서 작업을 시도하여 국내 최초로 완전한 제품 생산에 성공하였다.

거의 생산이 마무리되고 직경 300mm 제품 7개가 남았다. 나는 수주한 제품을 생산하느라고 그간 수고들 했고 이제는 7개만 잘 생산하면 주

구진 50년의 제품들 bearing, gasket, seals, valve-seats, etc.

문량 전량을 차질 없이 준비할 수 있다는 생각에 그간의 수고를 치하하는 차원에서 직원들과 함께 야근 작업 중에 소주와 돼지 족발을 사 와서 약간의 음주를 했다.

매뉴얼에 따라 확실한 루틴으로 생산을 마치고 3일간의 열처리를 끝낸 후 확인하니 전 제품 표면에 크랙이 생겨 불량품이 되었다. 매뉴얼에 따라 정확하게 작업을 하였음에도 불구하고 불량품이 생기게 된 이유를 알 수 없었다. 차이가 있다면 정성을 들이지 않고 소주에 족발 먹으면서 작업한 것뿐이다.

잘못 적용한 데이터라면 변경하면 된다. 그러나 제품 생산 요인이 아닌 다른 형태의 이유로 불량 제품이 생산될 수 있다는 경험을 하지 않았기 때문에 그 원인을 알아낼 수가 없었다.

생산 방법은 동일한데 정신을 집중하지 않으면 불량품이 생긴다?

238

여러모로 원인을 찾아보았지만, 이것 이외에서는 다른 원인을 생각할 수 없었다.

불량품을 재작업할 때 직원들에게 이렇게 설명했다.

"이 제품 생산할 때 매뉴얼 진행에 잘못은 없다. 생산에 전념하지 않고 안이한 생각을 갖고 소주에 족발을 먹은 것밖에 다른 변수는 없었다. 이것이 불량의 원인이 될 수 있으니 재작업할 때는 먼저와 같은 그런 분위기를 없애고 오직 생산에만 전념하자."

재작업하던 그날은 누구든 농담도 하지 않았고, 정신 집중하여 오직 매뉴얼에 따라 충실하게 작업했다.

성형 완료 후 열처리 과정이 끝날 때까지 나는 좌불안석이었다. 열처리 후 제품을 확인하니 전량 완성품이었다.

나는 그때 느꼈다.

장인 정신은 추상적인 개념이 아니라 제품을 생산할 때는 절대로 적용되어야 하는 마음가짐임을 체험했다.

혼이 담긴 제품에는 불량품이 나올 수 없다.

이 제품의 규격이 커서 내부에 이물질이 있거나 자그마한 크랙의 여부를 육안(肉眼)으로는 확인할 수 없어서 이곳저곳 수소문하여 엑스레이 촬영소에서 제품을 촬영해 봤다.

제품에는 아무런 표시도 나타나지 않아서 내부에 크랙이 없음을 확인하였다. 그리고 우리는 무사히 완전한 제품을 수출할 수 있었다.

산업안전 보건 근로감독관과 다투다

공장 운영하면서 안전사고가 발생하지 않도록 기계에 안전장치를 부

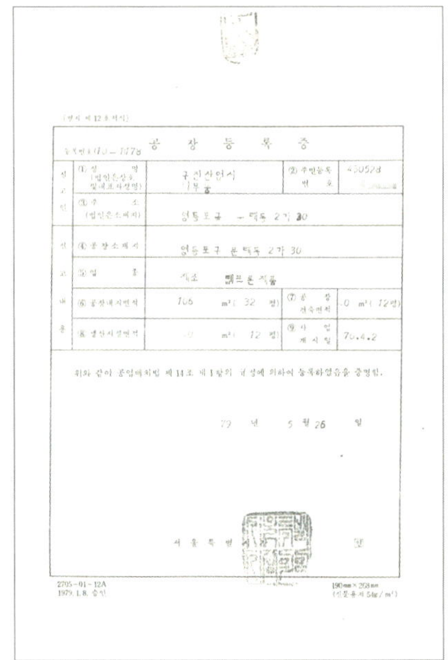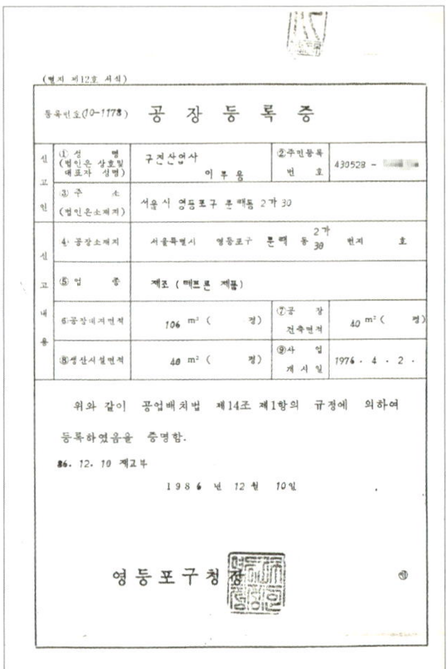

공장등록증

착하기도 하고 정기적으로 안전교육을 실시한다. 이런 조치(措置)를 해도 안전사고를 완벽하게 예방할 수는 없고, 행여 사고가 발생하더라도 그 사고 정도가 경미한 방향의 사고이기를 희망한다.

현재까지 큰 안전사고가 세 번 있었다.

두 번은 유압프레스 조작공의 주의 태만으로 제품과 프레스 판 사이의 압착으로 좌우 손가락 여덟 개의 피부가 터지는 사고였음에도 다행히 손가락뼈는 골절이 없는 사고와, 건조로의 내부 팽창으로 개폐문이 터지면서 그 앞에 있었던 직원의 이마에 찰과상이 생기는 사고였다.

세 번의 사고 모두가 안전장치의 미비에 의한 사고라고 보기보다는 제품 제조 과정 중 숙련된 작업자의 순간적인 실수에 의한 사고였다. 물론 그렇다고 해서 회사의 책임이 면제되는 것은 아니다. 사고 경위에 대한 조사 결과에 따라 처벌 수위 또는 과태료가 결정되는 것이다.

산업 안전 근로감독관의 조사 결과 회사의 책임보다는 작업자의 실수에 의한 것으로 판명되어 가벼운 과태료(금액은 기억나지 않음) 부과로 종결되었다.

회사의 안전시설 미비에 의한 사고이거나 작업자의 실수에 의한 사고라 하더라도 이런 안전사고가 발생하면 회사 대표는 죄인이 되는 심정이다. 작업자가 병원에 입원한 이후부터 대표는 부상 부위의 회복 상황을 수사로 확인하고 근무 중에도 병원 담당 의사로부터 향후의 회복 과정에 관해 문의하기도 한다.

이런 사고 이후로 나는 어떤 사고도 발생하지 않도록 각종 시설에 좀 더 확실한 안전장치를 보완하고 간헐적으로 직원에게 안전사고에 대해 교육하고 지도하였다. 실시하는 교육 내용은 말 그대로다.

"안전사고(安全事故)로 다치면 다친 사람만 손해다, 사고로 인한 후 처리는 정부에서 처리하고 사업주에게는 금전적인 부담이 거의 없다. 다만 도의적인 책임으로 이에 합당한 위로금 정도 지급하는 것이다. 그러니 절대로 다치지 않도록 하기 바란다."

곁들여서 권장하기로, 출근해서 우두커니 서성이다가 작업에 임하는 것보다는 작업 시작 전에 국민보건체조로 몸을 가볍게 풀고 종아리 근육 강화를 위해 까치발 연습이라도 하게 하였다.

이런 행동이 안전사고 예방에 도움이 되겠다는 생각이 들었던 것이었다. 이 관행은 지금도 유지되고 있다.

연도는 기억나지 않는데 노동청으로부터 산업 안전·보건에 관해 점검하겠다는 공문을 받았다. 그와 비슷한 공문은 노동청 산하 협력기관으로부터 받은 적이 가끔 있어서 대수롭지 않게 생각하고 무시하였는

클린사업장

데, 어느 날 신사 한 분이 성큼성큼 나의 사무실로 들어오더니 예의 공문을 받은 적 있느냐고 해서 그렇다고 하였더니 산업 안전·보건에 관해 점검하겠다고 하면서 물었다.

"산업안전보건 교육일지를 작성하여 비치하였습니까?"

"그런 규정이 있습니까?"

나는 삐딱하게 대꾸하면서 과연 앞에 있는 이 사람의 신분이 무엇인지 추측해 보았지만, 감이 잡히지 않는다. 정부 기관으로부터 하청(下請)받은 업체로부터 이런저런 조사를 받은 적이 있어서 그런 부류의 사람이 아닌가 생각했다.

"근로기준법에 직원들에게 정기적으로 산업안전보건 교육을 실시하고, 그 교육일지를 비치하여 놓아야 한다는 규정이 있는데, 그런 것도 모르고 무슨 사업을 합니까?"

이 말에 나는 기분이 상했다.

"나 같은 제조업자는 양질의 제품을 적정한 가격으로 적기에 공급하려는 목적을 갖고 사업을 하려고 하지, 그런 일지를 작성하기 위해서 사업하는 것은 아닙니다. 그리고 그런 교육일지가 있으면 사고가 발생하지 않고 없으면 사고가 발생합니까? 그런데 선생님은 누구십니까?"

그때야 명함을 주는데, 명함을 보자마자 '오늘 잘못 걸렸다.'라는 생각을 했다. 노동부 남부지청 산업 안전·보건 근로감독관, 사고 현장에서는 사법권을 갖고 있는 막강한 권한을 갖고 있는 감독관이다.

242

이런 분에게 대답조차 공손하지 않았으니, 이후의 결과는 바람직한 방향으로 가지 않으리라 예상했다. 이후 감독관은 언성을 높이면서 조사에 필요한 자료를 제시하지 못하면서 조사받는 태도도 불성실하다고 질책한다. 필요한 자료를 제시하지 못한 입장에서 대꾸할 처지도 되지 못해 듣고만 있었다. 기분이 몹시 상한 감독관의 지적을 받은 후 감독관에게 나의 의견을 얘기했다.

"회사 방문 시에는 먼저 신분을 밝히는 게 순서인데, 감독관님은 그러지 않으셔서 감독관님의 신분을 모른 상태에서 제가 공손치 못해 죄송합니다. 그리고 우리 회사에 조사차 출장 나오시기 전에 당사의 그간 안전사고에 관한 기록을 검토하고 나오셨는지요? 십여 년간 그런 사고가 없었습니다. 이런 종류의 조사는 대상 회사의 안전사고 발생 기록을 사전에 검토해서 빈번하게 발생하는 회사를 조사하셔야 하지 사고가 발생하지 않고 안전사고 예방을 위해 성실하게 운영하는 회사에 나오시는 건 바람직하지 않다고 생각합니다."

감독관은 사전 검토를 하지 않은 사실이 마음에 걸렸는지 이후 조금은 누그러졌다. 서류 조사는 제시하지 못해 생략하고 이보다 더 중요한 산업안전사고 예방 조치 상태를 직접 조사하기 위해 작업 현장과 기계의 안전 조치 상태를 확인하였으나 나는 오래전부터 안전사고가 발생하지 않도록 준비해 놓았기에 감독관은 지적 사항을 찾을 수가 없어서 산업보건 교육일지를 2개월분 작성하지 않은 것으로 하고 추후 작성해서 제출하라는 지시를 받고 무사히 끝냈다.

다음 해에 동일한 공문을 받아서 산업 안전·보건 교육일지 1년 분을 작성하여 비치하여 놓았다. 감독관이 조사차 내사하여 예의 일지를 보자고 해서 보여 주었더니 물었다.

"이것 일시에 작성한 것이지요?"

"아시면서 왜 물으십니까? 그런데 우리 회사가 미운털이 박혔습니까? 작년에 조사받고 올해도 또 받네요. 우리 회사 사고 안 납니다."

현장에서 확인한 결과 아무런 하자가 없으니 시시껄렁한 사항을 지적하고 조사를 끝냈다. 이후 지금까지 다시 그런 조사를 받지는 않았다.

무차입 경영

제조업을 하는 회사치고 은행으로부터 대출받지 않은 회사는 없으리라고 본다. 우리 회사도 필요한 자금을 은행으로부터 조달하여 필요한 곳에 사용하고, 이에 대한 이자를 연체 없이 잘 납부하였다.

회계학에서 부채도 자산이라고 한다. 다만 그 부채를 유흥비나 소비성 부문에 지출하지 않고 제조 과정에 필요한 자산성(資産性) 부채 부문에 사용해야 그 부채가 자산의 범주에 포함된다.

제품 판매 후에 일정한 기간이 지난 후에는 어음이나 현금으로 물품 대금을 회수하는데, 회사 자금이 뜻대로 되지 않을 때는 은행에서 어음을 할인하는데, 예전에는 꺾기라는 관행이 있어서 할인한 금액에서 선이자와 기존에 불입하고 있던 적금의 일정액을 공제하고 차액을 준다.

자금 사정이 더 나쁘면 불입(拂入)하고 있는 적금을 담보로 하여 대출을 받아 사용하곤 했다. 자금 악화의 악순환이다.

어음 할인하고, 적금 공제하고, 적금 담보 대출받고… 이래서는 자금 압박을 벗어날 수 없다고 생각하여 지점장에게 지금 자금 사정이 어려우니 호전된 후 적금을 불입(拂入)하려고 하니 할인 시 꺾기를 하지 않으면 좋겠다고 부탁했다.

지점장의 허락을 받은 후에는 그런 관행이 나에게는 적용되지 않았다. 나도 언젠가는 은행에서 할인하지 않고 대출받지 않으며 오직 나 자신만의 자금으로 사업을 하였으면 좋겠다는 생각을 갖고 절약에 절약, 그리고 소유하고 있던 연립주택을 매각하여 그 자금으로 은행 부채 갚고 어음 할인도 하지 않고 무차입 경영 수준에 이르렀다.

그 이후 은행에 가면 나를 대하는 태도가 예전과 다르게 쌀쌀하지는 않지만, 데면데면하다는 느낌을 받았다.

그 이유를 곰곰이 생각하니 은행은 '돈장사'하는 기관이고, 나는 제품을 판매하는 회사였다. 우리 회사 제품을 많이 팔아주는 회사에 친절하게 대하고 모든 편의를 보아주는 것과 같이, 은행도 대출이자를 착실히 납부하는 채무자를 우대하지, 나 같이 은행에 아무런 도움이 되지 않는 고객을 친절하게 대할 이유가 없겠다는 생각이 들었다.

그래서 지점장에게 기계를 구입하려고 하는데 자금이 부족하니 대출을 부탁한다고 하였더니 두말하지 않고 필요한 자금을 대출해 주었다. 사실은 기계를 구입하겠다는 것은 구실이고, 회사의 자금 사정에도 도움이 되지 않는 것이다.

이 자금을 유흥비라든가 소비성 부문에 사용하면 빚이 되겠지만 다른 자산의 형태로 보유하며 부채도 자산이 되는 것이다.

은행에서 대출을 받는 부채는 갚을 수 있는 정도의 부채 수준이어야만 회사 운영에 문제가 되지 않는다.

과도한 부채는 회사를 어렵게 만든다. 지금도 부채는 있지만 자산과 비교하면 크게 문제가 되지 않을 정도의 수준이다.

이자를 연체 없이 정확하게 납부하는 업체에는 은행에서 자금을 쓰라고 권유하기도 한다.

무차입 경영의 경우에는 이자 부담이 없어서 회사 이익에는 도움이 되지만, 기계 구입 등의 자금 필요시 은행에 대출을 부탁할 때는 도움이 되지 않는다는 사회 경험을 했다.

제품 실명제

시중에서 판매되는 Compression Moulding 제품은 규격과 형상이 동일하여 생산자를 알 수 없고 혹 구입한 제품에 하자가 있더라도 생산회사를 알 수 없으니 구매 후 불량품으로 판명되더라도 교환(交換) 불가능(不可能)으로 수요자가 손해를 볼 수밖에 없었다.

특히 봉의 경우에는 둥그런 부분에 매직으로 규격을 표시하는 것까지 각 사가 동일했다.

매직으로 규격을 쓸 때 수량이 많다든가 감정의 기복이 있다든가 스트레스를 받았다든가 할 때는 글씨체가 달라진다. 규격 표시 숫자를 매직으로 잘못 쓴 후 수정을 하면 지저분하게 보이는 경우도 생긴다.

봉의 한 단면에 매직으로 규격을 표시하는 것이 아니라 규격을 튀어나오게 성형 처리하면 타사 제품과 확연하게 구별할 수 있고 외견상 보기에도 좋겠다는 데 착안하여 금형의 End Plate에 숫자를 조각하여 봉을 생산한 결과 백색의 제품이라서 규격 표시가 뚜렷하게 나타나지 않는 것을 확인하고는 백색 바탕의 숫자를 부각(浮刻)시키는 방법을 모색했다.

조각한 규격 표시 홈에 색소를 다져서 제품을 생산하면 이런 점을 해소할 수 있겠다 싶어서 색소 판매업자로부터 고온(400도)에서도 타지 않는 색소가 있음을 확인하고 노랑, 파랑, 빨강 3가지를 소개받아 봉을 생산한 결과 흰색 바탕에 노랑 규격 표시는 눈에 잘 띄지 않고, 빨간색의 글자는 강하고 피로감을 느끼고, 파란색의 부분은 시각적으로 부드럽고 뚜렷하게 드러나서 그 색소를 택하여 봉을 생산하기로 했다.

모든 규격에 이런 방법으로 숫자를 조각하더라도 봉의 한 단면 안에

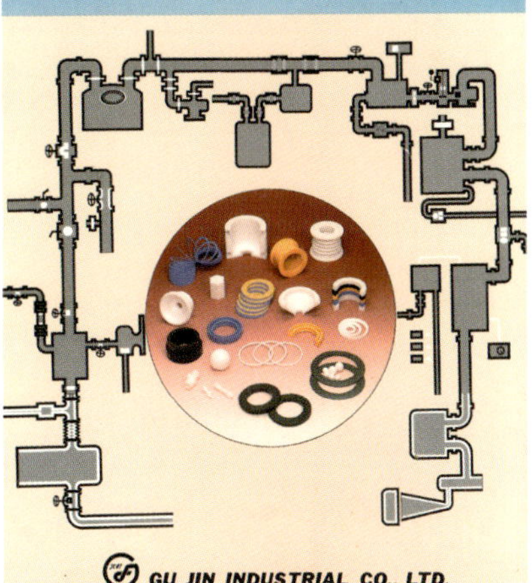

P. T. F. E.
POLYTETRAFLUOROETHYLENE
GULON® TFE products
GU JIN INDUSTRIAL CO., LTD.

BEARINGS

Good compression strength, wear resistance, excellent self lubrication, very low friction property, and superior thermal conductivity have contributed to the success of GULON products in bearing applications.
EXAMPLES : Bearings, thrust washers, split bearings, ball joint bearings, and expansion bearing pads for bridges, boilers and rail cars.

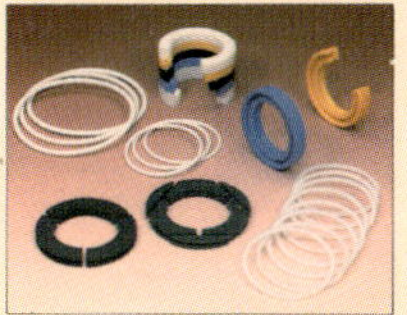

SEALS

Long-term wearing property, very high thermal conductivity and stability, and the ability to function in severe environments (dust, corrosive liquid and gas) make GULON products an advisable choice for seals.
EXAMPLES : "O", "U", and "V" ring seals, piston rod seals, sliding ring seals.

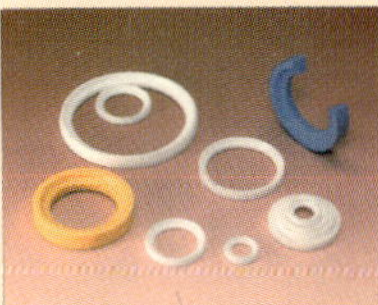

VALVE SEATS

Excellent chemical resistance against most chemicals & solvents, a wide range of temperature, and very low coefficients of friction enable GULON TFE parts to provide reliable stability in valve seats application.
EXAMPLES : Ball valve seats, plug valve liners, and gate valve ring seats.
Specific examples include valves in chlorine, sulfuric acid, and nitric acid systems.

OTHER APPLICATIONS

GULON parts are widely using in various kinds of other chemical and mechanical applications.
The best quality and highest precision make GULON the most well-known TRADE-MARK in the world.
EXAMPLES : Expansion bellows, grandless valves and pumps, piston rod packings, piston rings, oven components, chemically inert gears.

GU JIN INDUSTRIAL CO., LTD.
FACTORY : 30-2GA, MULLAE-DONG, YEONG DEUNG PO-KU, SEOUL, KOREA. TEL : (02) 634-5885
OFFICE : RM301 MAN SUNG BLDG. 198-2GA, YEONG DEUNG PO-DONG, YEONG DEUNG PO-KU, SEOUL, KOREA.
TEL : (02) 635-4294, 634-0646 FAX : (02) 634-6806

(GULON® : Registered trademark of GU JIN P. T. F. E. products.)

GASKETS

GULON sheet materials will be reliably used under the most extreme conditions and certainly solve most gasket problems with their chemical resistance, creep resistance, dieletric properties and thermal stability.
EXAMPLES : Metal, ceramic, glass, and plastic piping systems and vessels, use GULON products to seals acids, gases, and complex chemical blends, even at temperature up to 500°F (260°C).

구진 카탈로그

조각하는 숫자의 크기가 너무 크면 꽉 찬 느낌이 들고 작으면 무게감이 없게 보여서 숫자의 크기가 거부감이 없도록 도안하여 조각했다.

End Plate에 새겨진 숫자에 색소를 다져 넣는 시간 동안 성형 최고 압에서 키핑 타임(keeping time)이 유지되고 이 키핑 타임은 동일 규격에서는 일정하고 규격의 차이에 따라서 이 시간이 다르다. 이러한 과정이 제품의 균일성과 함께 품질 향상이라는 효과도 있었다.

시중에서 이런 표시가 있는 제품을 구입하여 가공 중에 하자가 있으면 그 제품은 당사 생산 제품이기에 언제라도 교환하여 주겠다는 생각도 갖고 있었다. 그래서 나는 이를 제품 실명제(實名制)라고 명명했다.

내가 우리 회사 제품을 다른 회사의 제품과 확연하게 표시가 나도록 한 것은 우리 회사의 제품 품질에 대한 자신감의 표출이기도 하다.

이런 표시가 있는 제품은 외견상 보기 좋고 품질도 좋아 보여서 다른 회사가 모방해서 만들고 싶지만, 껄끄러운지 이런 표시를 한 다른 회사의 제품은 보지 못했다.

어느 판매업자는 우리 회사 제품을 국산 아닌 외국산이라고 속여서 판매한 경우가 있었다는 얘기를 들었고, 판매 상인이 소비자에게 규격 표시를 매직으로 쓴 제품을 보여 주면 파란 색깔 있는 제품을 달라고 한다는 소문도 들었다.

남아프리카 공화국의 어느 P,T.F.E 제품 생산 업자가 수출을 목적으로 당사를 방문하였다가 이런 표시의 제품을 보고는 다른 나라의 제품에서는 본 적이 없다고 하면서 만드는 방법을 알려달라고 해서 가르쳐 주었다. 지금 그 회사가 가르쳐 준 대로 생산하는지는 서로 왕래가 없어서 잘 모르겠다.

에필로그

못다 한 이야기들

마라톤과 기업 경영

달리기를 시작한 지 4반세기가 넘었고, 기업 경영은 2026년이 되면 반세기다. 달리기는 건강과 취미로 시작한 것이고, 기업 경영은 가족 부양과 생존을 위해서 한 것이다. 앞쪽은 두 다리와 팔로 하였고, 뒤쪽은 두뇌로 하였다. 동일한 육체에서 사용하는 부분은 서로 다른데, 활동하는 면에서는 닮은 점도 있고 틀린 점도 있다.

마라톤이라고 하기에는 어울리지 않을 정도로 짧은 거리부터 달리기를 시작하였고, 기업 경영이라는 거창한 문구에 맞지 않게 창업은 소규모로 시작하였다. 두 부문에는 공통점이 있다.

첫째, 과정과 결과가 모두 자신의 몫이라는 것이다.

마라톤의 각 부문에서 출발부터 완주 시까지의 과정에서 발생하는 어려움을 감내하고 해결하는 것은 오로지 자신의 몫이다. 쥐가 난다거나 물집이 잡힌다거나 하는 불편함은 준비를 철저히 하지 못한 데서 오는 문제이다. 이것은 완주에 걸림돌이 될 수 있다.

기업을 경영하는 과정에서도 여러 가지 문제가 발생한다. 근로자와의 갈등, 부족한 자금 문제, 거래 업체와의 문제, 관공서와의 문제 등등. 이러한 모든 일은 자신이 해결해야 할 몫이다. 불황이나 거래 업체의 부도 또는 연쇄 부도의 여파로 인해서 어려움을 겪는 것도 자신의 몫이다. 경영주는 이런 문제점을 사전에 인지해서 준비하여야 한다. 순전히 자신의 몫이다.

둘째, 무리를 하거나 욕심을 내서는 안 된다.

마라톤에서 체력과 경력이 뒷받침되지 않은 상태에서 무리하게 장

거리를 뛴다거나 기록을 의식해서 빨리 뛰다가는 부상(負傷)당할 확률
이 높다. 그 결과 마라톤에 대한 매력을 잃고 달리기를 그만두는 경우
가 많다.

기업 경영에서도 누울 자리 보고 다리 뻗으라고, 준비가 되어 있지 않
은 상태에서 무리하게 시설을 확충한다든가 시장 조사도 하지 않은 상
태에서 신제품을 개발하여 출시한다든가 하면 재정 압박을 받아서 어려
움을 겪게 된다.

마라톤에서의 부상은 일반 외상과 달리 신속하게 낫게 하는 약이 없
다. 오직 휴식이 약이고 회복 기간도 길다. 기업 경영에서도 무리수에
의한 어려움을 회복하기 위해서 여러 가지 자구책을 마련한다고 하더
라도 단기간에 원상 복귀되는 것이 아니라 그렇게 되기까지에는 시일
이 꽤 걸린다.

셋째, 마라톤은 정직한 운동이고, 기업 경영도 마찬가지다.

달리기는 달린 거리에 걸맞은 결과가 얻어진다. 오늘 달리기 연습을
하지 않으면 내일도 안 한다. 가만히 있다고 해서 달리기 실력이 향상되
는 경우란 없다. 마라톤에는 행운이나 기적이 일어나지 않는다.

기업 경영에서도 기본이 정직한 운영이라고 본다. 근로자를 대하는
태도에서도 정직해야 하고, 거래 업체에도 정직과 성실한 자세로 제품
을 공급하여야 한다고 본다. 거짓의 방법으로는 일시적인 책임을 모면
할 수는 있어도 신뢰가 오래가지 못한다. 100년 기업, 200년 기업이 존
속하는 밑바탕에는 정직이 깔려있다. 속임이 없다는 말이다.

넷째, 정도를 걸어야 한다.

모든 대회에는 부문마다 정해진 코스가 있다. 주자는 이 코스에 따라

뛰거나 걸어서 결승점에 가야 한다. 지름길로 가서는 안 되고 점핑(한 지점에서 다른 지점까지의 거리를 운반 도구를 이용하여 넘어간다는 은어)을 해서도 안 된다. 예전에 기록을 스피드 칩(Speed Chip)으로 계측한 시절에 동아마라톤에서는 광화문에서 출발하여 어느 정도 뛴 후에 지하철을 이용해서 잠실 종합운동장으로 가는, 스포츠맨십에 어긋나는 행위를 한 참가자가 있었다고 한다. 물론 지금은 구간마다 계측(計測)하니까 이런 몰상식한 일은 일어날 수 없다.

100km 울트라 마라톤 대회에서는 기록을 건 타임(Gun Time)으로 계측하고 전 구간의 두세 개 지점에서 등 번호 종이판에 주자가 통과했다는 표시만 한다. 야간에는 감독하는 스태프도 없고 전후 주자들이 보이지 않는 지점에서는 차량을 이용하여 점핑하는 경우가 종종 있었다. 나의 경우에 어느 대회에서 주최 측이 내가 완주하기 어렵다고 예상해서인지 완주시켜 주겠다고 점핑을 권한 경우가 있었다. 물론 나는 거절하였다. 80km 지점에서 포기했다.

팔십 넘은 나이에 나와 견줄 만한 다양한 마라톤 완주 경력을 갖고 있는 마라토너는 우리나라에 없다. 독보적인 존재이다. 그렇게 된 이유는 정직한 마음 자세로 정도를 지키며 달리기했기 때문이다.

사업 개시 2~3년 후 나보다 앞서갔던 동종 업계 사업주들이 사라진 이유가 단기간에 성장하고 싶은 마음에서 정도를 밟지 않고 부당한 방법으로 운영했기 때문이라고 추측한다. 예를 들면 다른 회사가 소유하고 있는 제조 방법을 도용한다든가, 거래처를 채 간다든가, 직원을 스카우트해 간다든가… 물론 이렇게 한 기업 전부가 도태되지는 않았지만, 불성실한 기업으로 업계에서 백안시한다. 나는 다른 회사의 제품을 그대로 베낀 경우가 없고, 혹 동일 제품이라 하더라도 제조 방법을 달리해서 원가 절약하는 방법을 택했다. 동종 업계의 일 세대는 나 혼자 남아 있다. 정도를 걸어 왔기 때문이라고 생각한다.

다섯째, 행복할 때는 긴장하고 불행할 때는 인내하라는 교훈.
마라톤의 경우 체력에 한계가 도달하면 견디기 힘든 통증이 생기는데 이것이 내가 계속 달려야 하는 의욕을 죽이고, 쉬고 가라고 유혹한다. 그것을 극복하고 또 극복하고 난 후에야 완주의 쾌감을 느낄 수 있다. 중도에 회수 차량에 타면 그렇게 처량할 수가 없고 그간 훈련을 게을리한 것에 대한 후회가 몰려온다. 그러면서 다시는 이런 차량에 타지 않도록 연습을 충실하게 하겠다고 다짐하지만, 시간이 흐르면 이것도 잊어버리고 똑같은 실수를 저지른다.
기업 경영에서도 경기가 항상 맑을 수는 없다. 불황 또는 다른 요인으로 인해서 경영에 어려움을 겪을 수 있다. 우리나라 속담에 사촌이 땅을 사면 배 아프다고 한다. 장사 세계에서 남이 안 되는 걸 좋아하지, 잘 되는 걸 좋아하지 않는 악습과 비슷하다. 어려움이 있을 때면, 사업을 접을 수는 없고 해결 방법을 찾아야 한다. 오로지 혼자의 힘으로 이런 난국을 타개하여야 한다. 그 어려움을 벗어 난 후에는 다시는 전철을 밟지 않도록 조심해서 경영해야 한다.

여섯째, 목표를 설정하여 노력해야 한다는 것이다.
달리기에 어느 정도 자신이 생기게 되면 대회에 참가하게 되고, 한두 번 참가하여 완주하게 되면 횟수에 관심을 가지게 되며, 기록을 단축하고 싶은 욕심도 생긴다. 어느 부문에서는 완주 회수의 목표를 설정하고 이를 달성하려고 평소에도 훈련을 게을리하지 않는다. 또한 기록에 관해서도 동일한 방법으로 목표를 세워 놓고 열심히 훈련한다.

기업 경영에서도 달성이 가능한 영업 실적의 목표를 설정한 다음, 새로운 수요처를 발굴하고, 무리하지 않으면서 적극적인 판촉 활동을 하며 목표치 달성을 위해 열심히 노력한다.

마라톤이건 기업 경영이건 무리하게 목표를 설정하여 달성하려고 하면 부작용이 발생한다.

일곱째, 은퇴 시기가 있다.

마라톤 특정 부문에서의 완주 횟수 증가와 기록의 단축 또는 유지에 즐거움을 가지고 지내다 보면 세월은 가고 그러면서 체력은 떨어지고 횟수 증가 속도가 더뎌지고 기록은 하향길이다. 세월 이기는 장사가 없다고 한다. 나는 횟수를 늘리고 싶고 기록도 종전보다는 못하지만, 그런대로 유지하고 싶어도 몸이 말을 듣지 않는다. 이럴 때는 달리기를 접어야 한다. 걷기로 방향을 전환함이 몸에 무리를 가지 않게 하면서 건강을 유지할 수 있다.

기업 경영을 오래 하다 보면 많은 경험을 쌓게 되어 유사한 상황이 발생하면 쉽게 해결할 수 있지만, 과거에 없었던 어려움이 닥치면 이에 대처하는 분별력, 순발력이 예전만 같지 않아서 대응 속도가 더디다. 이런 경우에는 후손에게 그 경영을 넘겨주어야 한다. 경영에서 손 떼고 은퇴하는 것이 기업 존속에 도움이 된다.

두 가지 활동에서 다른 점도 있다.

첫째, 후손에게 승계 여부이다.

마라톤으로 얻어진 건강, 체력, 경력, 그리고 기록은 후손에게 물려줄 수 없다. 달리기를 하면 두 다리는 튼튼해진다. 다리가 튼튼하면 건강해지고 모든 일을 자신 있고 활기차게 할 수 있다. 이런 자세를 후손에게 물려 줄 수 없다.

기업 경영에서 얻어진 결과물을 경영주는 죽을 때 가져갈 수 있는 것이 아니다. 빈손으로 가야 한다. 그 전에 재산은 가업승계의 방법으로 후손에게 증여할 수 있다.

둘째, 외부의 조력 여부이다.

달리기는 혼자서 자신의 힘만으로 하는 운동이다. 주위에서 감독이나 코치나 고수들이 달리기를 잘하는 방법에 대해서 조언을 해 줄 수는 있지만 그것을 받아서 소화하고 자신에게 적용하는 것은 오로지 혼자의 몫이다.

기업 경영은 혼자의 힘만으로는 안 된다. 각 부문의 필요에 따라 채용한 근로자의 뒷받침이 있어야 한다. 기업의 성장 또한 이들의 협조가 있어야만 가능하다.

셋째, 투자액에 차이가 있다.

달리기 입문 초기에는 집에 있던 운동화나 추리닝복을 입고서 시작한 후 어느 정도 자신감이 생기고 대회에 참가하다 보면 운동화와 복장에 관심을 가지게 되고 마라톤에 적합한 운동화와 복장을 구매하게 되며, 운동화도 대회용, 연습용, 트레일 러닝용 등 한 켤레가 아니고 두 켤레 이상을 구매한다. 복장도 춘하추동 4계절에 적합한 기능성 있는 복장을 구입한다. 마라톤을 돈 안 드는 운동이라고 보통 얘기하는데, 경력이 붙다 보면 경비가 수월찮게 소요된다.

기업 경영도 초기에는 소자본으로 시작하였다가 근로자 수가 늘고 기계를 증설하고 공장 평수를 확장하려면 자금이 필요하고 자기 자본으로 해결이 되지 않으면 금융기관으로부터 대출받기도 한다. 마라톤은 자기

돈으로 가능하지만, 기업 경영을 그렇게 하기는 어렵다.

넷째, 포기의 유무이다.

마라톤에서는 어느 대회에서 완주에 실패했다 하더라도 다음 해에 동일한 대회에서 설욕할 수 있다. 나의 경우 2005년 사하라 사막 6박 7일 250km 울트라마라톤 대회에서 과욕으로 인해서 첫날 레이스를 포기한 적이 있었으나 다음 해에 참가하여 완주했고, 2007년 미국의 Burning River Endurance Run 100마일에 참가하여 시차 적응의 실패로 80마일 지점에서 포기하였으나 다음 해에 참가하여 완주하였다. 이와 같이 마라톤에서는 포기했다 하더라도 다음에 설욕할 기회가 있다.

기업 경영에서는 중도에 포기하면 그것으로 끝이다. 물론 재기할 수 있지만, 이것은 참으로 어려운 일이다. 기업 경영에서 포기하게 되면 주위의 사람들이 도와주지도 않는다. 중도 포기한 사업자를 도와주면 쌍방이 망할 수 있다.

다섯째, 운영의 방법에 차이가 있다.

달리기는 즐기는 운동이다. 남과 경쟁하는 것이 아니고 혼자서 즐기면서 뛰는 것이다. 대회에 참가하는 사람에게 무리하게 뛰지 말고 즐기면서 뛰라고 조언한다. 은어로는 '즐달'이라고 한다.

기업 경영은 경쟁이다. 사생결단, 죽기 살기로 사업을 운영해야 한다. 즐길 수가 없다. 사업을 즐기면서 할 수는 없다. 남과의 경쟁에서 밀리면 사업이 쪼그라든다. 접을 수도 있다. 치열한 싸움이다. 동종업자끼리 즐겁게 모임을 가지기도 하지만, 실전에서는 항상 경쟁이다. 이러한 경쟁도 정정당당하게 하여야 한다. 비열한 방법으로 상대방을 이기려고 하여서는 안 된다. 패자는 유구무언이라 하지만, 이때도 정당한 경쟁에서의 경우이다.

여섯째, 유한 책임이냐, 무한 책임이냐?

마라톤에서의 주자는 출발 시점부터 종착점까지의 거리를 본인이 책임지고 달리거나 걸어서 완주하면 책임을 완수하는 것이다. 도중에 타인으로부터 조력을 받거나 운반 기구를 이용하거나 하는 것은 규정 위반으로 완주 취소의 벌칙을 받는다.

기업 경영의 경우 시작점은 있어도 종점은 없다. 물론 중도에 사업을 정리하면 그 지점이 종점이 되지만, 계속 기업이라면 종점이 어디인지 예측할 수 없다. 경영의 과정에서 타인으로부터 조력이나 협조를 받을 수는 있어도 그 결과에 대한 책임은 경영주에게 있다. 경영주는 무한 책임이다.

일곱째, 의지와 외부 영향.

마라톤의 각 부문에서 완주의 관건은 본인의 의지가 절대적이다. 외부의 영향, 예를 들면 날씨, 타 참가자의 속도, 코스의 난이도 등이 완주의 성공 여부에 미치는 영향은 본인의 의지가 굳건하다면 아주 미미하다.

반면 기업 경영에서 경영자의 의지가 굳건하더라도 외부 영향, 예를 들면 불경기, 기후의 극심한 변화, 경쟁사의 저가 공세 등의 영향은 회사 실적에 절대적인 영향을 미친다.

노사 간의 관계가 항상 좋은 것도 아니다. 노사 간의 의견 차이를 원만하게 해결하는 일은 사업주의 몫이다. 이럴 때는 주위에 조언해 주는 사람도 없고 오로지 혼자의 능력으로 처리해야 한다. 이때는 외롭고 고독하다는 것을 느낀다. 이런 점에서는 마라톤에서 고통을 혼자 감내하는 것과 같다.

어머니의 회사 사랑

뜻밖의 일로 세무공무원 직을 그만둔 다음, 사업을 한다고 어머니께 말씀드렸을 때 무척 서운해하시고 불안감을 가지고 계시지 않았을까 싶다.

더구나 주위의 지인분들 가운데는 사업 경험을 가진 분도 없어서 사업의 장래에 관해서 물어보실 수도 없고, 특히나 아버지 작고 후 어머니께서 손수 자유시장에서 군복 장사를 하신 경험을 갖고 계셔서 그것이 얼마나 힘들다는 사실을 이미 알고 계셨으므로 나의 이 결정을 걱정스럽고 불안한 마음으로 바라보셨을 것이다.

내색은 하시지도 않았고 걱정스럽다는 말씀도 없어서 어머니의 이런 마음을 당시에는 읽지 못했다. 그리고 나는 나의 능력을 과신하였기에 기고만장하였고, 시작하면 곧 많은 돈을 벌 것으로 예상해서 어머니께는 곧 성공할 수 있다고 큰소리까지 쳤다.

모르면 용감하다고 할까. 나는 시작과 동시에 성공이라는 길에 들어설 것으로 예측했다. 몰라도 너무 몰랐던 30대 초반의 객기였다.

가끔 어머니를 뵈러 가면 물어보시는 질문이 늘 비슷하다.

"직원들에게 봉급 주느라고 얼마나 힘이 드냐? 그 많은 돈을 어떻게 장만하냐?"

나로서는 그것이 내가 해결해야 할 문제이고, 그것이 쉽지는 않더라도 어머니께서 생각하시는 수준만큼의 어려움은 아니었다. 어떤 부모든 자식이 하는 일은 항상 미덥지 않고 불안하고 걱정하는 그런 심정일 터이다. 가업승계를 받은 아들이 10년 넘게 기업체를 운영하고 있음에도 나 역시 그런 눈으로 아들을 보고 있다.

어머니는 회사의 사정에 관해서 항상 걱정스러운 마음을 갖고 계셔서 그런지. 당신의 관점에서 회사에 도움이 되는 일이라면 서슴지 않고 거들곤 하셨다. 정월 대보름날에는 찹쌀, 조, 수수, 팥, 검정콩을 넣어서 지은 오곡밥과 고사리, 호박, 무시래기, 가지 등의 각종 나물을 볶아서 직원들에게 점심으로 제공했고, 여름에는 어느 하루 점심 식사로 콩국수를 손수 만드셔서 직원들에게 제공했다.

그렇게 하신 이유는 직원들이 열심히 일하는 데 대한 고마움의 표시이기도 하고 또 앞으로도 더욱 잘해 달라는 부탁의 표시였지 않을까 한다. 직원들 사이에서는 자기는 어머니의 오곡밥과 콩국수를 몇 번 먹었다고 하면서 많이 먹은 이력이 입사 고참이라는 표시를 내기도 했다.

어머니께서 체력적으로 여유 있을 때는 그렇게 하셨는데, 그 후 연로하시다 보니 어려우셨는지 중단하게 되었다. 주위에서 보더라도 자식이 운영하는 회사의 직원들을 위해서 오곡밥과 콩국수를 손수 만들어서 제공한 사례는 들어보지 못했다. 이런 어머니의 회사 사랑이 내가 망하지 않고 지금까지 사업을 유지하고 발전시켜 온 밑거름이 되었다는 믿음을 깆고 있다.

그리고 1년에 한 번 가을에 고사를 지낼 때는 어머니도 참석하셨다. 미신이라고 생각하지만, 그런 행사를 하면서 안전사고가 발생하지 않고 무사히 한 해를 마무리한 것에 감사하고 다음 해도 무탈하게 보내자는 다짐을 하는 자리라고 생각하면 의미가 있다고 본다. 이 행사가 있을 때는 어머니께서 참석하셔서 이것저것 준비를 해 주시곤 했다. 자식이 잘되기를 바라는 어머니의 회사 사랑의 표현이었다.

가업승계

1976년 구진테프론산업사를 창업할 때만 해도 내가 이루어 놓은 가업을 후손에게 증여하는 날이 올 것이라고는 상상할 수 없었다. 그저 앞만 보고 나아갔다. 세월이 흐르면서 기업도 조금 커지고 나도 나이가 들어 예전 같지 않아서 가업승계라는 방법을 생각하게 되었다.

2000년이 되기 전에 아들에게 물었다.

"내 나이가 60이 넘지 않아서, 회사 운영하는 데 크게 힘들지는 않다. 그래도 이제 서서히 너에게 회사를 물려주려고 하는데, 회사에 입사해서 일하는 것이 어떠냐?"

아들은 그때 일언지하(一言之下)에 거절했다.

몇 년 후에 다시 물어보았다. 그때는 대답이 달라졌다.

"불러주시면 회사에서 일하겠습니다."

아들이 처음에는 거절했다가 세월이 흐른 후에 받아들인 이유에 대해서 내 나름대로 추측해 보았다.

주위의 친구나 선배에게 물어봤을 것이다. '아버지가 당신의 회사에서 일하라고 하는데 어떻게 생각하느냐?'라고. 대부분이 이렇게 조언했을지도 모른다.

"네가 그곳에서 일하게 되면 나중에 그 회사가 네 것이 되는데, 그렇게 하려면 하루라도 빨리 아버지 밑에서 일하는 게 좋지 않겠냐? 또 그곳에서 일하면 해고의 염

모범납세자

려도 없고 급여도 너의 생활 수준에 맞게끔 받지 않겠냐? 굳이 남의 회사에서 눈칫밥 먹고 직장 생활하려고 하느냐?”

대개는 아버지 회사에서 일하라고 권유했을 것으로 추측한다.

우리나라에서 가업승계가 잘 이루어지지 않는 이유는 고율의 상속세와 증여세 때문이라고 한다. 그래서 기업주가 사업을 접을 때는 기업은 죽고 기업인은 살게끔 정리한다고 들었다.

일본의 경우에는 백년 기업, 이백 년 기업이 있다고 들었다. 우리나라는 아직 그런 풍토가 형성되지 않은 실정이다. 우리나라에도 장수하는 기업이 많아지려면 당연히 제도적으로 뒷받침되어야 한다고 생각한다.

가업승계의 진정한 의미는 창업주가 소유하고 있는 재산까지 증여하는 것이 옳다고 생각한다. 재산은 창업주가 소유하고, 아들에게는 경영만 하도록 하는 방식은 바람직한 승계가 아니라고 생각된다.

주식회사이기에 주식을 자손들에게 증여하면 된다. 다만 주식 승계 시점을 언제로 할 것인가를 고민하게 되었다. 2020년 공장 이전하면서 각종 경비의 과다발생으로 기업의 손익계산서상 순손실이 발생하였다.

순손실이 발생한 다음 연도에 자산재평가를 실시하여 주가를 평가하면 부채가 많으므로 1주당 5,000원의 가격이 그 이하로 평가될 것이고, 이것을 기준으로 하여 내가 소유한 주식을 증여하면 그만큼 증여액이 줄어서 증여세 납부액이 줄지 않을까 예상하여 그대로 다음 해에 실행하여 내가 소유한 주식을 증여함으로써 가업승계를 마쳤다.

평생 부동산이나 주식 투자를 통해 재산 증식을 한다는 생각은 머리에 들어 있지 않았다. 오직 좋은 물건을 만들어 적정한 가격으로 거래 업체에 제공하는 것만이 나의 유일한 목표였다. 그런 세월을 보내다 보니 없던 재산이 조금씩 조금씩 모여서 이제는 후손에게 재산을 물려줄 때가 되었던 셈이다.

그렇다고 해서 재산이라고 해 봐야 나보다 재산이 적은 사람에 비해서는 많고, 많은 사람에 비해서는 적은 것이 당연하다. 다만 한 점 부끄럽지 않은 깨끗한 재산을 후손에게 물려주게 되어서, '나는 참으로 열심히, 야무지게 지금까지 인생을 살았구나' 하는 자부심을 가질 수 있다.

가업승계 후의 나의 삶

사회생활의 첫 발은 현대자동차(주)에서 시작했다. 여기서 담당 업무가 자동차 조립에 필요한 부품 수입이었다. 수입 업무에 필요한 신용장 통일 규칙, 무역 거래법, 외환관리법 등을 숙지하여 부품 조달에 어려움이 없도록 하였다.

퇴직 후 세무공무원 시험에 합격한 후 발령이 날 때까지 한성실업(주)에서 근무하며 수출 업무를 담당했다. Offer, Commercial Invoice, Packing List, Draft 등 각종 서류 작성을 배웠고, 관세 환급에 필요한 소요량 증명 등 수출 전반적인 업무를 터득했다.

국세청에서 근무하는 동안에는 각종 세법을 숙지하고 청(廳)에서 시행하는 부기 2급 자격을 취득하여 회계 장부와 재무제표를 작성할 수 있는 능력을 갖추었다.

현대자동차, 한성실업, 국세청에 근무했던 경력은 구진산업사를 운영하는 데 밑거름이 되었다. 나는 원자재 수입, 당사 제품의 수출, 회계 처리에 관한 업무를 혼자서 처리할 수 있었다. 이 업무에 적합한 직원을 채용하면 인건비가 부담되고 미숙한 업무에 관해서는 지도하여야 하며 신경 쓰이는 일이 많았겠지만 내가 스스로 처리하니 인건비 절약되고 업무 처리 속도 빠르고 일석이조(一石二鳥)였던 셈이다.

그런 일과 함께 나는 생산과 영업 업무에도 전념하였다. 사십여 년간 쉬운 일은 아니었지만, 무탈하게 이룩한 회사를 2021년 아들에게 가업 승계로 처리한 후 나의 생활은 새로운 루틴으로 변했다.

가업승계를 하기 전에는 출·퇴근 시간을 맞추었지만, 이제는 나의 개인 사정에 맞춰 필요한 시간대에 자유스럽게 회사에 다닌다. 모든 업무를 아들에게 위임하고, 사무실에서는 오히려 회사 업무와 관계없는 개인적인 일을 처리하는 것으로 하루를 보낸다.

80대 이전에는 건강을 위해, 그리고 마라톤 동호회 회원들과의 친목을 위해 각종 대회에 참가하였으나 80대에 들어서는 체력적인 부담으로 마라톤 대회 참가는 중단하고, 이보다 체력 소모가 덜한 '걷기' 쪽으로 종목을 바꿔 세월이 흐르면서 자연히 일어나는 다리 근력 감속의 속도를 지연시키려고 한다.

해외 마라톤 대회 참가 대신 트레킹에 관심을 두고 1년에 2~3차례 해외 트레킹에 참여했는데, 그동안 마라톤으로 다져진 근력으로 힘난한 코스를 무난하게 완수하고 고도가 높은 곳에서도 고산증을 겪지 않으며 무난하게 완주한다.

자손에게 그간 벌어놓은 재산을 몽땅 증여하면 노후 생활이 어렵다고 해서 사업하면서 틈틈이 저축하여 모아두었던 자금으로 여행을 즐긴다. 일반 패키지여행이 아니라, 조금 고난도(高難度)의 트레킹 여행을 즐긴다.

그런데 한 가지 아쉬운 점이라면, 체력이 비슷한 동년배가 없어서 트레킹 여행 단체팀에 합류하더라도 항상 외톨이라는 사실이다. 그렇지만 나이 젊은 분들을 곤란하게 하는 행동은 하지 않는다.

늙은이가 주책없다는 소리를 들으면 단체의 분위기를 어색하게 만들기 때문이다. 다른 여행객들에게 피해를 주는 주책바가지 노릇은 나의 인생관과는 그야말로 별개다.

가업승계 이후, 현업 시절에는 꿈도 못 꾸었던 나만의 인생 후반을 즐기고 있다. 시간, 돈, 체력. 이것이 받쳐주어야만 가능한 생활이 아닐까 한다.

문래동시대 접고 김포시대 열다

문래동에서의 사업 시작은 너무 초라했다.

지금에서야 그렇게 생각하지 당시에는 그렇지 않았다. 공장의 규모보다는 제품 생산이 더 절실했다. 마음은 절실했지만, 실상은 다르게 전개되다 보니 예전에 쥐꼬리만 한 권력이라고 행세했던 시절이 생각난다. 변변한 수입이 없으니 가족 부양에도 어려움이 있어서 아내는 이것에 대한 불만이 있었을 터이다.

그렇다고 해서 일시적인, 글쎄 일시적일지 아니면 앞으로 얼마나 오랫동안 그렇게 될는지는 가름할 수 없었지만, 당장의 힘든 환경을 회피하기 위해 직장에 다시 취직하고 싶은 마음은 없었다. 참으로 정신적인 고통을 많이 받았던 시절이었다.

세월이 흐르면서 제품 생산이 활발해지자, 공장 규모가 작다는 사실이 실감이 났다. 그래서 인근의 작은 공장을 임차하고, 그러고 나서도 모자라면 또 임차하고, 사무실까지 공장 작업장으로 사용하도록 한 다음, 인근에 있는 빌딩에 사무실을 임차하고… 작업장과 사무실이 이곳저곳에 산재해 있어 고비용 저효율 생산 시스템의 연속이었다.

불법으로 공장 내부를 이층으로 만드는 과정에서 옆 공장과 공장을 교환하여 단일 공장으로 만들어 어수선하고 복잡했던 공장을 통합하였으나, 그래도 공장 내부는 좁았다. 공장 내에 원료를 적재할 공간이 없어서 인근 남성아파트 지하 창고를 임차(賃借)하기도 하였다.

자가 공장을 갖추지 못했으니 주차장 공간 또한 있을 수 없었다. 생산에 필요한 원료 입고 시에는 전 직원이 동원되어 작업장 내에 적재하고 남는 원료는 남성아파트 지하 창고에 보관하였다.

수입품의 입고 시에는 인근 도로에 화물차를 주차한 후 지게차를 임차하여 입고시키곤 했다.

불편하기 이를 데 없었다. 그런데 그것이 지겹다든가, '왜 이렇게 해야 하나?' 짜증을 내지도 않았다. 자가 공장이 없다는 사실 때문에 한스럽다는 생각도 갖지 않았다. 특히 공장 이전에 관한 두 번의 징크스 때문에 그런 맘도 갖지 않았다. 계획도 갖고 있지 않았다.

어느 날 아들이 알만 한 동종 업계의 2~3회사가 공장을 이전한다고 하면서 "공장을 이전하면 어떻겠습니까?" 하고 물었다.

나에게는 공장 이전의 트라우마가 있지만, 아들에게는 그런 것이 없으리라 생각되어 이전하기로 계획을 세웠다.

이미 지어져 있는 공장을 매입한 다음, 우리 공정에 맞도록 내부를 고쳐 공정별로 작업장을 만들고, 외국인 근로자 기숙사, 탕비실, 남녀 구분 화장실, 사무실, 나의 사무실 등등 예전에는 꿈도 못 꾸었던 각종 시설을 갖추었다. 40여 년간 자체 주차장을 갖지 못한 상태였지만, 이번에는 6대 이상을 동시에 주차할 수 있는 공간도 만들었다.

이제 문래동 시대를 접고 김포 시대를 열었다.

회사의 형태도 개인에서 법인으로 전환하였고, 내가 소유하고 있었던 주식도 자녀에게 증여하였으며, 대표이사직도 아들이 맡았다.

어떤 미래가 올 것인지는 노력에 달려 있다.

지금같이 노력해 온 만큼 정성을 쏟는다면 좋아지지 않을까? 꾸준히 노력하는 자에게 실패는 사전에만 있는 단어일 테니까.

결혼과 가정 이야기

나는 1973년 4월 2일 종로예식장에서 1948년생인 아내 박주섭 양과 결혼했다. 당시 나는 어머니 슬하를 벗어나서 가정을 갖고 싶다는 조급한 마음을 갖고 있었다.

주위의 친구들이 하나둘씩 결혼한 것이 큰 영향을 끼쳤고, 당시에는 서른 살 되기 전에 결혼하는 것이 관례 비슷한 시절이었다.

그러나 어머니는 나의 마음과는 달랐다. 1972년에 형이 결혼했는데, 1년 만에 자식이 또 결혼하느냐고 너무 급한 것 아니냐고 야단을 치신다. 그리고 며느리 될 처녀를 보고는 절대 반대하셨다.

이유는 밝히시지 않았지만, 추측하건대 평소 맘에 맞는 자식이라고 해서 며느리 볼 때는 자신이 직접 고르시기를 원하신 것이 아닌가 그런 생각이 든다.

혹자가 연애결혼이냐 중매결혼이냐고 물으면 나는 나라가 중매를 서주었다고 웃으면서 답했다. 세무공무원 교육원 총무과 경리계에 근무할 때 옆의 여직원이었기에 그렇게 답하였다. 소위 직장 커플이었다.

결혼 후 아들(1974년생)과 딸(1976년생)을 낳았다.

아들은 1976년생인 김현정과 결혼하여 2008년생인 지후와 2010년생인 동건 두 아들을 두었다.

저자의 결혼사진

 딸은 1976년생인 남편 김용석과 결혼하여 2013년생인 아들 하나만
두었다.

 이들이 나의 식솔이다.

 결혼할 당시 나는 국세청 기획관리실 예산계에 근무하고 있었다. 국
세청은 세입 관서이기에 세출 예산 업무부서는 세무공무원이 근무하기
를 꺼리는 부서이다. 세금과 관련 있는 대민 부서에서는 뇌물이라도 받
아서 생활에 보탬이 되는데 그 이외의 부서는 오직 월급으로만 생활해
야만 했기 때문이다.

 세무공무원 교육원도 마찬가지였다. 나는 1970년에 발령을 받은 후
일선 세무서에서 근무하기 전(1973년)까지는 월급 이외의 뇌물을 받아
본 적이 없다. 뇌물이 아닌 과외 수입이 있다면 교육원에서 태권도, 타
자 등을 가르치고 받은 얼마 되지 않은 강사 수당이었다.

결혼하기로 결정하였지만, 결혼 자금도 마련하지 못했다. 하다못해 전셋돈도 없었다. 그렇다고 어머니께서도 해결해 주실 능력 또한 없었다. 나는 결혼 축의금으로 단칸 셋방을 얻었다. 방 하나에 작은 부엌, 샤워는 생각할 수도 없고 좁은 부엌에서 간단하게 몸을 씻어야 했다.

생활하기가 너무 불편해서 오류동에 사시는 어머니 집으로 이사를 했다. 전세 살던 분이 만기가 되어 이사하게 되어 전셋돈을 대신 내가 환불하고, 그곳으로 이사를 하였다. 이곳도 좁기는 마찬가지였다.

그렇다고 해서 뚜렷한 대안은 없었다. 본청에서 일선 세무서로 전근한 이후 당시 관례로 생각되었던 '거마비'를 받다 보니 생활이 조금씩 나아졌다. 이 집에서 달동네 비슷한 고척동 언덕배기 단독 주택을 어머니 집을 담보로 은행 융자를 받고 지인으로부터 빚을 내서 샀다. 1974년이었다.

집을 사고 제일 먼저 한 일은 대문에 '李武雄' 세 글자를 새긴 문패를 단 일이었다. 만리동 집에서 아버지 성함 '李榮俊' 문패를 기억하고 있어서 첫 번째로 장만한 단독 주택이어서 대문에 달았던 것이었다.

세무공무원 직을 그만두고 사업 시작 후 부족한 자금을 충당하기 위해 집을 팔아서 은행 융자금과 빌린 돈 갚고 남는 자금은 사업에 사용하였다.

이후 거처는 구로동, 당산동 등의 아파트로 전전하다가 오류동에 살던 형님 식구가 전부 미국으로 이민 가면서 어머니를 모셔야 한다는 명문 하에 다시 오류동으로 이사를 하였다.

오류동에 살 때 경제 형편은 말이 아니었다.

세무공무원 시절에는 그나마 거마비라도 받아서 그런대로 생활하였지만, 사업 후 여기서 벌어들이는 수입은 변변치 않고 집사람은 단독 주택에서 하루 종일 어머니와 함께 생활하니, 여기에서 쌓이는 스트레스가 여간 아니었으리라 생각한다.

나는 다정다감한 성격의 사람이 아니어서 집사람의 어려움을 다독이면서 위로해 주고 장래에 좋은 환경에서 생활할 수 있도록 하련다는 불확실한 약속조차 할 수 없었다.

다만 말이 아닌 결과로 보여 주겠다는 마음은 갖고 있었지만, 이것도 확실치 않다. 그저 노력하는 것밖에 없었다.

노력한다고 해서 계획했던 결과가 확실하게 이루어진다는 보장도 없으니 그저 묵묵히 사업에만 열중하였다.

이런 생활을 하는 과정에서 부부간에 갈등이 없을 수 없었다. 부부 싸움을 참으로 많이 했다. 지금도 자녀들에게는 이런 점을 미안하게 생각하고 있다. 어느 때 자녀들에게 이렇게 얘기했다.

"나는 아버지로서 너희들에게 흠이 되지 않도록 열심히 살았는데, 한 가지 미안한 점은 다정한 부부의 모습을 보여 주지 못했다는 것이다."

집사람은 이런 어려움을 해결하기 위한 차선책으로 도림동 버스 종점 근처에 안내양의 평상복 또는 외출복을 파는 가게를 열었다. 점포에 판매할 옷은 새벽에 나의 포니 픽업 자동차를 이용하여 동대문 광장시장 또는 평화시장 등에서 구입한 다음, 점포에 갖다준 후 나는 출근했다.

이 가게는 얼마 못 가서 처분했다. 돈을 벌겠다는 목적보다는 고부간에 하루 종일 좁은 집에 있다는 것이 견디기 힘들어서 그런 방법을 택하지 않았을까 추측한다.

그런 외중에 부부간에 심각한 불협화음이 일어났다. 후폭풍으로 오류동에서 화곡동 주공아파트 5층 13평에 전세로 이사하였다.

사업 후 형편이 조금씩 나아져서 2년 후 화곡동 오성연립(25평형)을 매입하여 이사하였고, 5년 후에는 신정동 목동 아파트 35평(3층)을 분양금 사천팔백만 원, 채권액 삼백만 원으로 분양받아서 이사하였다.

어머니께서 반대하시는 결혼을 고집부려서 강행했고, 생활하면서 부부 싸움을 많이 했으며, 그런 연유로 해서 어머니께 얼굴을 들 수 없었다. 내가 지은 불효를 조금이나마 씻으려면 경제적으로 여유 있는 삶을 살아야겠다고 생각해서 열심히 일했다.

돈은 모아야지 마음먹었다고 해서 쉽게 모이지는 않는다. 돈이란 절약하고 절약해야 쌓인다고 생각한다. 어머니께서 생전에 하신 말씀으로, '큰 부자는 하늘에서 내려 주고, 작은 부자는 부지런하면 된다.'라는 것을 기억하고 있어서 나름으로 노력했다. 그래서 거처의 넓이도 조금씩, 조금씩 넓혀서 35평 아파트에서 살게 되었다.

어머니는 우리 부부가 싸움을 너무 많이 해서 사는 모습을 보고 싶지 않으셨는지 집에 한 번도 오시지 않으셨다. 그러다가 목동아파트 35평에서 살 때 처음으로 오셨고, 이후로는 자주 오셨다.

어느 날 집사람이 갑자기 '식당을 하려고 하니 보증금 삼천만 원을 마련해 달라.'라고 요구한다. 나는 즉석에서 거절했다.

당시 사는 형편이 부부가 맞벌이해야만 살 정도로 궁색한 정도가 아니었고, 내가 하는 사업만으로도 충분한데 왜 그 어려운 식당을 하려는지 이해가 가지 않아서였다.

'식당은 식구들이 죽기 살기로 해야 하는 것이지, 당신 같이 취미로 하는 것이 아니다.'라며 거절했다. 자녀들로부터 개업했다는 얘기는 들었지만, 어떤 식당인지 확인하고 싶은 생각이 들지 않아서 그 식당에는 가지 않았다.

어느 정도 시일이 흘렀는지는 모르지만, 보증금을 빌려준 언니가 돈을 달라고 하니 삼천만 원을 빌려달라고 한다. 식당 보증금을 돌려받으면 갚겠다고 한다. 그래서 해결해 주고, 그 이후 그 돈을 전액 돌려받았겠지만, 주면 받고 안 주면 안 받겠다는 생각이었는지 뚜렷한 기억이 없다.

35평 아파트에는 화장실이 한 개라서 자녀들이 어릴 때는 그런대로 생활했는데, 성장하면서 불편함을 느껴서 추가 자금 1억 원을 들여 화장실 2개 있는 45평 아파트로 이사하여 지금까지 살고 있다.

이사하고, 집 사고 하는 문제는 집사람의 의견에 따랐다. 나는 사업에만 관심을 두고 열심히 일했지, 그런 문제에 정신 쏟을 겨를이 없었다. 결혼하고 28년 만에 45평 아파트를 장만하였다. 이것이 빠른 것인지 늦은 것이지는 나는 모른다. 그저 형편에 맞게끔 살아왔다고 생각한다.

잦은 부부 싸움으로 자녀들의 성장 과정에서 인성 교육에 악영향을 미치지 않을까 걱정했는데 다행히 큰 문제는 없었고, 아들은 가업승계 후 열심히 구진산업사를 경영하고 있고 딸은 미국 유학 후 국내에서 직장생활하고 있다.

그리고 현재는 아들, 딸 둘 다 자기 집 갖고 살고 있으니, 다행이라고 생각한다. 마음속으로 항상 아이들에게 고맙게 생각하고 있다.

공장을 김포시 월곶면(고척로 11-3)으로 이전한 후 목동 집에서 이곳으로 출근해 보니 1시간 30분 정도 소요되고 퇴근할 때도 비슷한 시간이 걸렸다. 80대 노인이 하루에 3시간 정도 운전하는 일은 건강에 바람직하지 않고, 사고의 위험도 있어서 자동차로 2분 거리에 있는 연립주택(25평)을 임차(賃借)하여 생활하고 있다.

청소, 세탁, 취사 등이 힘들기는 하지만 운전하는 것에 비하면 훨씬 편하다. 이곳은 모내기 철에는 개구리가 울고, 가을에는 기러기가 떼를 지어 날아오며, 건너편에는 갈산리 마을과 문수산이 보이는 곳이다. 공기는 청정하고 조용한 분위기의 주택에서 기거하고 있다.

앞으로는 아파트가 밀집되고 주위가 복잡한 지역에서 생활하는 것은 어렵지 않을까 한다.

누가 묻는다.

"혼자 생활하는 것이 쓸쓸하지 않으세요?"

나는 답한다.

"지금이 내 인생의 황금기라오."

한눈팔지 말자

사업 시작한 지 2년이 지났을 즈음, 테프론 테이프 판매는 어느 정도 궤도에 올랐다. 그러나 새로 시작한 성형 제품 생산은 초기 단계에서 벗어나지 못하고 원료 생산 업체에서 제공하는 brochure에 근거한 제품 생산 공정이 정착되지 않은 채 양질의 제품을 생산하려고 노력하는 단계에 있었다.

회사 운영 자금은 테이프 판매로만 이루어지기 때문에 풍족한 상태가 아니어서 근로자의 급여 자금 마련에도 어려움이 따르는 상황이었다.

그러던 참에 성형 제품 제조를 권유한 거래처 사장이 당시 유행하던 Roller Skate의 Wheel 생산을 제의했다.

Wheel 생산 원료는 발주처에서 제공하고 우리는 진공 오븐과 Wheel 규격에 적합한 금형을 갖추면 되었다.

공정은 간단하다. 원료인 우레탄(Urethane)을 1리터의 플라스틱 용기에 담아 진공 오븐에 넣어서 가열한 다음, 원료 내에 있는 공기를 빼고 금형 내부에 이형제를 바른 후 액상을 기포가 발생하지 않도록 금형에 천천히 부어서 냉각시키면 되는 것이다. 특별한 기능도 필요하지 않고 근로자의 작업 시간에 크게 구애받지 않아서 Wheel 생산에 응했다.

물론 공정이 간단하다고 해서 쉽게 제품이 생산되는 것은 아니다. 원료 내에 있는 공기가 100% 빠졌다고 하더라도 금형에 붓는 과정에서 기포가 생기면 불량품이 된다.

이러한 생산 공정을 고려한 다음, 설비를 갖춘 후 원료(우레탄)를 받아서 생산 공정에 맞게끔 Wheel을 생산하여 거래처 사장에게 납품하였다. 나는 하청업자인 셈이다. 추가 발주까지 받아서 생산한 후 납품하였다. 그 후 추가 발주는 없는 상태에서 시일이 흘러도 이미 납품한 제품의 제작 수수료에 대한 대금을 받지 못하여 거래서 사장에게 어떻게 된 것이냐고 물었더니 불량 제품이 다수 있어서 발주처로부터 제작 대금을 받지 못했다는 것이었다.

그래서 나에게도 하청 제작 수수료를 주지 못한다고 한다.

그러한 사실의 진위를 확인할 길이 없어서 알았다고만 했다. 그렇게 된 이상 매입한 진공 오븐은 헐값에 처분하였고, 금형은 고물상에 철 스크랩과 같이 보냈다.

이 일로 해서 거래처 사장하고는 당연히 껄끄러운 관계가 되었다. 현재는 연락 두절 상태로 어디에서 무엇을 하는지도 모른다.

그 사장이 나의 선배에게 테프론 제품은 여러 가지 특성이 있어서 전 산업계에 널리 사용될 가능성이 있으니까 사업 전망이 좋다는 정보를 제공한 당사자이고, 나하고는 거래 관계였기에 업무상 순조로운 관계로 지내왔다면 서로 옛일을 이야기하면서 지낼 만도 한데, 연락 두절이라

아쉽기는 하다.

구진산업사가 취급하는 테프론 제품은 Engineering Plastic의 일종이다. 여기에는 P.E.(Polyethylene), P.P(Polypropylene), Acetal, PEEK, Hostalen GUR 등도 포함되어 있다.

성형 제품 제조가 어느 정도 궤도에 오르자, 거래처에서 테프론 이외의 제품도 생산 또는 취급하는 것이 어떠냐는 제의를 받았다.

이런 제품을 생산하기 위해서는 넓은 부지의 공장과 생산시설, 각종 금형과 추가 인력이 필요한데, 현 상태에서는 투자할 자금 여력이 없을 뿐더러 생산에 관한 전문적인 지식이 없는 상태에서 설혹 외부의 도움을 받아 생산 활동을 시작하였다 하더라도 성공할 보장은 없고 실패할 때는 감당할 능력이 없다.

이런저런 이유로 해서 Engineering Plastic 제조 전문 업체로 발돋움하려고 하는 구상을 접었다. Roller Skate Wheel 제조는 규모가 작으니까 실패하였다 하더라도 회사에 큰 부담을 주지 않았지만, Engineering Plastic 제품 제조는 양상이 다르다.

그래서 앞으로는 한눈팔지 말자고 다짐한 다음, 제대로 된 테프론 제품 생산만을 목표로 한 결과, 해외에 수출도 하였고, 생산성 향상의 금형도 개발하였으며, 유압 프레스를 자체 제작하였는가 하면, 이 기계의 형태가 동종 업계가 갖추고자 하는 기계의 모델이 되었고, 기계에 관한 실용신안 특허도 받았다.

이런 모든 성취가 한눈팔지 않고 꾸준히 테프론 제품 생산에만 전념한 결과라고 생각된다. 이러한 신념은 지금도 변함없다.